LES HÉRITIERS

d'Enkidiev

TOME 3

Les dieux ailés

ANNE ROBILLARD

LES HÉRITIERS d'Enkidiev

TOME 3

Les dieux ailés

WELLAN INC.

Catalogage avant publication de Bibliothèque et Archives nationales du Québec et Bibliothèque et Archives Canada

Robillard, Anne

    Les héritiers d'Enkidiev
    Sommaire : t. 3. Les dieux ailés.

    ISBN 978-2-9810428-2-8 (v. 1)
    ISBN 978-2-9810428-5-9 (v. 2)
    ISBN 978-2-9810428-8-0 (v. 3)

    I. Titre. II. Titre : Renaissance. III. Titre : Nouveau monde. IV. Titre : Les dieux ailés.

PS8585.O325H47 2010   C843'.6   C2009-942695-1
PS9585.O325H47 2010

WELLAN INC.
C.P. 57067 – Centre Maxi
Longueuil, QC J4L 4T6
Courriel : wellan.inc@videotron.ca

Couverture et illustration : Jean-Pierre Lapointe
Mise en pages : Claudia Robillard
Révision : Danielle Patenaude et Nathalie Vallière

Distribution : Prologue
1650, boul. Lionel-Bertrand
Boisbriand, QC J7H 1N7
Téléphone : 450-434-0306 / 1-800-363-2864
Télécopieur : 450-434-2627 / 1-800-361-8088

Dépôt légal - Bibliothèque et Archives nationales du Québec, 2011
Dépôt légal - Bibliothèque et Archives Canada, 2011

« Il y a pire que de ne pas réussir, c'est de ne pas essayer. »

ENKIDIEV

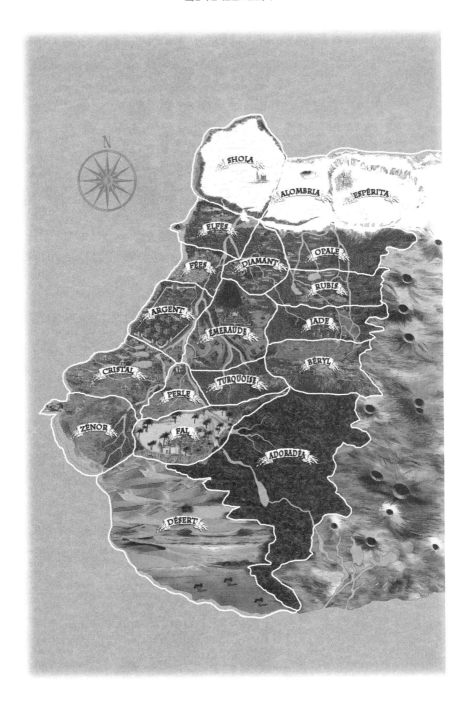

ENLILKISAR

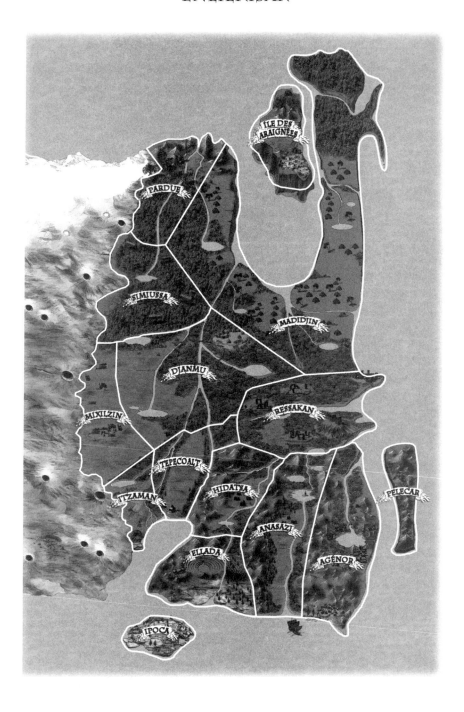

1

LE MAÎTRE DU DRAGON

En acceptant de devenir une Fée, Nartrach avait visé deux buts fort distincts : d'abord, avoir deux bras comme tout le monde, puis épouser la belle Améliane, fille du capitaine Kardey et du Chevalier Ariane. Le jeune homme n'avait pas du tout songé aux souffrances que lui causerait cette transformation, car la constitution des Fées ne ressemblait en rien à celle des humains. Le Roi Tilly avait été très surpris que le nouveau prétendant de sa petite-fille lui fasse une telle demande. Il n'avait procédé à cette délicate opération que sur une seule personne depuis le début de son règne, soit le capitaine Kardey. Il l'avait d'ailleurs fait sans le consentement de ce dernier, puisqu'il était déjà mort à son arrivée au palais.

Nartrach avait d'abord dû préparer son corps. Pendant des jours, il n'avait absorbé que le nectar extrait des fleurs géantes du Royaume des Fées. À la grande surprise de l'Émérien, il n'avait pas été tiraillé par la faim, tandis qu'il s'occupait de son jeune dragon, Nacarat. Celui-ci avait grandi au nord-est de la montagne de Cristal, au milieu d'un troupeau de juments-dragons, mais il se sentait chez lui n'importe où, pour autant que son maître s'y trouvait aussi. Malgré sa taille, la bête rouge se déplaçait avec beaucoup de délicatesse entre les arbres de cristal, les gigantesques champignons et les fleurs multicolores. Elle dormait près de la rivière, non loin du château de verre, et laissait même les grenouilles l'approcher sans chercher à les croquer, car elle était végétarienne.

Lorsque Tilly sentit le prétendant de sa petite-fille enfin prêt, il l'emmena dans une étrange pièce circulaire. « On dirait que je viens de pénétrer dans une sphère géante », songea Nartrach en se tordant le cou pour regarder partout.

— C'est la salle des regrettés, expliqua le Roi des Fées.

— « Regrettés » comme dans « décédés » ?

— Pas dans le sens où les humains l'entendent.

— Pourquoi suis-je ici, exactement ? s'inquiéta Nartrach.

— Parce que c'est l'étape la plus importante de ta métamorphose.

— Je dois mourir ?

— Si tu ne quittes pas momentanément ton corps, je ne pourrai pas en altérer la composition.

— Mais lorsque nous perdons la vie, ne sommes-nous pas censés nous rendre sur les grandes plaines de lumière ?

— Oui, et c'est pour cette raison que je t'ai conduit ici. Cet endroit empêche cette transition de s'effectuer.

— Est-ce que ce sera douloureux ?

– Tout changement comporte un minimum de souffrances.

Nartrach hésita.

– Il est encore temps de changer d'idée, précisa le souverain ailé.

Le jeune homme baissa les yeux sur son bras manquant. Il avait pourtant mené une vie remplie depuis qu'un homme-insecte le lui avait arraché. Son handicap ne l'avait jamais empêché de chevaucher son dragon, de se battre à l'épée ou de s'acquitter de ses corvées à la ferme d'élevage de ses parents. Il rêvait maintenant de se marier et d'avoir des enfants, mais il craignait de ne pas pouvoir leur fournir un exemple convenable, puisqu'il n'arrivait pas à tout faire.

– Ce qui importe, ce sont les valeurs que nous transmettons à nos héritiers, indiqua Tilly qui lisait ses pensées.

– Il est par contre difficile de lancer son bébé dans les airs et de le rattraper d'une seule main.

– Pourquoi voudrais-tu faire une chose pareille ?

– Pour l'amuser, évidemment.

– Les humains sont encore plus différents des Fées que je le pensais.

Nartrach fit quelques pas dans le hall sphérique en observant le plafond.

– Je suis prêt, déclara-t-il enfin.

– Dans quelques secondes, tu ne pourras plus reculer.

– Procédons, je vous en prie.

Le roi lui demanda de se coucher sur le sol.

– Ne pense plus à rien, recommanda Tilly.

– C'est plus facile à dire qu'à faire.

Nartrach ferma les yeux et fit de gros efforts pour ralentir les battements de son cœur. Le monarque se mit alors à chanter d'une voix si douce que l'Émérien sombra dans le sommeil. Une fois que ce dernier fut profondément endormi, Tilly posa la main sur son visage et stoppa sa respiration. Le corps de Nartrach s'éleva doucement dans les airs et la vie le quitta.

Les Fées possédaient des yeux différents. Elles pouvaient voir l'énergie vitale des êtres vivants. Pendant un instant, le roi observa le vol de l'âme de l'Émérien, emprisonnée dans la salle des regrettés.

Le Roi des Fées se mit alors au travail. Il transforma chaque cellule de Nartrach, pendant de longues heures. Il fit repousser son bras manquant, déplaça ses organes internes à l'aide de son seul esprit et le vida de son sang. Puis, du bout de ses doigts s'échappèrent des filaments lumineux qui pénétrèrent la chair du jeune homme et se frayèrent un chemin jusqu'à ses veines et ses artères.

Lorsque la transformation physique fut complète, Tilly entonna un chant pour attirer l'âme de Nartrach vers son nouveau corps. L'âme commença par tourner autour de son ancienne enveloppe, puis, à force de persuasion de la part du souverain, elle accepta de s'y fondre de nouveau. Le jeune homme se remit aussitôt à respirer, et son cœur à pomper son sang neuf et ambré. Imperturbable, Tilly demeura auprès de lui, jusqu'à ce qu'il reprenne enfin connaissance.

Nartrach battit des paupières et croisa le regard du roi.

– Comment te sens-tu ?

– C'est difficile à dire… On dirait que je suis léger comme une plume.

– Excellent.

Tilly l'aida à se remettre debout.

– Ta mutation est complète, mais il te faudra t'habituer à ta nouvelle densité corporelle.

– J'ai donc vraiment changé de poids.

– Pourquoi penses-tu que les Fées peuvent voler ?

– Je n'y avais jamais songé.

– Surtout, ne t'éloigne pas du palais avant quelques jours. Tu es devenu si léger que tu risques de t'élever dans le ciel et, selon les vents, nous n'arriverons peut-être pas à te retrouver.

– Comme c'est encourageant.

Le monarque tourna sur ses talons, en direction de la sortie.

– Merci, fit le nouvel homme-Fée.

– Ne répands pas trop la nouvelle. Je n'ai pas envie de passer le reste de mes jours à transformer d'autres humains qui ne pourront jamais être munis d'ailes.

Tilly quitta la salle des regrettés, laissant Nartrach seul avec ses pensées. « Je suis devenu une Fée », se répéta-t-il plusieurs fois. Il baissa le regard pour mieux examiner son corps et subit un grand choc en s'apercevant qu'il avait deux bras ! Il approcha ses doigts de son visage pour mieux les observer, les frotta ensemble, heureux d'éprouver des sensations tactiles dans les terminaisons nerveuses de ce nouveau membre.

– Juste pour ça, le jeu en valait la chandelle, murmura-t-il, ébahi.

Le roi lui avait recommandé de ne pas s'aventurer loin du château de verre, mais tout ce qu'il voulait, c'était courir jusqu'à sa belle pour l'étreindre.

– Nartrach, on se calme, se dit-il.

Il inspira profondément et fit quelques pas dans la pièce sphérique où il se sentait en sécurité. Il eut alors l'impression de marcher sur une surface duveteuse. Pourtant, à son arrivée dans la salle, il n'avait rien senti de tel. Il se pencha et toucha le sol de ses mains. Il était effectivement fait d'une matière dure rappelant le verre. Pour ne pas tenter le sort, Nartrach franchit la porte et décida d'entrer dans le palais où il pourrait faire sans crainte d'autres essais. Des Fées passèrent au-dessus de sa tête en se poursuivant. Leurs voix cristallines, qui n'avaient été jusqu'à présent pour l'Émérien que des murmures, lui crevèrent les tympans. Il plaça vivement les mains sur ses oreilles jusqu'à ce que les jeunes filles se soient éloignées. «Les sens de ces créatures sont beaucoup plus aiguisés que les nôtres», conclut-il.

Nartrach regagna les appartements des parents d'Améliane. Après la naissance de son deuxième enfant, le Chevalier Ariane avait cherché une nouvelle demeure ailleurs sur le continent, mais la famille était finalement revenue au Royaume des Fées. Son mari, le brave Kardey, avait été transformé lui aussi. Sans doute pourrait-il informer le jeune homme de ce qui l'attendait.

Nartrach trouva l'homme-Fée chez lui, assis sur un gros coussin, un livre ouvert flottant dans les airs devant lui.

– Puis-je vous parler?

– Oui, bien sûr, Nartrach.

L'ouvrage s'envola en imitant le mouvement d'un papillon.

– Est-ce vous qui venez d'utiliser cette magie? demanda l'Émérien.

– Incroyable, n'est-ce pas? Toutefois, je ne suis pas aussi doué que ma femme et ma fille et je n'aurai jamais d'ailes.

– Pourquoi?

– Parce que, malgré ses immenses pouvoirs, le Roi Tilly ne peut pas complètement nous métamorphoser. Il y a au fond des humains une petite étincelle qui refusera toujours de mourir. Viens t'asseoir, jeune homme.

Nartrach pivota sans apercevoir de siège.

– Leçon numéro un : une Fée n'a qu'à penser à ce qu'elle désire pour l'obtenir, lui dit l'ancien soldat.

– Dans ce cas, je veux m'installer exactement comme vous.

Un autre coussin traversa la paroi de verre et se posa devant lui.

– Peut-on obtenir absolument tout ce qu'on veut ? s'émerveilla Nartrach.

– Presque tout. Les Fées ne tolèrent pas la violence, alors il est inutile de réclamer une arme.

Nartrach prit place devant son futur beau-père.

– Aimes-tu vraiment ma fille ? s'enquit Kardey en adoptant un air plus sérieux.

– Plus que tout au monde. J'ai su qu'elle était la femme de ma vie à notre première rencontre sur la plage.

– Est-ce pour elle que tu as accepté de devenir une Fée ?

– Je craignais qu'elle ne m'aime pas parce que je n'avais qu'un seul bras.

– C'est bien mal connaître les Fées, mon ami. Elles ne se préoccupent pas de ces menus détails.

– Vous avez sans doute raison, car c'est surtout moi qui m'en inquiétais. Je voudrais être parfait pour elle.

– Si je me fie à ce que m'a dit ma fille, tu l'es déjà à ses yeux.

– Où est-elle, en ce moment ?

– Elle est partie cueillir des fruits avec sa mère et son frère. Malgré ton envie d'aller la voir, je te conseille de ne pas quitter le palais tout de suite. Tu dois d'abord t'habituer à ta nouvelle densité.

– Parce que je risquerais de m'envoler, dehors ?

– Entre autres. Tu serais également exposé à trop de stimulations en même temps et cela pourrait te rendre fou.

– Je croyais que ce serait amusant d'être une Fée…

– C'est différent. Contrairement à ce que croit la majorité des gens, nous avons des obligations tout comme les humains, mais avant que je te les énumère, je vais attendre que tu sois plus à l'aise dans ton nouveau corps.

– Que puis-je faire pour accélérer le processus ?

– Absolument rien. Il est dangereux de brûler les étapes. Apprends d'abord à marcher, à boire et à manger comme nous. Ensuite, nous verrons.

– Soit.

Nartrach se rendit à la chambre que lui avait allouée le roi et s'assit sur le bord de son nid de paille argentée. « Je suis apparemment capable de me déplacer sur mes pieds sans trop de mal, songea-t-il. Il ne me reste qu'à consommer mon premier repas. » Il se mit donc à penser aux hachis de viande épicée cuits dans une terrine que sa mère préparait lorsqu'il était enfant. Du sol sortit une petite table sur laquelle fumait son mets préféré.

– Je n'aurai aucune difficulté à m'habituer à ça…

Le jeune homme huma le fumet, mille fois plus odoriférant que jadis. Sans prendre garde, il enfonça la cuillère dans la nourriture et engouffra une première bouchée. Il eut aussitôt l'impression qu'il venait d'avaler une pierre brûlante et cracha le tout sur le plancher en poussant un gémissement de douleur.

Tilly se matérialisa près de lui, car il ne manquait rien de ce qui se passait chez lui. Il saisit le menton de son nouveau sujet entre les mains et le malaise disparut instantanément.

– Que m'est-il arrivé ? s'enquit Nartrach d'une voix rauque.

– Les Fées ne mangent pas la même chose que les humains, l'informa le souverain, contrarié.

– C'est maintenant que vous me le dites ?

La surface de la table s'allongea et de multiples plats s'y entassèrent.

– Notre nourriture peut prendre l'apparence de notre choix, expliqua Tilly, mais elle doit être uniquement composée d'ingrédients en provenance de notre univers.

Le roi plongea la cuillère dans le hachis et l'approcha de la bouche de Nartrach. Ce dernier commença par hésiter, puis il accepta d'y goûter. La sensation qu'il éprouva était on ne peut plus nouvelle pour lui.

– On dirait que je viens de mordre dans un nuage !

– Très bien. Tout ce qu'il te reste à faire, c'est de lui donner une saveur.

– Quoi ?

– Tu avais envie d'aliments de ton pays, alors imagine que c'est exactement ce que goûtera le clafoutis des Fées.

Nartrach se prêta au jeu. Il s'empara de l'ustensile et ingurgita une petite portion du faux mets.

– Vous avez raison ! s'exclama-t-il en écarquillant les yeux.

– Je t'en prie, sois prudent à l'avenir et rappelle-toi que tu n'es plus humain.

– Mais dites-moi, sire, comment les Chevaliers Ariane et Maïwen ont-elles survécu tout ce temps en absorbant la même nourriture que leurs compagnons d'armes ?

– Elles faisaient discrètement apparaître ce dont elles avaient besoin. Si elles avaient imité leurs amis humains, elles auraient succombé dès les premiers jours. Régale-toi, jeune homme, et n'hésite pas à avoir recours à moi si tu éprouves d'autres malaises.

Nartrach n'avait pas l'intention de l'importuner une autre fois. Il était suffisamment embarrassé. Il se nourrit et profita de sa solitude pour s'exercer à la magie des Fées, matérialisant tous les objets auxquels il pouvait penser. À la tombée de la nuit, ses nouvelles facultés olfactives l'avertirent de l'arrivée d'un visiteur. Il n'eut pas le temps de demander à la porte de s'ouvrir que la jeune Améliane la poussait avec force. Elle se jeta dans les bras de son prétendant et parsema son visage de baisers.

– Mon père m'a dit que tu avais survécu à la métamorphose ! s'égaya-t-elle.

– Survécu ? Je suis donc le seul qui ignorait le danger que je courais ?

– Je suis tellement heureuse que tu sois devenu l'un des nôtres.

Ils s'embrassèrent un long moment, jusqu'à ce que Nartrach sente un curieux picotement dans les bras. Il se dégagea de l'étreinte de sa belle et constata que de curieuses lignes, semblables à des veines à fleur de peau, sillonnaient ses membres en formant des dessins.

— Que t'arrive-t-il ? s'étonna Améliane.

— Je n'en ai pas la moindre idée…

Ils observèrent le phénomène insolite pendant quelques instants.

— Est-ce douloureux ?

— Non. Ces tatouages font-ils partie de ma transformation ?

— Pas à ce que je sache. Mon père ne m'en a jamais parlé.

Améliane souleva la manche de la tunique de Nartrach et vit que les traits bleuâtres remontaient vers son cou. Elle lui fit enlever son vêtement, puis le fit pivoter. En découvrant une véritable œuvre d'art de ses omoplates à ses reins, elle étouffa un cri de surprise.

— Qu'est-ce que c'est ? s'alarma l'Émérien.

— Une forêt !

— Dans mon dos ?

La Fée appela mentalement le Roi des Fées, afin qu'il les renseigne. Il les rejoignit aussitôt. Son haussement de sourcils indiqua aux jeunes gens que ces dessins constituaient un mystère pour lui aussi. Il examina les arbres et le curieux cavalier au visage déformé qui galopait sur un cheval noir.

– Es-tu entièrement humain ?

Nartrach se rappela alors que le Chevalier Kevin, infecté par le sorcier Asbeth, avait aidé sa mère à le mettre au monde.

– J'ai peut-être quelques gouttes de sang d'insecte dans les veines…

Tilly fusilla sa petite-fille du regard.

– Je ne le savais pas ! se défendit Améliane. Mais cela ne change rien à l'amour que j'éprouve pour lui !

– Expliquez-moi ce qui m'arrive, exigea Nartrach, très inquiet.

– Les Fées ressentent tout plus intensément que les autres races, y compris les Elfes. Je crois que ton corps rejette ce dont je ne l'ai pas purgé.

– Ne me dites pas que je dois mourir une seconde fois pour m'en débarrasser !

– Il est impossible de changer un Tanieth en Fée.

– Vous ne pourrez donc pas m'enlever ces tatouages ?

– Non, c'est impossible.

Le monarque quitta le couple en secouant la tête avec regret.

– Peut-être qu'ils disparaîtront avec le temps, déclara Améliane pour rassurer son ami. Soyons patients.

Le nouvel homme-Fée n'avait pas vraiment le choix. Les jours passèrent. Au lieu de s'estomper, les dessins s'étendirent jusqu'aux jambes de Nartrach. Désormais habitué à ses nouvelles facultés, il alla jusqu'à se risquer à l'extérieur du palais. Il n'avait pas fait deux pas dans la prairie que son formidable dragon se posa devant lui. Nacarat émit de longues plaintes, signifiant à son maître qu'il lui avait beaucoup manqué, puis flaira son bras.

– On dirait que j'ai été marqué au fer rouge par les hommes-insectes, mon ami, soupira le jeune homme. Je me demande si la même chose arriverait à Kevin s'il se faisait transformer, lui aussi.

La bête se frotta le museau contre la poitrine de son maître.

– Je suis plus léger qu'avant, mais si je m'accroche solidement, m'emmèneras-tu là-haut ? J'ai vraiment besoin de prendre l'air.

Nacarat se coucha sur le ventre pour permettre à Nartrach de grimper sur ses épaules. Depuis la plus haute tour de son palais de verre, le Roi Tilly vit l'animal écarlate s'élever en faisant battre ses grandes ailes. « Que nous arrivera-t-il si cet homme porte en lui le germe d'une nouvelle dynastie Tanieth ? » se demanda-t-il.

2

UN DIEU IRRITÉ

Malgré l'interdiction de Lycaon de traverser les volcans qu'il avait élevés entre le territoire peuplé par Parandar et celui conquis par les dieux des autres panthéons, Azcatchi déploya ses ailes et partit à la recherche de l'humain qui avait eu le culot de le personnifier auprès des Tepecoalts. De tous les enfants du panthéon ailé, le crave aux luisantes plumes noires était le plus agressif. Il avait pourtant été élevé et éduqué comme ses semblables. Ses sœurs et son frère ne se comportaient pas toujours aimablement envers leurs congénères, mais ils n'entretenaient pas sans cesse des pensées meurtrières à leur égard comme Azcatchi le faisait. S'il avait été l'aîné du dieu suprême, il aurait certainement jeté les œufs pondus par sa mère hors du nid pour être son fils unique. Il était heureusement né le troisième, après Aquilée et Orlare qui avaient eu la force de résister à ses assauts. Un seul autre oisillon avait survécu à sa fureur, son jeune frère Nahuat, l'émerillon, grâce à Orlare qui avait emporté son œuf ailleurs juste à temps.

En plus d'être querelleur, Azcatchi était particulièrement rancunier. Il n'oubliait jamais les injures, aussi infimes soient-elles. L'apparent vol d'identité dont il était victime ne lui avait causé aucun tort, mais l'orgueil du dieu-crave était blessé. Tandis qu'il survolait Enkidiev, il fut étonné de ne pas trouver de temples s'élevant vers le ciel pour célébrer la gloire des dieux. Pourquoi Parandar supportait-il cette insolence ? Il remarqua aussi que ces terres n'étaient pas aussi peuplées que celles de l'est.

Les villages qu'il aperçut sous lui étaient surtout rassemblés le long des cours d'eau, et les champs cultivés, étaient disséminés entre de larges forêts inhabitées. Évidemment, Azcatchi ignorait que deux terribles invasions avaient décimé la population d'Enkidiev. Le continent commençait à peine à se remettre de cette dure épreuve.

À son grand désarroi, le dieu-crave n'observa aucun signe d'hostilité entre les humains, sans doute parce qu'ils adoraient tous les mêmes divinités. À Enlilkisar, c'était une tout autre histoire. Azcatchi se repaissait de la peur qu'il faisait naître au cœur des sujets de son père. Il aimait assister aux sacrifices sur les autels, perché dans les arbres à proximité des temples élevés en l'honneur de Lycaon. C'était d'ailleurs Azcatchi qui avait instauré ces cruelles pratiques. Apparemment, Parandar n'exigeait pas l'absolue dévotion de la part de ses créatures...

Grâce à ses sens particulièrement aiguisés, Azcatchi découvrit assez facilement que l'énergie de l'imposteur émanait d'une curieuse forteresse rectangulaire. On ne pouvait y accéder qu'en franchissant des planches collées les unes contre les autres. Cette construction était bien différente de celles auxquelles il était habitué. Elle était faite de blocs de pierre beaucoup moins massifs que les maisons des Tepecoalts. « Je n'aurais qu'à souffler dessus pour la réduire en poussière », songea le crave en suivant la route qui menait au Château d'Émeraude.

Du haut des airs, il était impossible de distinguer les dieux ailés des rapaces, mais lorsqu'ils se mettaient à perdre de l'altitude, il devenait évident qu'ils n'étaient pas des oiseaux ordinaires, car ils pouvaient parfois atteindre la taille d'un homme.

Azcatchi piqua vers la cachette de son adversaire, bien décidé à l'écraser avant d'être surpris par les ghariyals. Il se posa à quelques pas du pont-levis et examina le large fossé rempli d'eau qui entourait les murailles. « À quoi peut-il bien servir ? » se demanda-t-il.

Un paysan, qui s'apprêtait à quitter l'enceinte avec son mulet, s'arrêta net en apercevant l'animal recouvert de plumes noires, au bec et aux pattes rouges.

– À moi ! hurla-t-il en rebroussant chemin.

« Les habitants de l'autre côté du volcan sont beaucoup plus courageux », songea le crave en s'avançant vers l'entrée. Il s'immobilisa lorsqu'un homme entièrement vêtu de noir se matérialisa soudainement sur le pont. Azcatchi reconnut son visage semblable au sien : c'était l'individu qu'il cherchait.

– Depuis quand les corbeaux sont-ils aussi gros ? s'étonna Onyx.

Le dieu prit aussitôt sa forme mortelle. Tout comme le Roi d'Émeraude, il portait des vêtements de cuir sombres et ses longs cheveux noirs flottaient au vent. Les plumes qui recouvraient son corps avaient disparu, sauf sur les ailes dans son dos, le long de ses bras et autour de ses yeux bleus.

– Pour changer aussi facilement d'apparence, il faut être sorcier, ajouta Onyx, sans toutefois s'en alarmer.

– Tu n'as pas peur de moi? demanda Azcatchi d'une voix grave.

– Je ne sais même pas qui vous êtes.

– Pourtant, tu as usurpé mon nom auprès de mes sujets.

– Azcatchi…

– La mémoire te revient.

– Que venez-vous faire chez moi?

Kira ainsi que les Chevaliers Bridgess, Swan, Lassa et Liam, qui habitaient au château, arrivèrent derrière leur roi.

– Je suis venu te faire regretter ton insolence.

– Il s'agit d'un malentendu, laissa tomber Kira en se plantant près d'Onyx.

– Une Ipocane, ici? s'étonna Azcatchi.

– Il n'y a pas que ce peuple qui est d'une autre couleur, vénérable Azcatchi. Je suis Sholienne.

Le dieu ailé pencha la tête de côté, intrigué. « Il ne connaît rien de notre monde », comprit Kira.

– Nous ignorions votre existence lorsque les Tepecoalts nous ont fait prisonniers, expliqua-t-elle. Leur grande prêtresse a cru que notre roi était l'un de ses dieux et elle l'a séquestré.

– Elle n'a pas pu commettre une telle méprise.

– Si vous ne voulez pas reconnaître son erreur, c'est que vous êtes tout aussi assoiffé de pouvoir qu'elle, le provoqua Onyx.

– J'essaie d'empêcher un bain de sang, ici, lui signala Kira à mi-voix.

– Je suis parfaitement capable de défendre mon royaume.

«Pourquoi Azcatchi ne se contente-t-il pas de nous attaquer?» se demanda la Sholienne. Il promenait son regard perçant de l'un à l'autre en essayant de comprendre qui ils étaient vraiment.

– Je suis Kira, la fille de la déesse Fan et la petite-fille d'Akuretari.

Cette révélation consterna le crave. Il sentait bel et bien la curieuse énergie qui émanait de ces deux étrangers, mais jamais il n'aurait cru qu'elle appartenait à des représentants du panthéon reptilien, puisque les dieux ne pouvaient pas habiter dans le monde physique.

– Voici le souverain de ces terres, le Roi Onyx d'Émeraude, fier descendant de Corindon, l'acheva Kira.

«Les ghariyals et les félins ont-ils conclu une alliance secrète ?» se demanda Azcatchi. Lycaon cherchait depuis longtemps un prétexte pour déclencher les hostilités et s'emparer du pouvoir des cieux par la force. Le meurtre de ces deux imprudents lui ferait certainement plaisir.

Onyx perçut aussitôt l'amplification de l'énergie du dieu-crave et comprit qu'il allait sournoisement les agresser. Il leva son bouclier invisible juste à temps pour éviter une première charge de lumière écarlate qui explosa devant leurs yeux, les aveuglant temporairement. Kira n'eut pas à s'en mêler. Theandras apparut à leur droite dans ses vêtements enflammés, et Fan, à leur gauche, dans sa robe piquée d'étoiles étincelantes.

– Qui t'a autorisé à mettre le pied sur le territoire de Parandar ? tonna la déesse du feu, irritée.

– Pourquoi envoie-t-il des femmes à la défense de ses insignifiantes créatures ? riposta Azcatchi, sur ses gardes.

– Parce qu'elles sont plus puissantes que lui, évidemment, lui rappela Fan.

Azcatchi le savait très bien et cette injustice le rendait furieux depuis des centaines d'années.

– Laissez-moi régler mes comptes avec l'humain qui a usurpé mon identité et je partirai, exigea-t-il.

– Ton père ne t'a-t-il pas enseigné les règles qui gèrent notre monde ? s'étonna Theandras.

Les plumes du crave frémirent de colère.

– Le traité est pourtant très clair, poursuivit la déesse de Rubis. Nous avons convenu de ne jamais intervenir dans la vie de nos sujets respectifs.

– Alors pourquoi cet homme se trouvait-il de l'autre côté des volcans ?

– Je suis allé chercher mon fils qui y était détenu, répondit Onyx en s'avançant entre les déesses.

– Les humains n'ont pas ratifié notre entente, ajouta Fan avant que son cousin ailé réplique. Ils sont libres d'aller où ils le désirent.

– Nos lois leur permettent-ils de tromper leurs semblables en nous personnifiant ? demanda Azcatchi.

– Si le Roi d'Émeraude a vraiment commis cette faute, c'est Parandar qui le punira, pas toi.

Même s'il ressentait une soudaine envie de tout détruire sur ces terres, le crave se contenta de serrer les poings. Alors qu'il semblait réfléchir à ses prochaines paroles, en réalité, il scrutait la forteresse qui s'élevait derrière les quatre personnages qui l'empêchaient de donner libre cours à son indignation. Une faible vibration attira aussitôt son attention. Un être d'origine féline s'y cachait ! Parandar, Theandras et Fan étaient pourtant des dieux reptiliens…

– Pars, Azcatchi, lui ordonna la déesse du feu, et ne reviens plus jamais ici.

Le crave lui lança un regard sombre et se transforma instantanément en énorme oiseau noir. D'une formidable poussée de ses pattes rouges, il fonça vers le ciel.

— Est-il parent avec Asbeth ? voulut savoir Onyx.

— D'aucune façon, affirma Theandras en se tournant vers lui.

Des flammes couraient dans ses longs cheveux noirs et sur les voiles écarlates de sa robe sans les brûler.

— Dites-moi pourquoi votre fils se trouvait à Enlilkisar ?

— Je croyais que les dieux étaient omniscients, répliqua Onyx, qui n'aimait rien qui descendait du ciel.

— En un mot, intervint Kira, un groupe d'entre nous y est allé pour y cueillir une fleur qui ne pousse que dans ces régions lointaines. Les Elfes en avaient besoin pour concocter la potion qui rendrait la santé à Sa Majesté. Puisque c'est une fleur sacrée, le Prince Juguarete a gardé Atlance, le fils d'Onyx, en otage pour s'assurer que nous en ferions l'usage que nous lui avions indiqué. Pour le délivrer, nous devions ramener Onyx avec nous à Itzaman.

— C'était un simple malentendu, précisa le Roi d'Émeraude. Je ne comprends pas ce qui peut bien mettre ce corbeau dans tous ses états.

— Azcatchi est le fils de mon frère Lycaon, chef du panthéon ailé, lui apprit Theandras. C'est un dieu dangereux et agressif.

– J'ai cru remarquer.

– Reviendra-t-il ? s'inquiéta Kira en pensant à ses enfants.

– C'est certain, affirma Fan. Personne n'est plus tenace qu'Azcatchi.

– Mais puisque je vous dis que je n'ai rien fait ! explosa Onyx.

– Nous vous croyons, le rassura la déesse des bienfaits. Il est évident que ce jeune dieu cherche un prétexte pour ouvrir les hostilités entre nous.

– Ce que vous faites dans votre univers ne nous concerne pas.

– Je suis d'accord, acquiesça Theandras, mais je doute de l'honnêteté du panthéon aviaire. Tenez-vous sur vos gardes.

Les déesses disparurent en même temps, comme si une force supérieure venait de les aspirer dans le néant.

– Nous n'avions vraiment pas besoin de ça, maugréa Kira.

– Mon ami Hadrian m'a souvent répété que nous ne recevons que les épreuves que nous méritons.

– Même la perte d'un enfant ?

Onyx ne s'était jamais remis de la mort de Nemeroff, son fils aîné, survenue lorsque l'Empereur Noir avait bombardé la tour où il étudiait avec d'autres élèves de son âge.

– Mais comment défendre nos héritiers contre un dieu sans foi ni loi ? poursuivit Kira.

Encore une fois, les sages paroles de l'ancien Roi d'Argent résonnèrent dans les oreilles du monarque : « Il n'y a pas de problèmes : il n'y a que des solutions. »

– J'ai soif, grommela Onyx en pivotant sur ses talons.

Kira le suivit dans la grande cour, où il ordonna aux sentinelles de surveiller le ciel aussi bien que la campagne environnante. En franchissant les portes de son hall, le souverain demanda qu'on lui apporte du vin en grande quantité.

– Ce n'est guère le moment de t'enivrer, lui reprocha la Sholienne.

– J'ai les idées plus claires après plusieurs coupes.

Onyx se laissa tomber sur son trône, ce que Kira ne l'avait pas vu faire depuis bien longtemps. Elle prit place sur un banc habituellement réservé aux enfants du couple royal et attendit qu'Onyx lui livre sa pensée. Avant de régner sur Émeraude, il avait été un redoutable guerrier. Sans doute saurait-il organiser la défense de son royaume.

– Il nous faut un sortilège suffisamment puissant pour empêcher les dieux de débarquer à Enkidiev quand bon leur semble, lâcha Onyx après avoir avalé tout le contenu d'une amphore.

– S'il y en avait un, nous l'aurions utilisé il y a fort longtemps, répliqua Kira.

– Ce n'est pas parce que nous ne l'avons pas encore découvert qu'il n'existe pas. On nous a habitués à penser que nous sommes de pauvres créatures sans défense, mais rien n'est plus faux.

– Qui nous aurait dit une chose pareille ? s'étonna la Sholienne en se versant du vin.

– Nos parents, nos précepteurs, nos rois et même nos ancêtres dans leurs écrits.

– Ce n'est pas ce qu'on m'a enseigné et ce n'est certainement pas ce que je répète à mes enfants.

Dès que Kira eut bu le contenu de sa coupe, Onyx la lui remplit.

– Tant mieux si on t'a éduquée autrement, mais la plupart des gens ont été façonnés dans un seul et même moule, celui de l'ignorance et de l'obéissance.

– Ça n'a sûrement pas été ton cas.

– Je me suis rebellé assez rapidement contre ce qui me semblait avilissant, et mon père m'a chassé de sa maison. Malgré mon désir de devenir soldat, il m'a obligé à étudier dans ce château sous la tutelle de Nomar.

– Encore une fois, tu as résisté aux enseignements d'un aîné.

– Pas au début, mais j'ai vite compris qu'il n'avait rien à m'apprendre que je ne savais déjà.

– Et dans l'armée ?

Onyx continua d'offrir du vin à la Sholienne, tandis qu'ils bavardaient seuls dans le grand hall.

– Je n'obéissais qu'aux ordres qui me paraissaient raisonnables.

– Dans l'Ordre, on exige que tous les Chevaliers fassent confiance à leur chef.

– Une autre brillante idée des Immortels, grommela Onyx. À la demande de leurs maîtres insensibles, ils s'assurent que nous nous comportons comme un troupeau de moutons dociles.

– Tu oublies que je suis Immortelle, moi aussi.

– Tu l'as déjà été, mais le seul fait que tu vives maintenant parmi nous sans devoir retourner là-haut à tout instant pour reprendre des forces prouve que tu es redevenue mortelle. Tu as sans doute conservé tes pouvoirs de maître magicien, mais tu n'es plus immortelle.

– Et toi ? Qui es-tu, en réalité ?

– Je l'ignore, mais je commence à croire que ma puissance ne me vient pas des Enkievs. Corindon, un descendant du dieu Solis, m'a avoué qu'il était l'un de mes ancêtres.

Grisée par l'alcool, Kira éclata de rire.

– Pourquoi cela t'amuse-t-il ?

— Si c'était vrai, répondit la femme Chevalier, une fois calmée, la guerre n'aurait pas duré aussi longtemps.

— Alors, comment expliques-tu ce dont je suis capable ?

— Tu es tout simplement doué pour la magie.

— Il est vrai que j'apprends n'importe quoi avec facilité. Quelques mois après mon arrivée au château, je parlais, je lisais et j'écrivais l'Enkiev. J'ai également appris plusieurs autres langues que plus personne ne connaît, comme le Sholien. Je peux aussi réussir n'importe quel sortilège sans le moindre effort.

— Ça commence à frôler la vantardise.

— Je ne mens jamais.

Kira déposa sa coupe vide et s'empara d'une urne pleine. Au grand étonnement d'Onyx, elle porta le goulot à ses lèvres.

— J'ignorais que tu aimais le vin, toi aussi.

— Le tien est particulièrement bon.

— Je l'ai trouvé à Fal.

Elle but la moitié de la bouteille et la déposa brutalement devant elle.

— Pourquoi les volcans nous empêchent-ils de communiquer avec nos amis d'Enlilkisar ? voulut-elle savoir.

– Nos amis ?

– Les Itzamans sont des gens fascinants qui t'ont permis de guérir de tes blessures ensorcelées grâce à leurs fleurs bleues.

Onyx l'écouta parler de cette nouvelle civilisation jusqu'à ce qu'elle commence à s'emmêler dans ses propos.

– Je pense que je vais aller me reposer un peu, annonça Kira en se levant.

Elle fit quelques pas incertains en direction de la porte.

– As-tu besoin d'aide ?

– Non, ça ira.

Elle tituba jusqu'au grand escalier et réussit à atteindre l'étage des chambres. Elle voulut abaisser la clenche, mais celle-ci refusa de bouger.

– Marek, ouvre la porte ! ordonna-t-elle.

Puisqu'il ne se passait rien, Kira frappa sur la porte avec ses poings.

– Lassa ! Il l'a encore verrouillée !

– Verrouillé quoi ? demanda une voix d'homme, derrière elle.

Kira fit volte-face et perdit l'équilibre. Lassa l'attrapa par la taille juste avant qu'elle s'effondre sur le plancher.

— Est-ce que tu as bu ? s'étonna son mari.

— Juste un peu…

— Alors pourquoi essaies-tu d'entrer chez le roi ?

— Le roi ?

— Nous habitons de l'autre côté du couloir et la porte de nos appartements se situe un peu plus loin.

— En es-tu certain ?

— Viens. Ce ne serait pas une mauvaise idée que tu dormes un peu avant le repas du soir.

Normalement, Lassa aurait trouvé amusant de voir sa femme dans cet état pour la première fois depuis qu'ils vivaient ensemble, mais avec la menace d'un dieu vengeur qui planait dans le ciel d'Enkidiev, il était plutôt inquiet. Il souleva Kira dans ses bras et la ramena chez eux.

3

LA DÉTERMINATION D'ATLANCE

Contrairement à Kira qui buvait rarement, Onyx était parfaitement lucide malgré tout le vin qu'il venait de consommer. Pourquoi refusait-elle de croire à son appartenance divine ? « Je suis pourtant beau comme un dieu », pensa-t-il avec un sourire moqueur. Corindon lui avait-il menti et, si oui, dans quel but ? « Suis-je différent des autres parce que j'ai une grande destinée à accomplir ? » s'interrogea Onyx.

Son ancêtre lui avait demandé de mettre fin aux sacrifices humains à Enlilkisar, mais personne ne connaissait l'étendue de ce continent. « Cette ingérence de l'autre côté des volcans n'améliorera pas mes relations avec le ténébreux Azcatchi », songea-t-il, car c'étaient les dieux ailés des Tepecoalts qui avaient instauré ces rituels des centaines d'années auparavant.

Onyx se perdit dans ses pensées jusqu'à ce que les serviteurs installent la table et la dressent pour le repas du soir. Ils ramassèrent les amphores vides et en apportèrent d'autres. L'un d'eux remplit même la coupe que son roi tenait toujours à la main. Le goût différent du vin de son royaume le tira instantanément de sa rêverie.

– Quelle heure est-il ? demanda-t-il.

– Le soleil vient de se coucher, sire.

Onyx ne savait pas combien de temps il avait laissé errer son esprit, mais, au moins, personne n'avait attaqué son château dans l'intervalle. Cornéliane et Anoki arrivèrent en gambadant. « L'insouciance de la jeunesse », se réjouit intérieurement l'Émérien. Ils se jetèrent dans les bras du souverain et parsemèrent son visage de baisers, ce qui lui rendit en partie sa bonne humeur.

– Pourquoi Swan n'est-elle pas avec vous ? voulut-il savoir, puisqu'elle devait veiller sur eux.

– Nous courons plus vite qu'elle, se moqua sa fille.

– Elle était censée vous retenir dans nos appartements.

– Elle l'a fait jusqu'à ce qu'elle voie l'oiseau noir s'envoler, l'informa Swan en entrant dans le hall. Le danger est passé, n'est-ce pas ?

– Il a eu si peur de moi qu'il ne reviendra probablement plus jamais.

– Onyx…

– Comment se débrouille le nouveau membre de la famille ? demanda le père qui ne voulait pas effrayer inutilement les enfants avec cette histoire de dieu ailé.

– Il apprend beaucoup de mots, mais pour les verbes, ça ne va pas du tout, lui apprit Cornéliane en levant les yeux au plafond.

– Moi, de mieux en mieux ! s'exclama fièrement Anoki.

– Tu vois ce que je veux dire, soupira la princesse.

– Donne-lui plus de temps, ma chérie. Vous arrivez à vous comprendre, c'est déjà très bien.

– En fait, celui qui comprend le mieux son jargon, c'est Marek. J'ai parfois l'impression qu'ils ont le même âge.

– Cornéliane, cesse de faire le procès de tout le monde et choisis ce que tu as envie de manger, lui conseilla sa mère en s'installant près d'elle.

Swan remarqua alors que le regard de son mari s'était tourné vers la porte. Atlance venait d'entrer dans le hall. Il ne marchait plus les épaules voûtées, comme jadis. Sa nouvelle assurance lui donnait même une allure princière.

– Où sont tes frères ? le questionna Onyx lorsqu'il fut devant lui.

– Je vais très bien, merci, le salua plutôt l'aîné.

Les traits du roi se durcirent d'un seul coup.

– Nous n'en savons rien, s'empressa de répondre Swan pour éviter l'orage.

Onyx sonda rapidement son royaume. Il repéra facilement Maximilien, à une ferme, à plusieurs kilomètres de la forteresse. Il se concentra ensuite sur Fabian, mais ne le trouva nulle part.

— N'es-tu pas inquiète de ne pas savoir où ils sont ? lâcha le mari, découragé.

— Ce ne sont plus des enfants, répliqua Swan. Ils ont l'âge de prendre leurs propres décisions et de vivre la vie dont ils rêvent.

— Mes fils sont des princes qui ont des devoirs envers le peuple d'Émeraude.

— Celui qui n'a pas encore quitté le nid aurait un mot à dire à ce sujet, fit bravement Atlance.

Onyx planta son regard dans le sien.

— Maman a raison, l'appuya Atlance. Il est temps pour nous de vous quitter et de fonder nos propres familles.

— Malheureusement, je n'ai reçu aucune offre de mariage de la part de mes pairs.

— Il n'est pas question que mon mariage soit arrangé. Je veux épouser la femme que j'aime.

— Nous avons déjà eu cette conversation.

— Tu as raison, mais Katil ne portait pas un enfant.

La nouvelle glaça instantanément l'atmosphère. Lorsque le père se releva très lentement, Atlance crut que sa dernière heure était venue. Toutefois, au lieu de le frapper, Onyx passa près de lui sans le regarder et quitta le hall d'un pas furieux.

– Maman, que dois-je faire ? se désespéra Atlance.

– Reste ici, je m'en occupe.

La reine embrassa les cheveux noirs de son aîné et rejoignit son mari dans leurs appartements. Ce dernier était debout sur le balcon qui surplombait la cour et laissait le vent lui refroidir le visage.

– À quoi t'attendais-tu ?

– Je me suis élevé à ce rang pour que mes enfants deviennent des personnages importants…

– Il n'y a pas que le rang dans la vie. Que fais-tu de leur bonheur ?

– Le bonheur est un état d'esprit. On est heureux dans la mesure où on a décidé de l'être.

– Et toi, l'as-tu toujours été ?

Devant le silence de son époux, Swan lui entoura la taille et appuya sa joue contre son épaule.

– Je l'ai été dans mes deux vies, pour des raisons différentes, répondit-il, mais surtout dans celle-ci. J'ai pleuré de joie à la naissance d'Atlance et j'ai regretté de n'avoir pas habité le corps de Farrell à temps pour la naissance de ton premier fils.

– Nous avons eu de beaux enfants et ils en auront à leur tour. Ainsi va la vie. Nous leur avons transmis de belles valeurs et nous leur avons fourni une solide éducation. Il leur appartient maintenant d'en faire ce qu'ils veulent. Je t'en prie, laisse-le aller, Onyx.

Il demeura muet.

– N'as-tu pas envie d'être grand-père ? le taquina-t-elle.

– Non.

– Atlance est plus âgé que tu l'étais lorsque nous avons fondé notre famille.

– Personne n'est plus vieux que moi sur tout le continent, à part Hadrian.

– Je parlais du corps de Farrell. Je t'en prie, essaie de comprendre que les enfants n'appartiennent pas à leurs parents. Ils nous sont prêtés par les dieux. Notre devoir est de leur offrir une base solide, puis de les laisser partir.

– Je préférerais avoir des enfants qui ne grandissent pas.

– Curieusement, la plupart des parents disent le contraire.

Swan embrassa tendrement Onyx sur la nuque.

– Si tu veux, nous aurons d'autres bébés… fit-elle.

– Qui finiront par devenir indépendants, eux aussi.

– Tu es vraiment de mauvais poil, toi, ce soir.

– J'aurais aimé régler cette affaire de vol d'identité avec Azcatchi aujourd'hui, pour que plus rien ne vienne menacer mon continent.

– C'est ton continent, maintenant ?

– Les déesses n'auraient pas dû s'en mêler.

– Je connais tes formidables pouvoirs, mon amour, mais franchement, je suis contente que Theandras et Fan soient intervenues. Je commence à en avoir assez d'avoir un mari meurtri.

– Très drôle.

– Je vais retourner dans le hall pour m'assurer que Cornéliane et Anoki ne se gavent pas et qu'ils ne nous tiendront pas réveillés toute la nuit à cause d'une indigestion. À mon retour, j'aimerais que nous passions un peu de temps dans nos bains privés.

Onyx grommela une réponse inintelligible, mais Swan ne s'en offusqua pas. Elle l'embrassa sur ses lèvres boudeuses et le quitta. Le roi resta sur le balcon, à observer les étoiles, sans chercher à les interpréter. Il se moquait pas mal des messages que les dieux affichaient dans le ciel. Au bout d'un moment, il entendit les voix lointaines de Swan et des enfants qui se rendaient à leur chambre. «Je n'aime pas qu'on me déplaise», finit par comprendre Onyx en analysant ses sentiments. Il allait rentrer lorsque son aîné lui fit un nouvel affront.

– Papa, écoute-moi ! cria Atlance, depuis la cour.

Onyx baissa les yeux en soupirant.

– Tu m'as répété, je ne sais pas combien de fois, que j'étais le moins courageux de tes fils. Ne t'ai-je pas enfin prouvé, à Itzaman, que j'ai fait d'énormes progrès ?

– C'est moi qui ai affronté les Scorpenas à ta place.

– J'ai sauvé la vie du fils du prince, tout de même. Mais si ça ne te suffit pas, je suis prêt à me mesurer à toi pour te montrer que j'ai changé.

– Te mesurer à moi ?

Onyx se dématérialisa et réapparut aussitôt devant Atlance, le faisant sursauter.

– Non seulement je suis ton père, mais je suis aussi ton roi, et tu vas m'obéir, tonna-t-il.

– J'ai tout essayé avec toi, se découragea le jeune homme, la douceur, les arguments, la logique, mais apparemment, tu ne comprends que la violence. Prépare-toi à combattre.

Le roi haussa un sourcil, amusé. La perspective d'un duel était tentante, mais pas contre un enfant qui se blessait lui-même à chacune de ses leçons d'escrime.

– Va te coucher, rétorqua Onyx.

Atlance se pencha et ramassa l'épée double qui reposait à ses pieds, sur le sable.

– Où as-tu eu cette arme ? s'étonna le père.

– Kira l'a fait forger pour Sage, il y a fort longtemps. Je l'ai trouvée chez Morrison.

– Retourne-la où tu l'as prise. Tu risques de te faire mal.

– Je sais m'en servir.

– Permets-moi d'en douter. On ne maîtrise l'épée double qu'au bout de longues années de pratique.

– Encore une fois, tu rabaisses mes mérites.

– Cesse de faire l'enfant et va porter cette arme à la forge.

– J'ai une bien meilleure idée.

Atlance se mit à faire tourner la longue épée devant lui, à la manière des ailes d'un moulin.

– Si je gagne, tu me laisseras me marier avec Katil.

– Et si tu perds ?

– Je me perfectionnerai jusqu'à ce que j'arrive à te vaincre.

– Je préférerais t'entendre dire que si tu perds, tu épouseras la princesse de mon choix.

– Katil porte mon enfant. Comment pourrais-je prendre une autre femme ?

Onyx fit apparaître sa terrible épée noire comme la nuit. Puisque la cour n'était éclairée que par quelques torches, il n'allait pas être facile pour Atlance de suivre les mouvements rapides des lames de son père.

– Tu crois vraiment que plus de lumière te permettra de me battre ? s'étonna Onyx en suivant ses pensées.

Une boule de feu apparut alors au-dessus de leur tête, tel un soleil, illuminant cette partie de l'enceinte comme en plein jour !

– Comment fais-tu toutes ces choses incroyables ? s'étonna le fils. C'est une magie qui n'est pas propre aux humains.

– Je suis spécial.

Atlance inspira profondément et se mit à sautiller, comme un enfant qui hésite à se jeter à l'eau, puis il chargea en poussant un cri de guerre. Il attaqua Onyx avec tous les coups qu'il connaissait, mais aucun d'eux ne parvint à déjouer la vigilance de l'ancien guerrier. Celui-ci para tous les assauts du jeune homme en le laissant s'épuiser.

– C'est très bien, mais tu n'es pas de taille, fiston.

Dans un violent choc, le souverain le désarma. Ne voulant pas s'avouer vaincu, Atlance tenta de renverser son père. Les pieds fermement plantés dans le sol, Onyx ne bougea pas d'un poil et son fils rebondit sur sa poitrine pour finalement tomber sur le dos.

– Tu te débrouilles pas mal, mais tu as encore du chemin à faire avant de me battre.

– Laisse-moi me marier avec Katil !

– Tu n'as pas gagné.

Onyx disparut en même temps que la boule de feu qui les éclairait et Atlance se retrouva seul dans l'obscurité, humilié. Pour se changer les idées, le roi se matérialisa dans la chambre de sa fille qui, assise sur le banc devant sa coiffeuse, brossait ses longs cheveux blonds.

– C'est impoli d'entrer dans la chambre de quelqu'un sans frapper, lui reprocha Cornéliane.

– Mille pardons, princesse. J'aurais dû apparaître dans le couloir d'abord.

Le père s'assit au pied du lit et observa l'enfant qui avait ses yeux, mais le nez et la bouche de sa mère.

— Pourquoi refuses-tu de laisser Atlance épouser celle qu'il aime ?

— Parce que les enfants d'un couple royal sont tenus d'unir leur vie à des gens de leur rang.

— Est-ce que ce sera pareil pour moi ?

— Nous analyserons ensemble la longue liste des prétendants qui se mourront d'amour pour toi et nous choisirons le plus prometteur.

— Serai-je obligée d'aller vivre loin de chez moi, comme maman l'a fait ?

— Non, mon cœur. Tu seras la reine de ce royaume et ce sera ton mari qui sera forcé de s'exiler.

— Est-ce que Wellan est un prince ?

— En théorie, puisqu'il est le fils de la Princesse de Shola et du Prince de Zénor.

— Donc, je pourrais le mettre sur ma liste ?

— Si tu veux, mais il lui faudra prouver sa valeur. Nous en reparlerons quand tu seras plus grande.

Cornéliane déposa sa brosse et alla se blottir dans les bras de son père. «J'aurais dû n'avoir que des filles», soupira intérieurement Onyx en la serrant contre lui.

— Est-ce que tu m'aimeras toujours ? supplia l'enfant.

— Jusqu'à mon dernier souffle et, dans mon cas, ça risque d'être long.

Onyx borda Cornéliane et se rendit à la chambre d'Anoki. Ce dernier était couché, mais il ne dormait pas.

— Comment vas-tu, petit homme ? demanda le roi dans la langue des Enkievs.

— J'ai éprouvé beaucoup de frayeur, aujourd'hui, mais j'ai fait attention de ne pas le laisser paraître.

— Azcatchi n'a aucune juridiction sur ces terres, Anoki.

— J'ai appris à le redouter à Tepecoalt.

— Notre plus féroce ennemi n'est pas ce corbeau grincheux qui lance des éclairs.

— C'est son père, Lycaon ?

— Non plus. C'est la peur. Les soldats la craignent plus que la mort, car elle paralyse leur cerveau et leurs membres aussi. Jusqu'à ce que nous retrouvions ta famille, je vais t'apprendre à voir les gens et les situations de façon objective. Une fois qu'on a étudié attentivement ce qui nous effraie, on se rend compte que ce n'est pas si terrible qu'on le croyait.

— Quand vous étiez à quelques pas seulement d'Azcatchi, ce matin, vous n'avez même pas tremblé un peu ?

Onyx secoua la tête négativement.

– On dit qu'il peut tuer un homme d'un seul regard !

– On dit bien des choses sur les gens puissants, Anoki. N'écoute pas ces rumeurs. Elles n'ont aucun fondement dans la réalité. Fie-toi plutôt à ce que tu ressens dans ton cœur. En observant Azcatchi, j'ai vu un pauvre type qui tente de défendre sa réputation.

– A-t-il réussi ?

– Pas vraiment.

– Alors, il reviendra, car il est très rancunier.

– Ne t'inquiète pas. Je l'empêcherai de nous faire du mal. J'aime mon pays et je le protégerai aussi longtemps que mes forces me le permettront.

– Vous êtes un homme brave. Je veux vous ressembler quand je serai grand.

– Moi, je préférerais que tu sois toi-même. Allez, essaie de fermer l'œil et de rêver que tu règles son compte à Azcatchi.

La suggestion fit rire l'enfant. Onyx l'embrassa sur le front et éteignit les bougies avec sa magie. Il poursuivit sa route et aboutit finalement à ses bains privés, où Swan se prélassait déjà dans l'eau parfumée de lavande.

— Je vais encore avoir une odeur de fille sur la peau, gémit-il en se dévêtant.

— Tu ne t'en vas pas guerroyer demain, à ce que je sache. Tu as le droit de sentir bon.

Il se cala dans l'eau chaude, près de sa femme.

— Et je ne veux pas parler d'Atlance, l'avertit-il.

— Très bien.

Swan se mit à masser les épaules tendues d'Onyx en lui arrachant des soupirs de contentement.

— Si l'âme de Wellan a été capable de revenir dans le monde des mortels sous la forme du bébé de Kira, crois-tu qu'on pourrait persuader celle de Nemeroff de faire la même chose ? lâcha soudain le roi.

— Le grand chef des Chevaliers était le chouchou de Theandras et, comme tu le sais, seuls les dieux peuvent redonner la vie à un défunt. Notre fils est mort dans l'ignorance totale des dieux vénérés à Enkidiev parce que cela ne faisait pas partie des priorités de cette famille de lui en parler. Il ne saurait donc pas vers qui se tourner. Si on ajoute à cette omission dans son éducation le fait que tu t'es mis tous les Immortels à dos, je ne vois pas très bien à qui nous pourrions nous adresser.

— Il y a toujours une solution, même si elle n'est pas évidente du premier coup. Je vais fouiller la bibliothèque de fond en comble.

– Tu ne t'avoues jamais vaincu, n'est-ce pas ?

– Non, jamais.

Il attira Swan dans ses bras et l'embrassa avec tendresse, cherchant surtout à se réconforter plutôt qu'à la séduire.

4

RAJEUNISSEMENT SUBIT

ssise dans l'herbe tendre du pré qui s'étendait au sud de la tour d'Hadrian, du côté ouest de la rivière Mardall, Jenifael réfléchissait à son avenir. Les chevaux broutaient autour d'elle, mais la jeune femme ne les surveillait pas vraiment. Depuis plusieurs minutes, elle caressait ses joues avec la pointe d'une tige d'agrostis, le regard absent.

Jenifael était tombée amoureuse de l'ancien Roi d'Argent lorsqu'elle n'était qu'une enfant. Sa prestance, son éloquence et son immense savoir l'avaient séduite, car ces attributs lui rappelaient les plus belles qualités de son père. Elle avait eu de nombreux échanges avec Hadrian, dans la bibliothèque d'Émeraude, où il l'avait souvent surprise à étudier. Jamais il ne l'avait traitée autrement qu'en adulte. En grandissant, Jenifael avait continué à observer de loin cet homme si différent de tous les autres, en se demandant si sa perception de lui allait changer. Au lieu de diminuer, son amour et son admiration pour lui n'avaient cessé de grandir. Elle était maintenant prête à faire des concessions pour souder leur couple, mais Hadrian ne semblait pas encore prêt à faire la même chose.

La jeune déesse avait été élevée dans un château fourmillant de nobles, de Chevaliers et de serviteurs. Elle ne connaissait pas cette solitude si chère à son prétendant. Il vivait au milieu de nulle part, avec les oiseaux et les animaux sauvages. La forteresse de ses descendants se situait à des kilomètres à l'ouest et ceux-ci ne lui rendaient jamais visite. Ses voisins les plus proches étaient les Fées qui ne quittaient jamais leurs forêts enchantées. Quant aux Elfes, ils habitaient encore plus loin. De toute façon, après le refus qu'il avait essuyé en tentant de courtiser une enchanteresse et le mauvais tour que les sœurs de cette dernière avait joué à Onyx, l'ancien souverain éprouvait beaucoup moins d'attirance pour cet étrange peuple sylvestre.

Depuis leur retour d'Enlilkisar, Jenifael et Hadrian avaient longuement discuté de leurs aspirations respectives pour finalement se rendre compte qu'ils n'avaient pas grand-chose en commun. Elle aimait la compagnie et les grandes fêtes qui duraient jusqu'aux petites heures du matin. Il préférait la quiétude de la forêt et les repas en tête-à-tête. Elle rêvait d'une véritable demeure avec plusieurs grandes pièces richement décorées, entourée d'autres maisons où vivraient ses amis. Il était parfaitement heureux dans sa tour ronde à quatre étages où on ne pouvait même pas accrocher un cadre. Leur éventuel mariage semblait déjà voué à l'échec.

Les chevaux relevèrent soudain la tête et dressèrent les oreilles. « Qu'ont-ils entendu ? » se demanda Jenifael en scrutant les environs avec ses sens invisibles. Elle ne détecta rien d'anormal. Pourtant les bêtes avaient commencé à pousser des plaintes aigües. Lorsqu'elles s'enfuirent vers l'écurie, y compris Staya qui était une brave jument-dragon, la guerrière se leva, inquiète. L'air se chargea d'électricité, comme à la veille d'un orage. Toutefois, le ciel était bleu jusqu'à l'horizon.

Elle n'eut pas le temps de quitter les lieux qu'une belle femme aux longs cheveux noirs, portant une robe enflammée, apparut devant elle.

— Mère ? s'étonna-t-elle. Que faites-vous ici ? S'est-il produit un malheur ?

— Je suis simplement venue prendre de tes nouvelles, Jenifael. Pourquoi es-tu aussi surprise ?

— Parce que vous ne vous êtes jamais vraiment intéressée à moi, sauf dans mes rêves.

— Je ne voulais pas me mêler de l'éducation que tes parents humains avaient choisi de te donner. Puisque tu es devenue une adulte, je ne vois aucun mal à te rendre visite plus souvent.

La déesse de Rubis s'installa sur l'herbe sans que le feu ne la consume. Ne sachant pas très bien quoi faire en présence de cet important personnage du panthéon reptilien, Jenifael finit par l'imiter.

— En fait, il y a des choses que tu dois maintenant savoir et que Wellan et Bridgess ne pouvaient pas te dire.

— Je vous écoute, fit bravement la femme Chevalier.

— Tu appartiens au panthéon des ghariyals.

— On me l'a souvent répété, mais je ne suis pas certaine de vouloir devenir une déesse.

– Nous n'avons aucune objection à te laisser jouir d'une vie terrestre, Jenifael. Cependant, tu devras aussi t'acquitter de tes devoirs divins.

– J'imagine que vous allez me les énumérer…

– Pas tout de suite. Je veux d'abord savoir si tu es heureuse.

– Je crois que oui.

– Y a-t-il quelque chose que tu désirerais changer dans ta vie ?

– Parfois, j'aimerais que mon amoureux soit plus jeune. Nous avons des goûts différents, alors nos besoins physiques ne sont pas toujours en accord. Même s'il a l'air d'avoir trente ans, Hadrian agit plutôt comme s'il avait plusieurs centaines d'années. Il se lève plus tard que moi. Il préfère la lecture à l'activité physique. Pis encore, il aime rester assis sur le bord de la rivière à observer les ronds que font les poissons à la surface de l'eau. Je lui ai souvent demandé de m'enseigner le maniement de l'épée double, mais il est toujours trop fatigué ou il a mal quelque part.

– Je vois.

– Mes amis Chevaliers m'ont tous conseillé de m'intéresser à quelqu'un de mon âge, mais je ne les ai malheureusement pas écoutés.

– Est-ce tout ce que tu reproches à ton futur mari ?

– Depuis que la guerre est terminée, à part voler au secours de son ami Onyx, il n'aspire qu'à vivre en ermite.

– Il a déjà eu une longue vie remplie de satisfaction avant celle-ci.

– Eh bien, moi, non. J'ai besoin d'action, de défis, et n'allez surtout pas me dire que des enfants me combleraient. Je n'en ai pas envie en ce moment.

– Je ne te donnerai pas de conseils sur ta vie conjugale, si c'est ce que tu veux.

– Parlez-moi plutôt de mes obligations de déesse. Cela devrait suffire à me changer les idées.

Theandras leva gracieusement la main et de petites sphères apparurent de nulle part. Elles se mirent aussitôt à tourner autour de la tête de Jenifael.

– Je vois des visages dans ces bulles ! s'exclama la jeune femme.

L'une d'elles s'arrêta devant ses yeux.

– Voici Parandar, ton oncle. C'est à lui qu'Aiapaec et Aufaniae ont confié le panthéon des ghariyals.

« Il ressemble beaucoup à sa sœur », songea Jenifael en étudiant ses traits. Tout comme Theandras, il avait des cheveux noirs de jais et des yeux incroyables. Des flammes dansaient dans ceux de la déesse de Rubis, alors que des étoiles tourbillonnaient dans ceux de Parandar. De sphère en sphère, la guerrière apprit à reconnaître tous les membres de sa famille divine.

– Est-il vrai que votre véritable apparence n'est pas celle que vous choisissez de présenter aux humains ? demanda Jenifael.

– À l'origine, les plus purs d'entre nous étaient recouverts d'écailles et nos membres étaient trop courts pour nous permettre de nous mouvoir à notre guise. C'est Parandar qui a imaginé et créé les créatures qui peuplent ce monde. Leur forme était si élégante et si bien adaptée à la vie que nous l'avons adoptée nous aussi.

– Ai-je potentiellement le pouvoir de me changer en gavial ?

– C'est certain.

– À coup sûr, cet aspect ferait réagir Hadrian. Toutefois, je ne suis pas certaine d'aimer cette nouvelle peau.

– Puisqu'une partie de toi est mortelle, tu ne seras jamais forcée d'avoir recours à cette métamorphose.

– Ce qui nous amène au sujet suivant : comment ai-je été conçue ? Ni mon père ni ma mère ne pouvait me l'expliquer de façon rationnelle.

– J'ai prélevé une lamelle de peau du grand Chevalier Wellan et je t'ai façonnée à partir de là. Je voulais que tu aies ses cheveux et mes yeux, mais ma nature incandescente a fait de toi une rouquine.

— Pourquoi avez-vous soudainement éprouvé le besoin d'avoir une fille ?

— J'étais la seule déesse sans héritier, alors j'en ai profité pour récompenser ton père de nous avoir donné un nouvel Immortel. Tu n'es certainement pas sans savoir que l'homme qui permet à une divinité de se reproduire ne peut plus jamais avoir d'enfants avec une femme de ce monde.

— Dylan me l'a expliqué. Aurai-je un rôle à jouer, comme lui ?

— Tu devras convertir tous les humains au culte des ghariyals.

— Mais il y en a jusque de l'autre côté des volcans !

— Certains peuples d'Enlilkisar nous vénèrent déjà.

— Je ne connais que les Itzamans qui prient les félins et les Tepecoalts qui adorent les oiseaux.

— Il y en a d'autres, comme les Ressakans, les Elladans et les Mixilzins qui ont compris que nous sommes les plus puissants des dieux. Les Mixilzins pourraient devenir tes premiers alliés. Ils vivent sur le flanc des volcans, au nord d'Itzaman.

— Comment devrai-je les approcher ?

– Ce sera à toi de le découvrir, Jenifael.

La jeune déesse tourna la tête en direction de la tour de son amoureux.

– Hadrian sera sans doute en désaccord avec cette mission divine. Il n'a accepté de quitter son petit univers tranquille que pour sauver le Roi d'Émeraude d'une mort certaine. Je ne crois pas qu'il me suivra au bout du monde pour faire l'éloge des ghariyals.

– À ta place, je ne m'en inquiéterais pas trop. Sa famille nous a toujours été très dévouée.

Theandras se pencha pour embrasser sa fille sur le front.

– Mère, est-ce que je mourrai, un jour?

– Oui, mais pas de la même façon que les humains. Rappelle-toi toujours que tu fais partie du panthéon reptilien, Jenifael. C'est un grand honneur.

La déesse de Rubis s'évapora tout doucement, comme la brume lorsque le soleil se lève sur la campagne. « Quelle curieuse rencontre », songea la femme Chevalier. Elle pouvait depuis longtemps se transformer en boule de feu, une magie que ne possédaient pas ses compagnons d'armes, et dans ses yeux dansaient de petites flammes. Rien d'autre, à son avis, ne l'avait différenciée de ses amis, jusqu'à présent. Elle ne comprenait pas encore qu'elle ne partagerait jamais le même genre de vie qu'eux.

Avant de retourner dans sa rotonde céleste, Theandras s'arrêta à la tour de son futur gendre. Tout comme le lui avait décrit Jenifael, elle trouva Hadrian endormi sur son lit, un livre entre les mains. Ses traits étaient tirés, même au repos. «Je ne peux pas partir sans faire plaisir à mon enfant», décida la divinité. Elle saupoudra donc l'ermite d'une fine poudre rouge, puis disparut.

Lorsqu'il ouvrit les yeux, Hadrian sentit immédiatement que quelque chose avait changé : son corps ne le faisait plus souffrir. Habituellement, au réveil, il devait se masser les genoux avant que ceux-ci acceptent de fléchir. Ce matin-là, il parvint à plier et déplier tous ses membres sans éprouver la moindre douleur. Intrigué, il se rendit à la bassine sur la table afin de se laver le visage et sursauta en apercevant son reflet à la surface de l'eau. Ses traits aussi avaient changé !

– Onyx… grommela-t-il, mécontent.

Il alla se planter devant la psyché que lui avait offerte le Roi Rhee d'Argent et découvrit avec étonnement qu'il avait minci. «Que m'est-il arrivé durant la nuit ?» se demanda-t-il, intrigué. Il demeura longtemps immobile devant l'image que lui renvoyait le miroir. Était-il en train de rêver ? Il se pencha à la fenêtre et vit Jenifael, couchée dans l'herbe. Elle contemplait le ciel sans se soucier de rien. «Si elle m'avait jeté ce sort, elle serait en train d'épier ma réaction, pensa Hadrian. Il faut donc que ce soit Onyx.» Il se hâta de se vêtir, même si ses vêtements étaient désormais trop grands pour lui.

— Jeni, j'ai besoin de ton avis, fit-il en marchant vers elle sur la plaine.

La jeune déesse se redressa et écarquilla les yeux de surprise, confirmant à Hadrian qu'elle n'avait rien à voir dans cette histoire.

— Qu'est-ce qui t'arrive ? demanda-t-elle plutôt.

— Je l'ignore, mais je commence à croire que je suis toujours endormi.

Jenifael lui pinça le bras, lui arrachant une grimace.

— Tu es bel et bien réveillé, confirma-t-elle. On dirait par contre que tu as deux cents ans de moins.

— Je n'ai rien à voir avec ma nouvelle apparence.

La conversation que Jenifael venait d'avoir avec la déesse lui revint aussitôt à la mémoire.

— Je crains que ce ne soit l'œuvre de ma mère, avoua-t-elle.

— Encore ! se fâcha l'ancien roi. Elle m'a retiré toutes mes émotions du passé et, maintenant, elle cherche à me ravir ma sagesse ?

— Pas tout à fait… Je lui ai dit que ton âge représentait un obstacle à notre bonheur.

— Quoi ? Tu me trouves trop vieux ?

La guerrière pinça les lèvres pour éviter de provoquer un autre interminable débat.

– Je veux redevenir ce que j'étais, exigea Hadrian.

– Les dieux reviennent rarement sur leurs décisions.

Le visage de son amoureux s'empourpra.

– Je ne vois pas pourquoi tu te mets en colère, Hadrian. La jeunesse te va à merveille.

– On me l'a accordée à mon insu, ce qui est tout à fait malhonnête.

– Pourquoi te sens-tu toujours lésé, même lorsqu'il t'arrive quelque chose de formidable ?

– Je suis le maître de ma propre vie.

– Theandras a simplement voulu me faire plaisir.

– À toi, mais qu'en est-il de moi ?

– Pourquoi ramènes-tu toujours tout à ta petite personne ?

Voyant qu'ils allaient encore une fois se quereller, Hadrian garda le silence.

– Je n'ai plus envie de perdre mon temps avec un homme qui ne pense qu'à lui, grommela la jeune femme.

Elle se dématérialisa brusquement sous les yeux de son amoureux.

– Jeni !

Hadrian scruta la région avec ses sens invisibles et trouva finalement sa fiancée sur le pont de pierre que le sorcier Asbeth avait fait édifier plus au nord afin de faire traverser, jadis, la rivière Mardall à ses dragons.

– Staya ! appela l'ancien roi.

La jument-dragon arriva au galop. Son maître grimpa sur son dos et lui indiqua l'endroit où il désirait se rendre. Staya ralentit le pas en arrivant près de l'insolite construction, et Hadrian se laissa glisser sur le sol. En se calmant, il marcha jusqu'au parapet de pierre où Jenifael était assise, les pieds pendant au-dessus de l'eau.

– Pardonne-moi, murmura-t-il en posant les mains sur les épaules de la déesse.

– Il faut en venir à l'évidence, Hadrian. Peu importe ce que font les dieux pour favoriser notre union, nous sommes toujours incompatibles.

– Je suis le seul à blâmer. Il n'est pas facile de se bâtir une deuxième vie, tu sais. La guerre m'a empêché d'y réfléchir pendant des années et, maintenant que je suis aux prises avec cette réalité, je ne sais plus très bien ce que je veux. Même si je n'éprouve plus de sentiments pour mes anciennes amours, leur souvenir persiste dans ma mémoire.

Jenifael pivota sur ses talons et se lova dans les bras d'Hadrian.

– L'histoire raconte mes exploits de commandant des Chevaliers d'Émeraude durant les deux invasions des hommes-insectes, mais elle ne dit rien des efforts que j'ai déployés pour apprendre à devenir un bon père et un mari fidèle. Il est vraiment dommage que les hommes ne naissent pas avec la faculté de comprendre le cœur des femmes.

Les yeux fermés, la guerrière demeura silencieuse contre sa poitrine.

– Tu ne dis rien ? s'inquiéta Hadrian.

– Il y a trop d'obstacles à notre amour…

– Je suis un bon stratège.

Le commentaire fit sourire Jenifael.

– Il n'y a pas de problèmes… poursuivit-il.

– … Seulement des solutions, termina-t-elle. Tu passes ton temps à me le répéter, mais comment concilier nos désirs, alors que nous vivons de manières diamétralement opposées ?

– Nous pourrions ériger une deuxième maison ailleurs.

– Tu as besoin de solitude tandis que je veux vivre parmi les gens.

– Construisons cette seconde demeure dans un endroit peuplé, au royaume de ton choix.

– Il y a aussi la mission que les dieux viennent de me confier…

Hadrian éloigna sa belle au bout de ses bras pour la regarder droit dans les yeux.

– Quelle mission ?

– Ils veulent que je convertisse tous les habitants du monde au culte de Parandar.

– Cette entreprise pourrait en effet devenir hasardeuse et cela n'a rien à voir avec mes propres convictions.

– Explique-toi.

– Les dieux-félins ont fait la même demande à Onyx.

– Les panthéons sont-ils en train de nous monter les uns contre les autres ?

– C'est ce que je pense, soupira Hadrian qui se voyait déjà coincé entre sa fiancée et son meilleur ami. Il arrive malheureusement que les gens ou les dieux assoiffés de pouvoir fassent fi du bonheur de ceux qui se trouvent sur leur route.

– Comment puis-je plaire à ma mère sans m'aliéner le Roi d'Émeraude ? se découragea Jenifael.

– Mon sage mentor me répétait souvent, lorsque je régnais sur le Royaume d'Argent, que si nous étions dans cette vie, c'était pour faire nos preuves et nous améliorer sans cesse. Il me disait aussi que ce qui ne nous tue pas nous fait grandir. Nous ne pourrons pas régler cet imbroglio en un seul jour. Toutefois, nous pourrions commencer à penser à cette deuxième maison qui nous permettrait de faire la paix, tous les deux.

– Je veux que nous l'érigions à Émeraude et que ce ne soit pas une tour.

Hadrian prit la main de Jenifael et l'entraîna vers sa jument blanche.

– Elle ne doit pas non plus s'élever trop loin du château.

« Si leur destin devait exiger un jour qu'ils s'affrontent, peut-être devrais-je la convaincre tout de suite de ne pas nous installer dans la cour d'Onyx ? » songea Hadrian, inquiet.

5

UN PRINCE DÉSILLUSIONNÉ

oujours agenouillé dans le noir, au milieu de la grande cour du Château d'Émeraude où il avait grandi, Atlance avait le cœur brisé. Son père, qu'il adorait depuis sa naissance, venait de lui servir une humiliante leçon à l'épée double. Pis encore, Onyx l'avait abandonné sur place au lieu de lui tendre la main, comme le dictaient les règles des combats amicaux. Son comportement signifiait qu'il le considérait toujours comme un être inférieur. Même si l'affrontement n'avait pas eu lieu devant tous les habitants du château, le prince s'en sentait tout autant diminué.

Onyx était né paysan, mais il était devenu un grand roi. Atlance comprenait le désir de son père d'assurer à ses fils un avenir aisé. Or, pourquoi refusait-il de comprendre la force de l'amour ? Le jeune homme ne l'avait pas fait exprès de tomber amoureux d'une paysanne. En fait, il n'avait jamais prêté attention au rang social de Katil. C'étaient ses belles qualités du cœur qui l'avaient séduit. Non seulement elle maîtrisait de plus en plus la magie, mais jamais elle n'y avait recours pour faire autre chose que le bien. Tout comme lui, Katil n'avait qu'un seul désir : vivre en paix et élever des enfants honnêtes et aimants. La politique n'intéressait ni l'un ni l'autre.

Rassemblant son courage, Atlance se leva et retourna au palais. Un serviteur, qui venait d'aller puiser de l'eau dans le puits, s'immobilisa sous le porche en le voyant approcher, car la lumière du flambeau lui révélait les traits tendus du membre de la famille royale.

– Puis-je vous être utile, sire ? s'enquit le jeune homme.

– Non, ça ira.

Le prince appuya sa longue épée contre le mur, à côté de la porte de droite, et entra dans l'immense demeure. Heureusement, lorsque ses parents avaient finalement attribué des appartements à leurs enfants devenus adultes, Atlance avait reçu les plus éloignés de ceux d'Onyx. Il pouvait donc circuler à sa guise sans que Sa Majesté sache où il allait.

La tête basse, Atlance grimpa le grand escalier et se réfugia dans sa chambre. Il commença par se nettoyer le visage et les mains, puis il se changea. Il alla ensuite chercher ses sacoches de cuir et y plaça ses vêtements préférés. Il ne savait pas encore ce qu'il allait faire, mais il ne pouvait plus rester sous le toit de son père qui ne le respectait pas. Il laissa derrière lui tous les objets précieux qui lui avaient été offerts et ne conserva qu'une breloque en forme d'aigle, montée sur une chaînette en or, que lui avait donnée sa mère. C'était un présent qu'elle avait elle-même reçu de son père, le Roi d'Opale. L'aigle, dans ce royaume, était le symbole du courage.

Le Prince d'Émeraude s'attacha les cheveux sur la nuque et jeta une cape noire sur ses épaules. La saison chaude venait de commencer, mais les nuits étaient encore fraîches.

Les sentinelles avaient sans doute déjà levé le pont-levis, mais cela ne découragea pas Atlance. Il se rendit à l'écurie et harnacha son cheval. Puis, il attacha ses sacoches à la selle et mit le pied à l'étrier.

– Qui va là ? s'inquiéta l'un des soldats lorsqu'il s'approcha finalement des portes.

– Le Prince Atlance, répondit le jeune homme en se redressant fièrement.

– Personne ne doit quitter la forteresse après le coucher du soleil, Altesse.

– Sauf en cas d'urgence. Laissez-moi passer, je vous prie. On m'a confié une importante mission qui ne peut attendre au matin.

Atlance détestait mentir, mais il n'avait pas envie d'expliquer à cet homme qu'il partait parce que son père ne l'aimait plus.

– Si vous le voulez, vous pouvez vous en informer auprès du roi, mais je vous avertis tout de suite qu'il se repose en compagnie de la reine.

Tout le monde savait qu'Onyx n'aimait pas être importuné le soir, lorsqu'il se retirait dans ses appartements. La sentinelle fit donc signe à ses compagnons d'abaisser le pont. Avec beaucoup de soulagement, Atlance quitta le château. Depuis qu'il avait été enlevé par un monstre, il détestait l'obscurité, mais ce soir-là, il ressentit un curieux soulagement en avançant sur la route de terre. S'il avait été le seul enfant du couple royal, les Émériens l'auraient sans doute traité de lâche, mais tout le monde savait, depuis la naissance de la Princesse Cornéliane, que c'était elle qu'Onyx destinait au trône. « Tant mieux pour elle », se réjouit Atlance. Il se mit alors à penser à ses frères.

Nemeroff avait perdu la vie durant la deuxième guerre. « Il ne se serait pas laissé écarter de la couronne », songea le jeune homme. Il ne se souvenait plus de lui, mais on lui avait toujours raconté que son aîné ressemblait physiquement à Swan tout en affichant le caractère d'Onyx. Même avant d'apprendre qu'il avait été adopté, Maximilien n'avait jamais caché son désintéressement pour la monarchie. Son seul amour, c'étaient ses chevaux. Il avait quitté le palais quelque temps plus tôt pour retrouver des membres de sa véritable famille et n'était jamais revenu. Quant à Fabian, on expliquait sa longue absence par son goût des aventures risquées. Atlance avait entendu ses parents parler d'un piège tendu par les dieux ailés, mais puisqu'ils ne s'étaient pas précipités au secours de son frère, il avait cessé de prendre cette rumeur au sérieux.

Atlance fit aller son cheval au pas en écoutant les bruits de la nuit. Il aurait pu se réfugier chez Hadrian, l'ami de son père, et lui demander conseil, car c'était un sage homme, mais son cœur l'avait plutôt poussé en direction de la campagne d'Émeraude, où habitait désormais sa belle. Il avait souvent entendu sa mère dire que Jasson était le plus tolérant de tous les Chevaliers d'Émeraude. « Mon père prétend plutôt qu'il est un déserteur », soupira-t-il intérieurement. Ce soudain geste de découragement de la part du valeureux soldat, à la mort du commandant Wellan, n'aidait vraiment pas sa cause.

Subitement, une lumière dorée enveloppa le jeune prince et sa monture. Atlance tira sur les rênes, s'attendant à voir surgir son père devant lui, un air de contrariété sur le visage. Il écarquilla les yeux de surprise quand il vit plutôt un homme descendre tout doucement du ciel. Était-ce le fameux dieu courroucé qui voulait détruire Émeraude ? La créature se posa finalement à quelques pas de lui. C'était un rapace. Son plumage était blanc sur la tête et marron sur le poitrail. Les extrémités de ses ailes immaculées étaient d'un noir profond.

– Un milan royal de cette taille ? s'étonna Atlance.

– Seulement en apparence, répondit l'oiseau.

À la stupéfaction du prince, le milan se métamorphosa en un être humain aux cheveux blonds, portant une tunique courte et un pantalon marron.

– Fabian ?

– En personne.

– Mais qui t'a enseigné une telle magie ? La sorcière que tu as rencontrée il y a quelques mois ?

– Je n'ai pas eu à l'apprendre, Atlance. Je suis né ainsi, mais je l'ignorais jusqu'à ce que cette femme réveille en moi mes véritables pouvoirs.

– Je ne comprends pas…

– C'est pourtant fort simple. Je ne suis pas le fils d'Onyx d'Émeraude.

– Tu n'es pas mon frère ?

– Swan est notre mère à tous les deux, mais nous avons chacun un père différent. Dis-moi, que fais-tu aussi loin de chez toi en pleine nuit ?

– Je pourrais te poser la même question.

– J'ai demandé en premier.

– Je me rends chez ma bien-aimée. Maintenant, toi.

– Je m'exerce à voler après le coucher du soleil.

– Tu vois dans le noir ?

– Je n'ai pas besoin de me servir de mes yeux. Je possède des sens beaucoup plus efficaces que ceux des humains.

– Tu commences vraiment à me faire peur, Fabian.

– Moi ? Si tu te trouves à l'extérieur de la forteresse à une heure pareille, je serais davantage porté à croire que c'est un autre homme que tu crains. Qu'a-t-il fait, cette fois ?

– Père refuse de me laisser épouser la femme que j'aime. J'ai donc décidé d'aller vivre ailleurs.

– Alors là, je suis fier de toi.

– Où habites-tu, maintenant ?

– Dans un monde que tu ne peux pas imaginer, mon frère. Les maisons ressemblent à d'immenses nids construits au sommet d'arbres si grands qu'on ne peut apercevoir le sol dans lequel ils poussent.

– J'ignorais qu'il existait un tel endroit à Enkidiev.

Fabian éclata d'un grand rire. De tous les enfants d'Onyx, il était le plus rebelle. Depuis son jeune âge, il n'avait cessé de réclamer des droits et des libertés dont les autres princes ne jouissaient pas. Il ne prenait aucune menace au sérieux et n'en faisait toujours qu'à sa tête.

– Ne te moque pas de moi, l'implora son aîné.

– Tu es si naïf, Atlance. Cet univers dont je te parle, c'est celui des dieux. Je suis l'un d'eux.

– J'imagine que ni père ni personne ne te forcera à marier une femme que tu n'aimes pas.

– Ce doit être la même chose pour toi.

– Depuis qu'il y a des rois sur ce continent, leurs enfants sont obligés d'obéir à leurs parents afin d'assurer leur descendance.

– Ce n'est qu'une coutume. Ce n'est écrit nulle part. Tu n'es pas forcé de faire tout ce que père exige de toi, surtout lorsque ce n'est pas raisonnable. Tu as le droit de chérir tes propres rêves et de les réaliser. N'attends pas les autres, Atlance. Fais ce qu'il faut pour que tu sois heureux.

— Comme Maximilien ?

— Pour lui, c'était très clair.

— J'adore père, mais, à ses yeux, je ne suis qu'un lâche. J'aimerais tellement retourner dans le passé et affronter le dieu déchu au lieu de céder à la peur.

— Tu n'étais qu'un enfant.

— Mais toi, tu n'aurais pas tremblé devant cet alligator, Fabian. Tu es si courageux.

— On ne peut pas changer le passé, alors cesse de te torturer l'esprit. Préoccupe-toi plutôt de ton avenir. Rends-toi chez celle qui fait battre ton cœur et sois heureux.

— Te reverrai-je ?

— Tout dépendra du camp que tu choisiras. Les dieux sont sur le point de tester notre allégeance.

— Il pourrait donc vraiment y avoir une autre guerre…

— Elle est inévitable.

Le visage de Fabian se couvrit de plumes blanches et son nez se transforma en bec d'aigle. Ses yeux s'élargirent et devinrent plus menaçants aussi. Il poussa un cri perçant et ouvrit ses ailes avant de s'envoler dans l'obscurité. Atlance resta inerte un long moment après le départ de son frère. La perspective d'un nouvel affrontement sur la terre des hommes ne l'enchantait guère. Il ne voulait pas se battre et rêvait plutôt d'une vie tranquille. Il se voyait entouré d'enfants qu'il traiterait avec douceur et compréhension. «Je ne laisserai aucun dieu me ravir l'un d'eux, décida-t-il en talonnant son cheval. Je mourrai plutôt que de permettre à qui que ce soit de les terroriser.»

Le jeune prince arriva à la ferme du père de Katil au milieu de la nuit. Les chiens se mirent à aboyer lorsqu'il s'engagea dans l'allée de peupliers qui menait à la maison. Jasson vint à la rencontre de son visiteur nocturne sans la moindre appréhension, car grâce à ses sens invisibles, il l'avait identifié.

— Content de te revoir, Atlance, le salua le Chevalier.

— Je suis désolé d'arriver chez vous si tard.

— L'amour n'a pas d'heure. Je vais conduire ton cheval à l'enclos.

— Je vous remercie, mais je ne veux pas être traité différemment des autres sujets de ce royaume. Je vais le faire moi-même.

Atlance mit pied à terre et suivit Jasson jusqu'à la clôture en bois. Les deux hommes dessellèrent l'animal et le laissèrent rejoindre ses semblables au pied des arbres.

— Veux-tu me parler de ce qui te tracasse ? demanda Jasson à son futur beau-fils, sur un ton amical.

– Il n'y a pas grand-chose à dire, sauf que mon père et moi ne voyons plus les choses de la même manière. J'ai dû prendre la décision de quitter le château.

– Pour aller où ?

– Je n'en sais rien encore. C'est pourquoi j'ai besoin de parler à Katil.

– Tu pourrais t'établir ici.

– Sincèrement, je préférerais changer de royaume.

– Crois-tu que ça empêchera Onyx de te retrouver ?

Atlance garda le silence, car Jasson avait raison. La magie de son père était puissante et il pouvait se transporter instantanément où bon lui semblait, alors que les Chevaliers, eux, ne possédaient plus les bracelets magiques qui leur avaient permis de créer des vortex pour se déplacer. Le prince suivit Jasson dans la maison. La pièce centrale était éclairée par les flammes qui brûlaient dans l'âtre, devant lequel Katil était assise, les épaules recouvertes d'un châle de laine.

Au retour de la guerre, Jasson avait ajouté des chambres à sa petite chaumière de façon à ce que tous les membres de la famille dorment dans des pièces séparées. En bavardant près du feu, ils ne dérangeraient personne. Atlance étreignit la jeune femme dont l'amour le réconforta aussitôt, puis s'assit près d'elle.

– Préférez-vous être seuls ? demanda Jasson.

– Je n'ai rien à cacher, affirma le prince.

– Ta sagesse pourrait nous être utile, papa, ajouta Katil.

Atlance leur raconta donc ce qui s'était passé et leur fit part de sa décision de prendre son propre destin entre ses mains.

– Onyx pourrait te renier, l'avertit Katil.

– Ça m'est bien égal, déclara le jeune homme qui en avait assez du joug de son père. Je veux vivre librement et je désire que mes enfants grandissent dans la joie et l'insouciance.

– C'est ce que veulent tous les parents, confirma Jasson. Malheureusement, nous sommes parfois à la merci de circonstances que nous ne pouvons maîtriser.

– Comme cette guerre stupide qui se prépare entre les dieux, soupira Atlance.

– Je ne vois pas comment nous pourrions y échapper.

– À moins qu'ils se battent dans leur monde, ajouta Katil.

– Comment en être certains ? demanda le prince.

– Il nous faudrait un informateur, conclut Jasson. J'en parlerai à Kira.

– Excellente idée, papa. Toutefois, j'aimerais bien mettre en sécurité ce bébé qui grandit en moi.

– Il y a toujours le temple du Royaume de Saphir, dont personne ne connaît l'emplacement, mais les forêts denses qui l'entourent sont peuplées de bêtes carnivores.

– Très peu pour moi, signala Atlance. J'ai pensé à tous les autres royaumes en venant ici, mais il y a autant d'inconvénients que d'avantages dans chacun.

– Même le Désert ? s'enquit sa belle.

Elle sentit aussitôt la main de son amoureux trembler dans la sienne.

– Y es-tu déjà allé ?

– C'est là qu'Akuretari m'a retenu prisonnier…

– Ce dieu déchu a été anéanti grâce à Wellan, lui rappela Jasson. Le Désert est dix fois plus vaste qu'Émeraude et mille fois moins peuplé. J'imagine qu'il serait difficile d'y retrouver une petite famille.

– Les pouvoirs de mon père sont suffisamment puissants pour y arriver. Mais, de l'autre côté des volcans…

– Je ne suis pas certaine de vouloir élever mon enfant au milieu de ces arracheurs de cœur, protesta Katil.

– Les Itzamans et les Tepecoalts ne sont pas les seuls peuples qui habitent Enlilkisar. Le petit Anoki raconte des choses fort intéressantes au sujet des Ressakans.

– Nous ignorons où ils se sont établis.

– Il nous suffira de le demander à Sévétouaca ou au Prince Juguarete. Je parie même que Cherrval en sait quelque chose.

– Je ne vous cacherai pas que Sanya et moi préférerions que vous vous installiez dans une ferme des environs, avoua le Chevalier, mais ce n'est pas dans ma nature de dicter aux autres leur conduite.

– Rien n'est encore définitif, le rassura sa fille. Il est très tard, Atlance.

– J'ai déjà senti ta fatigue. Remettons cette discussion à demain.

Jasson leur souhaita bonne nuit et alla retrouver son épouse dans la chambre à coucher. Cette nuit-là, Katil se blottit contre le prince dont elle était follement amoureuse et oublia les dieux, leur convoitise et leur ineptie. Elle se mit plutôt à rêver d'une existence sereine au milieu des Enkievs qui vivaient à Ressakan.

6

LE CULTE DE KIRA

Heureusement, Anoki n'avait passé, parmi les sangui-naires Tepecoalts, que trois révolutions, l'équivalent de trois années chez les habitants d'Enkidiev. Très intelligent, il ne s'était pas débattu lorsque les guerriers l'avaient enlevé de la maison de ses parents. C'était grâce à sa docilité qu'il était encore vivant. On l'avait remis à une famille d'esclaves qui servait les prêtresses, auprès de laquelle il avait rapidement appris la langue de l'envahisseur. Ses nombreux contacts avec des prisonniers ramenés d'autres pays lui avaient aussi permis d'acquérir de bonnes notions de celles des Mixilzins, des Hidatsas et des Djanmus, voisins des Tepecoalts.

Anoki n'avait pas été maltraité par ses parents adoptifs. Seule la reine Nayaztlan l'avait frappé pendant la captivité d'Onyx. Il avait mangé à sa faim et dormi au chaud dans une hutte. Jamais il n'avait imaginé qu'un jour il vivrait dans un grand palais de pierre, sous la protection d'un roi qui était en réalité une divinité. Tous les soirs, lorsqu'il se glissait entre les draps de satin, l'enfant priait les dieux de devenir le fils de ce grand homme. Au cas où ils l'exauceraient, Anoki s'efforçait d'apprendre le curieux dialecte d'Enkiev qu'on utilisait à Émeraude. Il était loin de se douter que son usage s'étendait à tout le continent, car à Enlilkisar, à part les Tepecoalts, les Itzamans et les Mixilzins qui partageaient des racines communes, personne ne pouvait comprendre la langue des autres nations.

Malgré la fervente admiration qu'il vouait à Onyx, Anoki ne comprenait pas pourquoi ce dernier se querellait sans cesse avec ses fils adultes. Cornéliane lui avait expliqué que ses frères aînés ne comprenaient tout simplement pas leur rôle dans la société, alors que Swan continuait de prétendre que son mari n'avait malheureusement pas évolué à la même vitesse que ses enfants, mais que ce n'était qu'une question de temps avant que la paix soit rétablie dans leur famille. Pourtant, Maximilien et Fabian n'étaient pas encore revenus au château et, par la fenêtre de sa chambre, Anoki avait vu Atlance s'enfuir dans la nuit.

Incapable de dormir, car la dernière altercation entre le père et le fils continuait de lui trotter dans la tête, le jeune Ressakan descendit de son lit et quitta ses quartiers. Il jeta un coup d'œil dans les appartements de la princesse, mais celle-ci avait sombré dans le sommeil. Il se rendit donc à la chambre royale. Le roi et la reine étaient enlacés sur leur grand lit. « Ce n'est guère le moment de les importuner », songea l'enfant. Il poursuivit donc son chemin jusqu'au grand escalier qui descendait vers la bibliothèque et les salles officielles, ainsi que vers les cuisines.

Silencieux comme un chat, Anoki traversa le palais endormi en pensant qu'un grand verre de lait chaud l'aiderait à fermer l'œil. Il allait mettre le pied dans la pièce réchauffée par les braises des fourneaux lorsqu'il entendit un son discordant. Il s'immobilisa et tendit l'oreille. Ce fut d'abord le silence, puis le curieux frottement se produisit de nouveau. Sa curiosité l'emporta sur son estomac et il décida d'identifier la source de ce bruit insolite. Ses pas le menèrent à la chapelle de la forteresse. Elle n'était pas aussi grande que celles qu'il avait visitées à Ressakan et à Tepecoalt, mais il n'avait jamais vu un endroit aussi propre. Les carreaux de marbre brillaient à la lueur des centaines de bougies qui brûlaient en permanence dans ce lieu de culte. Tout au fond, entourée de vases d'où montaient des volutes d'encens, s'élevait la statue de la déesse Kira.

Anoki s'étira le cou pour regarder dans la salle sans être découvert. Quelle ne fut pas sa surprise d'apercevoir la prêtresse Mali en train d'exécuter une curieuse danse, armée de deux longs couteaux. Le métal n'existait pas sur le continent natal du petit garçon. La surface des lames, sur laquelle se réfléchissait tant la lumière du soleil le jour que celle des flammes la nuit, exerçait sur lui une irrésistible fascination. Il observa les sauts, les pirouettes et les flexions de la jeune femme, mais surtout les mouvements gracieux des deux armes avec lesquelles elle aurait fort bien pu se blesser.

Lorsque Mali se prosterna enfin devant son idole en déposant les couteaux sur le plancher, Anoki fut tenté d'applaudir pour manifester son admiration, mais pouvait-on se comporter ainsi dans un lieu sacré ?

— Tu peux entrer, Anoki, lui dit alors Mali en enkiev, sans même se retourner.

« Comment a-t-elle su que j'étais ici ? » s'étonna l'enfant.

— Aucune présence ne m'échappe dans le sanctuaire de la déesse.

Le jeune Ressakan fit quelques pas timides sur le beau plancher blanc. Mali se retourna et lui sourit. Elle n'était donc pas fâchée de le surprendre dans la chapelle. Tandis qu'il approchait, la prêtresse glissa ses armes dans leur fourreau et alla les porter dans une petite armoire qu'elle ferma à clé.

– N'est-il pas un peu tard pour venir prier ? fit-elle en marchant ensuite vers Anoki.

– J'ai entendu le bruit des couteaux…

– Jusque dans ta chambre ?

– Non. Je voulais aller chercher un peu de lait.

– Pour t'aider à dormir ?

Le garçon hocha vivement la tête pour dire oui. La prêtresse l'invita donc à s'asseoir sur les gros coussins qui se trouvaient derrière la statue et qui servaient à la méditation.

– Es-tu bien certain que ton peuple n'adore pas ma déesse ? voulut savoir Mali.

– Je me souviens que c'est d'un dieu que parlaient mes parents, mais j'ai oublié son nom. Je me rappelle seulement qu'il aimait les fleurs.

– Parandar ?

– Oui, c'est lui ! Les Ressakans lui ont construit beaucoup de temples. Il y en avait même un dans mon village.

– Parle-moi de ta vie avant ta capture.

– C'est vague, maintenant, mais je sais que j'étais sur le point d'aller rejoindre les autres dans les centres de savoir. Les enfants ne restent pas longtemps avec leurs parents. Ils grandissent ensemble dans les temples où l'on choisit ce qu'ils feront plus tard dans la vie.

– C'était la même chose à Adoradéa.

– Je pense que je serais devenu architecte, parce que j'aime bâtir des structures. Dans la forêt, derrière chez moi, j'ai aidé mon père à construire un pont pour traverser le ruisseau.

– Tu étais son seul enfant ?

– Non, j'avais une petite sœur. Les traits de tous leurs visages ne sont plus très clairs dans ma mémoire, mais je n'ai pas oublié leur nom. Ma mère s'appelait Mali et mon père, Onbir.

– Et ta sœur ?

– Xandra.

– A-t-elle été enlevée en même temps que toi ?

– Je n'en sais rien. Il y a eu tellement de confusion ce jour-là… Si les Tepecoalts l'ont prise, alors ils l'ont possiblement emmenée ailleurs qu'au temple de la Lune, parce que je ne l'ai jamais revue.

– Je suis tellement navrée, Anoki.

– As-tu perdu ta famille, toi aussi ?

– Mon histoire ne ressemble pas à la tienne, car aucun autre peuple ne vit dans les grandes forêts entourant mon village. Nous n'avons pas d'ennemis. Les seuls dangers qui nous guettent sont les animaux sauvages. Tout comme chez toi, les enfants sont élevés tous ensemble, mais lorsqu'ils sont destinés au culte, ils sont en plus séparés des autres petits. J'ai grandi au milieu des prêtres et des prêtresses d'Adoradéa qui m'ont enseigné à servir Kira.

– Je ne savais pas que les divinités pouvaient être des êtres mortels.

– Kira est la seule. Elle est descendue du ciel pour sauver Enkidiev de la menace de l'Empereur Noir.

– Tout le monde ici mentionne ce vil personnage, mais j'ignore qui il est.

Mali lui raconta donc comment Amecareth avait tenté pendant de nombreuses années de conquérir les territoires des humains afin de les asservir et d'y installer ses ouvriers.

– Les Ressakans ne sont pas des guerriers, l'informa Anoki. Ils ne se défendent même pas quand on les attaque. Ils auraient été écrasés par ces Tanieths.

La jeune femme caressa la joue de l'ancien esclave.

– J'aurais bien aimé avoir un petit garçon comme toi, avoua-t-elle.

– Mais les prêtresses peuvent avoir des enfants. Nayaztlan avait un petit bébé.

– Elle l'a conçu avec le dieu-oiseau uniquement pour s'attirer des faveurs.

– Mais tu as pourtant un mari, s'étonna Anoki.

– J'aime Liam de tout mon cœur, mais il ne m'a jamais demandée en mariage.

– Qu'est-ce qu'il attend ?

– En ce moment, il est plutôt préoccupé par autre chose. Il a étudié auprès de Morrison pour devenir forgeron, mais il ne sait plus s'il veut exercer ce métier pour le reste de ses jours.

– Autrement dit, il ne sait pas ce qu'il veut, même si c'est un adulte.

– On pourrait dire ça, oui. Les hommes ne peuvent pas tous être aussi déterminés que le Roi Onyx. Est-ce qu'il te traite bien, Anoki ?

– Moi, oui, mais il est très dur avec ses fils. Son visage ressemble à ceux des Ressakans, mais pas son cœur, car chez moi, les pères ne comportent jamais de cette manière à l'égard de leurs enfants.

– Ne le juge pas trop sévèrement. Onyx est un homme extraordinaire, sauf pour son ambition. Il a de grands rêves pour ses fils et pour lui-même, parce qu'il voit plus loin que nous tous. Il finira par comprendre que les parents doivent laisser leurs enfants vivre leurs propres rêves.

Mali emmena le garçon aux cuisines et fit chauffer du lait qu'ils burent tous les deux, assis sur les tabourets en bois. Elle le raccompagna ensuite au grand escalier, puis retourna dans sa chambre située dans l'aile des Chevaliers. Maintenant que la guerre était terminée, la majorité des pièces y étaient libres. Certains des anciens soldats, qui avaient élu domicile au château, les avaient élargies en perçant des portes dans les murs de côté. Mali avait insisté pour que Liam fasse la même chose, espérant qu'un jour la troisième pièce devienne une chambre d'enfant.

Puisqu'il était très tard, elle rentra dans ses appartements sur la pointe des pieds pour ne pas réveiller Liam qui était déjà au lit. Les travaux de forge épuisaient le jeune homme, mais ses muscles se développaient de plus en plus et ses épaules s'élargissaient. Mali se glissa en douceur entre les draps et se blottit dans le dos de son amoureux.

– Où étais-tu ? murmura-t-il.

– Je suis allée me recueillir dans la chapelle.

– Pourquoi passes-tu autant de temps au pied de la statue de Kira ?

– J'ai besoin de prier.

Liam se retourna pour être face à elle. Le visage de la prêtresse, éclairé par les rayons de la lune, était encore plus pâle.

— Dis-moi ce qui te tracasse, Mali.

— Il y a longtemps que nous sommes ensemble…

— Tu ne veux plus de moi ?

— Non… ce n'est pas ça.

— Tu es amoureuse d'un autre homme ?

— Pas du tout, mais ça pourrait bien arriver si nous n'officialisons pas bientôt notre amour.

— Quoi ?

Le Chevalier se redressa sur ses coudes, étonné.

— Je t'aime beaucoup, mais je ne passerai pas ma vie à attendre que tu saches ce que tu veux dans la vie. Moi, je suis prête depuis longtemps à être une épouse et à avoir des enfants.

— Pourquoi me dis-tu ça maintenant ?

— Parce que tu ne m'en as pas reparlé depuis notre dernière discussion à ce sujet.

— J'attendais le bon moment, c'est tout.

Mali se retourna et enfonça la tête dans l'oreiller.

— Je n'ai pas fini de parler, protesta Liam.

— Que pourrais-tu ajouter que je ne sache déjà ? Tu vas me dire que tu es encore jeune, que tu as d'autres expériences à vivre et que nous avons toute la vie devant nous. Alors, je vais pleurer et tu vas sortir prendre l'air parce que tu ne sauras pas quoi ajouter.

Au bout d'un moment de silence, Liam dut avouer que les choses se passeraient probablement ainsi.

— Tu me connais trop bien, grommela-t-il.

— Je suis prête à vivre avec tes défauts et tes incessantes hésitations, mais toi, es-tu disposé à me combler ?

— Euh…

— C'est ce que je pensais, chuchota Mali, déçue. Bonne nuit, Liam.

— Mali…

— Je ne veux plus entendre tes excuses. Si tu ne me laisses pas dormir, j'irai coucher ailleurs.

Déconfit, le Chevalier se laissa retomber sur le matelas pour mieux réfléchir.

7

LES VISITEURS

Kira dormait profondément lorsqu'elle sentit soudain un poids sur son dos. Elle battit des paupières avant d'ouvrir finalement les yeux. Ce n'était pas la lumière du matin qui inondait sa chambre, mais celle du midi.

– Maman, lève-toi !

La voix de Marek éclata dans les tympans de la Sholienne qui se servit aussitôt de sa magie pour faire disparaître la douleur qui lui enserrait la tête.

– As-tu mangé ? demanda Kira en se retournant.

– Depuis longtemps, affirma son benjamin en se blottissant contre elle. Papa ne voulait pas qu'on te réveille.

– Alors, pourquoi es-tu dans mon lit ?

– Parce qu'il a cessé de me surveiller quand des visiteurs sont arrivés.

– Quels visiteurs ?

– Un homme et une femme que papa connaît.

– Comment s'appellent-ils ?

– Je n'ai pas écouté quand ils ont dit leur nom.

– Tu es grand maintenant, Marek. Tu dois commencer à prêter attention à ce qui se passe autour de toi.

– Papa dit que je suis le bébé de la famille. J'ai le droit d'être insouciant.

– Eh bien, il va falloir que papa se fasse à l'idée que tu es devenu un petit homme.

Kira se vêtit et fit rapidement sa toilette. En marchant dans le couloir des chambres, elle reconnut sans peine les voix qu'elle entendait dans le salon. Heureuse de revoir son frère Dylan, elle lui sauta dans les bras et le serra avec affection.

– Je disais justement à Lassa que je réponds à ton appel de détresse, indiqua l'ancien Immortel.

– Je l'ai lancé il y a plusieurs heures, lui reprocha Kira.

– Hier, en fait, précisa Lassa.

– Dinath et moi étions en train d'aider les Bérylois à creuser des maisons dans leur montagne. Nous ne pouvions pas partir en catastrophe et laisser les pans de rocher leur tomber sur la tête.

– Dans la vie, il faut savoir faire des choix, lâcha Marek, en train de faire galoper un petit cheval de bois sur le plancher.

Ses parents échangèrent un regard surpris, mais décidèrent de parler plus tard à l'enfant de son curieux commentaire.

– Pourquoi avais-tu besoin d'aide ? voulut savoir Dylan.

– Un dieu ailé voulait détruire le château, expliqua Kira.

Le visage habituellement jovial de son frère devint grave. Lazuli et Kaliska choisirent ce moment précis pour faire irruption dans la pièce. Le garçon s'était entraîné à l'escrime dans la grande cour avec les autres enfants, tandis que sa petite sœur avait pris le thé chez la Princesse Cornéliane.

– Lazuli, Kaliska, je vous présente votre oncle Dylan et votre tante Dinath.

La fillette leur fit une révérence, mais Lazuli se contenta de les observer.

– Est-ce qu'on mange bientôt ? lança-t-il.

– Moi aussi, j'ai faim ! renchérit Marek.

– Venez m'aider à mettre la table, ordonna Lassa. J'ai fait cuire du pain et Wellan a cueilli des petits fruits pour vous, tôt ce matin. Nous en avons assez pour tout le monde.

Les petits filèrent vers la cuisine en courant et en riant, suivis de leur père.

– Je suis tellement heureux que tu aies réussi à avoir des enfants, indiqua Dylan à sa sœur.

– Moi, je suis surprise que vous n'en ayez pas encore, répliqua Kira.

– Nous sommes bien trop occupés à aider tout le monde, avoua Dinath.

– Lorsque notre travail de sauvetage sera terminé, peut-être y songerons-nous, lui promit Dylan.

– Que savez-vous des dieux ailés ? les questionna la Sholienne.

– L'un de mes maîtres divins m'a déjà mentionné l'existence de plusieurs panthéons, lui apprit l'ancien Immortel, mais il n'a pas précisé sa pensée.

– Pourquoi l'un d'eux voulait-il anéantir le Château d'Émeraude ? s'enquit Dinath.

Kira les invita à table et leur raconta les grandes lignes de leur aventure à Itzaman et à Tepecoalt. Même s'ils la connaissaient déjà par cœur, les enfants l'écoutèrent avec autant d'attention que les adultes.

– Les dieux ne descendent jamais dans le monde des mortels, même pour se venger, les informa Dinath, étonnée.

– C'est peut-être plus facile pour ceux qui ont des ailes, lâcha innocemment Marek.

La mère attendit donc que ses petits aient quitté la table pour continuer de s'entretenir de ce mystère avec les invités.

— À mon avis, cette provocation annonce une guerre imminente entre les panthéons, soupira Kira.

— Les humains ne doivent pas en faire les frais, commenta Dinath.

— Mais comment les protéger ? se découragea Dylan. Nous possédons des pouvoirs suffisamment grands pour rebâtir les cités et les villages ravagés par les scarabées, mais aucun qui nous permette de repousser des dieux.

— Kira a oublié de vous dire que certains d'entre eux ont conçu des enfants avec des femmes à Enkidiev, intervint Lassa avec un air sombre.

— Pas l'un des vôtres ? s'attrista Dinath.

— Lazuli est le fils d'un dieu-épervier, répondit Kira.

— A-t-il commencé à manifester son essence divine ?

— Non et nous ferons tout en notre pouvoir pour que ça n'arrive jamais, affirma Lassa.

— Connaissez-vous les autres sang-mêlé ? demanda Dylan.

— Pour l'instant, il s'agit de la fille de Morrison, de celle de Falcon et de l'un des garçons d'Onyx, énuméra la Sholienne.

– Je vous ferai remarquer que Kira, Dinath et moi sommes nous-mêmes des enfants divins, exposa Dylan.

– Nous sommes en effet des descendants des ghariyals, observa Kira. Il ne faut pas oublier Jenifael et mes trois autres enfants. En plus des enfants-oiseaux, il y a aussi des membres du panthéon félin parmi nous, dont Onyx, ses enfants et notre sœur Myrialuna.

– N'est-elle pas à mi-reptilienne, mi-féline ? se risqua Dylan.

– Ce qui est vraiment important ici, signala Lassa, c'est que tous ces gens ne s'immiscent pas dans les conflits qui règnent dans l'autre monde. Nous sommes d'abord et avant tout des ressortissants d'Enkidiev et nous devons demeurer solidaires.

– Bien dit, mon chéri, l'appuya Kira.

Incapable de contenir sa colère, Lassa se mit à desservir la vaisselle et à la déposer dans la cuvette avec des gestes secs. Kira ne lui en voulut pas. En fait, la réaction de son mari la rassurait sur l'amour qu'il éprouvait pour les deux fils qu'elle avait conçus avec d'autres hommes.

– Il fait un temps superbe aujourd'hui, indiqua Kira. Allons nous balader à la campagne.

Il y avait bien longtemps que Dylan et Dinath étaient montés à cheval, alors ils se joignirent volontiers à la famille de la Sholienne. Seul Wellan déclina l'invitation, préférant la quiétude de la bibliothèque aux incessants bavardages de ses frères et de sa sœur. Cet ancien Chevalier réincarné dans un autre corps avait de plus en plus de mal à agir comme un adolescent normal, car son âme avait déjà plus de soixante ans. Au lieu de chercher à s'amuser comme son ami Famire, il penchait davantage pour l'étude des nouveaux textes qu'Hadrian avait rapportés du Royaume des Elfes.

Wellan regarda partir les siens du haut des remparts, puis retourna au palais. Il marcha le long des étagères maintenant bien identifiées à la recherche de renseignements sur les autres panthéons afin de venir en aide à Onyx. Il devait certainement exister des lois divines empêchant un monstre comme Azcatchi de s'en prendre à tous ceux qui lui déplaisaient.

— Tout ne se trouve pas dans les livres… sire.

Même s'il avait reconnu cette voix, l'adolescent fit volte-face. Danalieth se tenait devant lui, vêtu d'une longue tunique blanche tissée de lumière.

— Je sais qui vous êtes, ajouta l'Immortel.

— Je préférerais toutefois que mon identité reste secrète, avoua Wellan.

— Puis-je vous emmener quelque part où nous pourrons parler sans nous faire surprendre ?

— En fait, ce serait même préférable.

En l'espace d'une seconde, le décor de la bibliothèque se transforma en une luxuriante végétation. L'adolescent pivota sur lui-même, tentant de déterminer où il se trouvait.

– Vous êtes sur Osantalt, l'île mère des Elfes.

– Vraiment ? s'émerveilla Wellan.

– Je constate avec plaisir que vous n'avez pas abandonné votre nature curieuse dans l'au-delà.

– J'ai malheureusement conservé tous mes souvenirs et toutes mes émotions.

– Ce ne doit pas être facile de vous comporter comme un enfant avec toute la sagesse que vous possédez.

– Il y a des jours où c'est plus difficile, en effet.

– Marchons.

Wellan n'arrivait pas à croire qu'il foulait enfin le sol de cette contrée mythique dont il avait si souvent entendu parler. Des Elfes y vivaient-ils encore ? Entretenaient-ils des relations télépathiques avec leurs frères d'Enkidiev ? Pourquoi ce peuple s'était-il ainsi scindé en deux ? Avaient-ils colonisé d'autres continents ?

– Que de questions, observa Danalieth en suivant ses pensées.

– Je n'en sais jamais assez.

– Avant que j'y réponde, parlons d'abord de votre retour dans le monde des mortels.

– C'est ainsi que Theandras a choisi de me récompenser pour le service que j'ai rendu à Parandar.

– Le vivez-vous bien ?

– Oui, surtout depuis que Kira, Hadrian et Lassa ont découvert qui je suis. Ils ont promis de ne jamais en parler, mais ça me soulage de pouvoir être moi-même en leur présence. Par contre, je ne sais pas comment je réagirais si Bridgess ou Jenifael venaient à l'apprendre. Je ne veux pour rien au monde ternir le bonheur qu'elles ont trouvé ailleurs.

Ils avancèrent sur une allée semée de petites pierres blanches. Wellan ne reconnaissait pas la moitié des arbres, des arbustes et des fleurs de chaque côté du chemin. Même les odeurs qui lui effleuraient le nez ne lui étaient pas familières.

– Comment voyez-vous votre avenir ? demanda Danalieth.

– Je ne vivrai pas au crochet de mes parents toute ma vie, c'est certain. Avant qu'Onyx nous emmène de l'autre côté des volcans, je voulais enseigner l'histoire à tous les habitants du continent qui ont été trop longtemps tenus dans l'ignorance. Maintenant, je rêve plutôt de découvrir tous les royaumes d'Enlilkisar.

– Ses habitants ne sont pas tous aussi civilisés que ceux d'Enkidiev.

– C'est justement ce qui les rend si intéressants.

– Il y a encore un guerrier au fond de votre âme, Wellan.

Ils arrivèrent devant un majestueux cours d'eau, plus large que la rivière Mardall, qu'enjambait un pont d'un bois couleur de miel. Ses bâtisseurs ne s'étaient pas contentés de fixer les planches les unes aux autres. Ils les avaient sculptées pour leur donner de belles et douces courbes.

– Je n'ai jamais rien vu de tel au Royaume des Elfes, nota Wellan, surpris.

– Les Anciens n'ont pas exilé leurs meilleurs artisans.

– Exilés pour quelle raison ?

– Les Elfes n'aiment pas le changement. Ils sont heureux de vivre exactement de la même façon que leurs ancêtres. Lorsqu'une faction de jeunes gens ont exigé des modifications à leurs coutumes, il y a plusieurs centaines d'années, ils ont été entassés sur des voiliers et expédiés à Enkidiev.

– J'ignorais cette histoire.

– Ils ne s'en vantent pas, non plus.

L'Immortel et l'ancien chef des Chevaliers d'Émeraude traversèrent un verger où les arbres étaient bien garnis. Danalieth tendit la main et une pomme vola jusque dans sa paume. Il l'offrit à Wellan avec un sourire.

– Je suis certain que vous n'avez jamais goûté rien de tel, affirma-t-il.

L'adolescent croqua dans le fruit et ferma les yeux.

– Tout ici est plus savoureux qu'ailleurs, poursuivit le demi-dieu. C'est pour cette raison que je m'y suis attardé plutôt que de m'acquitter de la mission que m'avait confiée Parandar. Je suis tombé sous le charme d'Osantalt.

– C'est plus accueillant que l'antichambre de la mort, en tout cas.

Wellan se délecta avant de questionner l'Immortel sur ce qui le préoccupait vraiment.

– Vous voulez donc tout savoir sur les autres panthéons, le devança Danalieth.

– Je cherche surtout une façon de protéger Enkidiev contre les dieux que nous ne vénérons pas.

L'Immortel lui raconta qu'Aiapaec et Aufaniae étaient des dieux-dragons qui avaient donné naissance à de curieux enfants dont les trois premiers étaient reptiliens. Quant aux deux derniers, personne n'avait compris pourquoi ils s'étaient respectivement couverts de plumes et de fourrure.

– Mais d'où viennent Aiapaec et Aufaniae ? demanda Wellan.

– Voilà une question qu'on ne nous pose pas souvent, admit Danalieth avec un sourire admiratif. Ces dieux qu'on décrit souvent comme les bâtisseurs du monde ont pourtant eux-mêmes été créés par la déesse-mère au début de la nuit des temps.

– Où est-elle, maintenant? Mieux encore, où sont Aiapaec et Aufaniae pendant que leurs enfants tentent de s'entretuer?

– Nous n'en savons rien.

Danalieth poursuivit son récit en révélant que les trois panthéons avaient vécu en paix pendant longtemps, mais que, dernièrement, ils tentaient d'imposer leur suprématie les uns sur les autres.

– Y a-t-il beaucoup de dieux et de déesses dans chaque groupe? s'enquit Wellan.

– Le nombre de félins vient d'augmenter à vingt-trois, ce qui les rapproche des ghariyals qui sont vingt-six.

– Pourtant, je ne me souviens pas qu'ils se soient manifestés dans le monde des mortels. C'est un dieu ailé qui a voulu provoquer Onyx en duel.

– Les grands chats, gouvernés par Étanna, sont plus hypocrites. Ils privilégient l'embuscade plutôt que la guerre ouverte. Les rapaces sont plus belliqueux. Ils aiment se quereller et se battre.

– Et les ghariyals?

– Sans vouloir prêcher pour les miens, je dirais qu'ils sont plus raffinés. Jamais ils n'ont exigé de leurs sujets qu'ils leur offrent des sacrifices pour leur prouver leur loyauté. Ils leur permettent plutôt d'exercer leur libre arbitre.

— Dites-moi comment persuader Azcatchi de ne plus revenir à Enkidiev.

— Il est déjà sous le coup d'une interdiction de la part de Lycaon à cet effet. S'il a choisi de désobéir à son père, il sera puni par son propre panthéon.

— Encore faudrait-il que les dieux ailés sachent ce qu'il a fait.

— Ils n'ont ni prêtre ni prêtresse à Enkidiev.

— Mais il y en a à Enlilkisar… se souvint Wellan. Le problème, c'est que les Tepecoalts exécutent tout ceux qui ne sont pas de leur race. Où pourrai-je trouver quelqu'un qui acceptera de m'écouter sans vouloir me trancher la tête ?

— Je regrette de ne pas en savoir davantage sur ces civilisations.

— Les dieux-félins et les dieux-rapaces font-ils appel à des Immortels comme les ghariyals ?

— Je n'en sais rien, Wellan. Leur monde se situe sur des plans complètement différents du mien.

— Il m'est déjà utile de savoir qu'Azcatchi a agi sans l'accord de son dieu suprême. Ce détail nous fournit une arme contre lui, même si je ne sais pas encore très bien comment l'utiliser.

– Cessons de parler de ces hostilités. Je vais vous faire visiter les orfèvreries, un privilège qui n'a jamais été accordé à un humain.

– Je ne vous en remercierai jamais assez, Danalieth.

Ils piquèrent à travers les arbres afin d'atteindre le village le plus proche.

8

UN DANGER BIEN TROP RÉEL

La nuit était tombée lorsque Santo rentra finalement à la forteresse. Les sentinelles laissaient rarement passer les voyageurs après le coucher du soleil, mais le guérisseur rentrait toujours très tard de ses tournées dans les villages d'Émeraude, de Diamant, de Rubis, de Jade, de Béryl et de Perle. Elles s'étaient habituées à le voir arriver dans l'obscurité. Pour ne pas les alarmer, le Chevalier émettait de la lumière autour de lui pour qu'elles puissent bien identifier son visage. Alors, le pont-levis s'abaissait devant lui et les portes s'ouvraient juste assez pour qu'il se faufile entre elles sur son cheval.

Cette fois-ci, il avait emmené son fils Famire avec lui afin de lui enseigner son art sur le terrain. L'adolescent de quinze ans possédait de puissantes facultés magiques et son père tenait à ce qu'il apprenne tout de suite à les utiliser à bon escient. Santo et Famire reconduisirent d'abord leurs chevaux à l'écurie. Puisqu'il n'y avait plus personne à cette heure, ils dessellèrent les bêtes et les bouchonnèrent avant de les faire entrer dans leur stalle respective.

— Nous devrions nous arrêter aux bains avant de regagner nos lits, suggéra le père.

– C'est certain que maman l'appréciera.

Ils allèrent donc se purifier et enfilèrent les tuniques propres que les lavandières venaient porter tous les jours dans les casiers de bois alignés contre le mur du fond. Ils laissèrent leurs vêtements sales dans le grand panier d'osier et empruntèrent le long couloir jalonné de chambres.

Afin de loger sa famille au château, Santo avait fait percer les murs de cinq anciennes chambres de Chevalier. Dans celle du centre, il avait fait élargir le petit foyer en pierre pour pouvoir y faire cuire les repas de la famille lorsque celle-ci avait besoin d'intimité. Autrement, elle mangeait dans le hall des Chevaliers avec les habitants du château qui s'y présentaient. De chaque côté de cette pièce centrale s'ouvraient les chambres à coucher : à gauche, celles de Famire et des deux filles, et à droite, celle des parents : une salle double qui leur accordait plus d'espace.

Santo et Famire entrèrent dans le salon prolongé d'une salle à manger sans faire de bruit afin de ne pas réveiller Bridgess et les petites, mais trouvèrent la femme Chevalier assise devant l'âtre.

– Pourquoi n'es-tu pas couchée ? s'étonna le guérisseur.

Bridgess bondit de son siège et se réfugia dans les bras de Santo.

– Que se passe-t-il ? Est-il arrivé quelque chose aux enfants ?

– Il s'en est fallu de peu que nous soyons tous morts… avoua-t-elle, la gorge serrée.

Son mari la ramena devant le feu et la fit asseoir devant lui. Il lui prit les mains et lui transmit une vague d'apaisement. Famire se plaça derrière sa mère adoptive et posa les mains sur ses épaules, lui administrant le même traitement calmant que son père.

— Raconte-moi de quoi il s'agit, exigea Santo.

Bridgess lui décrivit le court affrontement entre le Roi Onyx et le dieu ailé Azcatchi.

— Heureusement, les déesses Fan et Theandras ont réussi à désamorcer le conflit, mais des rumeurs circulent dans le château au sujet du tempérament rancunier des divinités rapaces.

— Ce sont elles qui t'empêchent de trouver le sommeil?

— Les parents ont le devoir de protéger leurs enfants, Santo. Nous ne pourrons pas leur offrir un bel avenir en restant ici. Rappelle-toi ce qui est arrivé aux élèves de maître Hawke dans la tour qu'Amecareth a détruite.

Des larmes se mirent à couler à torrents sur les joues de Bridgess.

— Je t'en conjure, allons vivre ailleurs…

— Crois-tu vraiment que nous pourrions échapper à cet Azcatchi en nous établissant dans un autre royaume? voulut la raisonner Santo. Il n'en a peut-être pas contre Onyx, mais contre tous les humains qui vénèrent Parandar.

– C'est ce château qu'il allait attaquer, s'entêta la femme Chevalier, pas le continent entier !

– Où voudrais-tu aller ?

– Ne possèdes-tu pas un domaine à la frontière du Royaume de Turquoise ?

Le visage du guérisseur devint blême, car c'est sur ces terres qu'il avait perdu sa première femme.

– Oublie le passé et pense à notre avenir, l'implora Bridgess.

– Laisse-moi d'abord remonter à la source de ces rumeurs, d'accord ? C'est la seule façon de prendre une décision éclairée.

Santo fit signe à son fils d'aller se coucher et ramena son épouse dans leur chambre. Il comprenait son angoisse, mais avant de déraciner ses enfants, il voulait être sûr que ses appréhensions étaient fondées.

Au matin, le couple fit bien attention de ne pas laisser paraître leur inquiétude. Le père serra ses filles dans ses bras, heureux de les revoir après sa tournée des villages de Diamant, et aida sa femme à préparer le premier repas de la journée. Il marcha avec elles jusqu'au hall du roi, où Bridgess et Mali enseignaient à lire et à écrire aux enfants du château et des alentours.

Laissé à lui-même, Famire dirigea plutôt ses pas vers la bibliothèque où il était certain de trouver son meilleur ami. Tout comme il l'avait imaginé, Wellan était assis à une table près d'une fenêtre, afin de profiter de la lumière du jour, et s'intéressait à un très vieil ouvrage.

– Que lis-tu ? demanda Famire en s'approchant.

– Lire, c'est un bien grand mot, soupira Wellan, découragé. Ce document est écrit dans une langue ancienne difficile à déchiffrer.

– Pourquoi te compliques-tu toujours la vie ?

– Parce que les choses les plus intéressantes sont bien souvent dissimulées.

– Qu'as-tu découvert ?

– Pour l'instant, que les Elfes n'ont pas été créés par Parandar, comme nous.

– C'est impossible ! Tout le monde sait qu'il est le seul à qui les bâtisseurs ont octroyé le privilège de concevoir la vie.

– Comment l'avons-nous appris, Famire ?

– Dans les premiers livres écrits par les historiens.

– D'où ces chroniqueurs tiennent-ils cette information ?

– Du panthéon lui-même, j'imagine.

– Faux. Tout ce que nous savons sur les mondes célestes nous vient des mages de Shola qui avaient un lien direct avec les dieux, au début des temps.

– C'est l'un de leurs traités que tu es en train de décrypter ?

Wellan l'affirma d'un mouvement de la tête.

– Où l'as-tu eu ?

– Même si je te le disais, tu ne me croirais pas.

– Je n'ai pas l'esprit étroit. Dis-moi la vérité, Wellan.

– On m'en a fait cadeau.

– Et qui l'avait en sa possession ?

– Le Roi d'Osantalt.

L'incrédulité que reflétait le visage de Famire fit sourire le jeune érudit.

– Je t'ai dit que tu ne me croirais pas.

– Les Elfes eux-mêmes sont incapables de situer la contrée de leurs ancêtres sur une carte.

– Mais pas les Immortels.

Famire se creusa la tête pendant un moment.

– Abnar et Dylan ont renoncé à leur immortalité après la guerre, dit-il finalement.

– Mais pas Danalieth. C'est lui qui veille désormais sur les hommes.

– Pourquoi aurait-il quitté son monde pour venir te voir, toi ?

– Parce qu'il a senti que j'étais à la recherche de renseignements qui ne se trouvaient pas dans cette bibliothèque.

– Moi, je pense que c'est parce que ta mère est une Immortelle, elle aussi.

– Ce n'est pas impossible.

– Tu as vraiment beaucoup de chance.

– Rappelle-toi ce que je t'ai déjà dit au sujet de l'envie, Famire. Au lieu de désirer les avantages dont je jouis, emploie plutôt ton temps à voir ceux que tu es le seul à avoir. Tu es le fils d'un grand guérisseur et de la femme qui aurait dû diriger l'Ordre après ma…

Wellan s'arrêta net avant de révéler sa véritable identité à son ami d'enfance.

– Ta quoi ? voulut savoir Famire.

– Après la mort du grand commandant qui portait mon nom. Tu as toi aussi d'illustres parents, alors cesse de me reprocher tout le temps d'être le fils de Kira.

– Je ne te le reproche pas ! Je voudrais être à ta place !

– Tu ne veux pas être le grand frère de Lazuli et de Marek. Pourquoi penses-tu que je passe autant de temps à la bibliothèque ? Tes petites sœurs sont tellement sages.

Wellan jugea préférable de ne pas trop s'aventurer sur cet autre terrain glissant.

– Comment ça se passe chez toi ? demanda-t-il plutôt.

– Pas très bien. Ma mère veut que nous partions du château. Elle a peur qu'un certain Azcatchi revienne pour le détruire.

– C'est justement sur cet individu que je tentais d'en apprendre davantage.

– En sais-tu suffisamment pour la persuader de rester ?

– Peut-être bien.

Les deux adolescents se rendirent au hall du roi où la femme Chevalier avait commencé à donner des leçons aux enfants.

– Si nous entrons dans sa classe, elle va nous obliger à faire une démonstration de notre savoir, maugréa Famire.

– En tant qu'aînés, c'est notre devoir de donner l'exemple aux plus jeunes.

Serrant son vieux livre sous le bras, Wellan précéda son ami dans la grande salle. Les élèves tournèrent tous la tête vers les nouveaux venus.

– Est-ce que tu reviens enfin à l'école ? demanda Élora, la petite sœur de Famire.

– Non, répondit catégoriquement son frère.

Pourtant Wellan alla prendre place à la table autour de laquelle travaillaient les petits.

– Que puis-je faire pour vous, jeunes seigneurs ? s'enquit Bridgess, curieuse.

– J'aimerais pouvoir vous parler pendant la récréation, l'informa Wellan.

– Dès qu'ils auront terminé le dernier exercice, ils pourront aller se délier les jambes.

Les enfants levèrent tous leur ardoise en même temps pour indiquer qu'ils avaient fini. Bridgess fut donc forcée de les libérer.

– Famire, est-ce que tu viens jouer avec nous ? demanda sa sœur Djadzia.

– Non, pas aujourd'hui.

Élora prit la main de son aînée pour l'entraîner dehors. Bridgess attendit d'être enfin seule avec les adolescents. Leur comportement commençait à l'inquiéter.

– De quoi s'agit-il, Wellan ?

– Famire m'a révélé votre intention de quitter la forteresse et j'aimerais partager avec vous de l'information qui pourrait vous convaincre de rester.

– À moins que tu m'apportes une preuve tangible que le dieu-oiseau ne reviendra plus jamais ici, je vois mal comment tu pourrais me persuader.

– Justement, c'est de lui que je veux vous parler. Azcatchi n'avait pas le droit de se trouver ici. Le chef des dieux aviaires interdit à tous les membres de son panthéon de traverser les volcans lorsqu'ils ont besoin de descendre dans notre monde. Ils ne peuvent se matérialiser qu'à Enlilkisar.

– D'où tiens-tu ce renseignement ? s'étonna Bridgess.

– Tu ne le croiras pas, fit très sérieusement Famire.

– J'ai eu une longue discussion avec l'Immortel Danalieth, affirma Wellan. Il m'a expliqué que les trois panthéons sont tenus de respecter les frontières entre leurs univers et, qu'en plus, chacun d'eux fait observer à ses membres des règles très strictes en matière de contact avec les créatures inférieures.

– Vraiment ?

– Azcatchi sera très certainement puni par Lycaon qui sait tout ce que font ses enfants. Le dieu suprême ne le laissera pas remettre les pieds à Enkidiev.

– Je te ferai remarquer que, s'il a désobéi à son père la première fois, il pourrait fort bien récidiver.

– La justice céleste est beaucoup plus implacable que la nôtre.

– Je vais réfléchir à tes paroles, Wellan. En attendant, me permettrais-tu de satisfaire ma curiosité ?

L'ancien commandant se demanda s'il ne s'était pas trahi par ses paroles un peu trop savantes.

– Oui, bien sûr, répondit-il avec assurance.

– Montre-moi ce livre.

« Cette fois, c'en est fait de moi », songea Wellan. Il lui tendit tout de même l'ouvrage comme un enfant qui n'a rien à cacher. Bridgess l'ouvrit et tourna quelques pages sans dissimuler son étonnement.

– Je vois que tu es toujours aussi ambitieux que lorsque tu étudiais dans ce hall, laissa-t-elle finalement tomber.

– Je ne m'impose jamais de restrictions.

Wellan regretta aussitôt d'avoir prononcé cette parole qu'il avait l'habitude de répéter dans sa vie précédente. Heureusement, son ancienne femme ne sembla pas l'avoir relevée. Elle lui rendit le vieux traité sholien.

– J'espère que tu en feras une traduction, un de ces jours.

De crainte de se dévoiler, l'adolescent la salua d'un mouvement bref de la tête et quitta le hall du roi. Famire s'empressa de lui emboîter le pas. Wellan passa le reste de la journée avec son ami. Ils allèrent se balader à cheval autour du château, après avoir promis à leurs parents respectifs de scruter régulièrement le ciel pour ne pas être surpris par l'ennemi. Toutefois, rien ne troubla la quiétude de la campagne environnante.

Wellan mangea avec sa famille. C'était le seul moment où il pouvait demeurer silencieux sans que personne le remarque, car ses deux frères ne cessaient de parler durant les repas. Tout comme lui, Kaliska se régalait des aliments qu'avaient préparés ses parents, tandis que Lazuli et Marek se chamaillaient pour être le centre de l'attention. Wellan les aimait bien, mais il y avait une immense différence d'âge entre ces enfants et lui, car son âme avait plus de soixante ans… Depuis quelques semaines, il ne rêvait plus que de quitter le nid et de voler enfin de ses propres ailes.

Dans la soirée, à l'heure du bain, l'adolescent retourna à la bibliothèque avec son précieux livre. Il resta longtemps assis à en observer la vieille couverture de cuir, se demandant si les hommes étaient prêts à entendre ce qu'il contenait. Son état de distraction ne lui permit pas de sentir l'approche de Bridgess. En fait, il ne la vit que lorsqu'elle fut assise devant lui, de l'autre côté de la petite table.

– Je me doutais bien que je te trouverais ici, commença-t-elle.

À la manière de Kira, lorsqu'elle était en proie à une vive émotion, Wellan sentit ses oreilles pointues s'abaisser vers l'arrière.

– Es-tu l'homme que j'ai épousé, jadis ? demanda Bridgess, sans détour.

Wellan demeura muet.

— Depuis quand sais-tu que tu es la réincarnation du grand chef des Chevaliers d'Émeraude ?

— J'en ai toujours eu conscience.

— L'as-tu au moins dit à quelqu'un ? Kira le sait-elle ?

— Elle me l'a fait avouer, il n'y a pas très longtemps. Seuls Lassa, Hadrian et Danalieth le savent. Je leur ai demandé de ne pas ébruiter mon secret.

— Mais pourquoi ?

— Pour ne pas gâcher le bonheur de ceux que j'ai aimés autrefois. J'ai été témoin de ta peine et de celle de Jenifael. Maintenant que vous avez repris une vie normale, il n'est pas question que je vous brise le cœur de nouveau, car je ne suis pas immortel. Je mourrai une seconde fois dans cette vie et je ne veux pas que vous reviviez ce deuil.

— Je suis heureuse auprès de Santo.

— Je le sais et je m'en réjouis. Ma place n'est plus auprès de toi, Bridgess. Je vais enfin pouvoir faire tout ce dont j'ai rêvé lorsque j'étais soldat.

— J'ai du mal à te reconnaître sous ce visage qui ressemble davantage à celui d'Onyx.

— Ce qui est tout à fait naturel, puisque mon père naturel est son ancêtre Lazuli. À mon avis, c'est beaucoup mieux ainsi.

Tu dois continuer de croire que l'homme que tu as aimé est parti, sinon tu me causerais du chagrin.

– Ce ne sera pas facile, mais j'essaierai. Le diras-tu à Jeni ?

– Non, à moins d'y être contraint. Elle a ses propres problèmes à régler et je ne veux pas qu'elle me demande d'intervenir.

– Alors, tu ne dirigeras plus jamais les Chevaliers, même si la guerre éclate entre les dieux ?

– Non, surtout parce c'est le rôle de Jeni, notre fille. Je ne la priverai pas de son destin. Et puis, très franchement, je ne crois pas que cet affrontement se déroule dans notre univers, car les dieux ne peuvent jamais y rester très longtemps.

– Ils pourraient lever leurs partisans les uns contre les autres.

– C'est possible, mais pas de ce côté des volcans où nous vénérons tous le panthéon reptilien.

– Donc, à ton avis, nous n'avons vraiment rien à craindre ?

Wellan secoua la tête négativement.

– Je respecterai ton désir de taire ton identité, lui promit Bridgess, mais ce ne sera pas facile.

– Je t'en remercie. De toute façon, tu n'auras pas à supporter ma présence très longtemps. Dès que je le pourrai, je partirai à l'aventure afin d'écrire de nouveaux livres d'histoire et de géographie.

– Je croyais plutôt que tu enseignerais ces sciences.

– Seulement quand je serai vieux.

Bridgess se leva et se courba respectueusement pour le saluer.

– Si tu n'avais pas ouvert le livre écrit en Sholien, m'aurais-tu découvert ? demanda-t-il.

– Probablement pas. Fais attention à toi, Wellan.

Elle tourna les talons et quitta la bibliothèque d'un pas rapide. Encore plus sensible aux énergies que pendant sa première vie, l'ancien commandant capta sa peine.

– C'est mieux ainsi… murmura-t-il.

9

LE MILAN ROYAL

De toute sa vie, Fabian n'avait jamais connu autant de liberté. Tout comme elle le lui avait promis, Aquilée l'avait transformé en dieu ailé. Il avait beaucoup souffert pendant la métamorphose, mais il ne regrettait rien. Les sensations que lui procurait son nouveau corps étaient enivrantes. Libéré de son poids humain, il se laissait porter par le vent qui glissait sur ses plumes. L'espace où il pouvait évoluer dans le monde céleste était infini. Toutefois, lorsqu'il désirait rendre visite aux mortels, il ne disposait que de quelques jours et il devait faire attention de ne pas heurter les autres créatures volantes. Même s'il faisait cent fois leur taille, une collision pouvait lui être fatale. S'il s'abattait sur le sol, avec une aile ou une patte cassée, il risquait de perdre à tout jamais son immortalité.

Sa rencontre inattendue avec son frère Atlance avait achevé de le convaincre qu'il avait pris la bonne décision. Onyx était tout simplement intraitable. Pourquoi, après avoir raconté des centaines de fois à ses fils que son propre père n'avait pas compris ses aspirations et qu'il l'avait envoyé étudier au château au lieu de lui permettre de devenir soldat, commettait-il la même erreur avec ses propres enfants ? Ne se souvenait-il pas de la rancune que l'attitude dictatoriale de Saffron avait fait naître en lui ?

Les parents de Swan n'avaient pas vraiment fait preuve de plus de compréhension envers leur fille, car dans son royaume natal d'Opale, les femmes étaient des êtres secondaires. Heureusement pour Swan, sa mère avait cédé aux pressions du grand Chevalier Wellan qui, lui, avait perçu son potentiel.

Fabian sillonna les cieux du Royaume d'Émeraude pendant quelques heures, puis fila à la verticale, jusqu'à ce qu'il atteigne le sas invisible qui menait chez lui.

Au bout d'un moment, il aperçut les gigantesques troncs des arbres noirs où nichaient les dieux ailés. Il allait remonter vers leur cime lorsqu'il fut violemment frappé par-derrière. Son manque d'expérience ne lui permit pas de retrouver son aplomb. Il battit vigoureusement des ailes, mais s'écrasa tout de même entre les racines géantes.

Persuadé qu'il avait cassé tous les os de son corps de rapace, Fabian reprit sa forme humaine et tenta de se redresser. Ses bras et son cou le firent aussitôt souffrir. Il se releva avec difficulté et vit que le sol était recouvert d'une épaisse couche de mousse verte. Celle-ci avait sans doute amorti sa chute.

— Les bâtards ne vivent jamais longtemps ici, déclara une voix caverneuse.

— Qui êtes-vous ? hurla Fabian, mécontent.

Un crave plus grand qu'un homme se posa à quelques pas de lui et referma ses ailes. Les plumes sombres disparurent sur son visage et sur la partie supérieure de ses bras. Fabian plissa les yeux, car il était difficile de distinguer les traits de l'étranger dans la lumière tamisée de cet endroit lugubre. À son grand étonnement, il constata que ce dernier ressemblait à Onyx !

– Je suis un véritable dieu, se rengorgea Azcatchi.

Vacillant sur ses jambes, Fabian se doutait bien qu'il se ferait tuer par ce dangereux individu s'il s'en prenait à lui.

– Il est imprudent de se promener seul dans ces bois, oisillon.

– Lycaon prétend pourtant le contraire.

– Ton odeur m'est curieusement familière… Tu es humain, comme l'épervier.

– Plus maintenant. J'ai accepté mon sang divin.

Azcatchi éclata de rire.

– Qu'est-ce qui te fait croire que c'est mieux ici que dans ton monde ? cracha-t-il ensuite.

– Je ne répondrai à cette question qu'en présence de Lycaon.

Fabian tenta de reprendre son aspect de milan, mais Azcatchi arrêta son geste en saisissant son poignet.

– Il y a suffisamment de dieux qui lèchent les pattes de mon père, fulmina-t-il.

– Si c'était vrai, alors pourquoi a-t-il conçu des enfants avec des femmes d'Enkidiev ?

Le crave enfonça davantage ses serres dans la chair de sa victime, lui arrachant une grimace.

– C'est uniquement de la faiblesse de sa part.

– Lâchez-moi ! cria le jeune homme en se débattant.

Un cri aigu résonna dans la forêt céleste. Fabian vit l'assurance de son agresseur disparaître sur son visage. Un aigle royal piqua vers le sol et se transforma en séduisante déesse juste avant de toucher le sol.

– Je te cherchais, Fabian, fit Aquilée en décochant un regard désapprobateur à son frère au noir plumage.

– Je rentrais à la maison lorsque j'ai été malencontreusement intercepté.

– Vous étiez en train de faire connaissance ?

L'air menaçant, Azcatchi libéra le bras du milan et s'envola.

– Il m'a attaqué, avoua Fabian.

– Ça lui ressemble tout à fait, mais je ne devais pas jeter de l'huile sur le feu. Lorsqu'il est en colère, Azcatchi peut devenir très dangereux. Reprends ta forme divine, maintenant.

– Je ne pourrai pas voler.

– Fais ce que je te demande.

Fabian lui obéit, ce qui permit à Aquilée de constater que la chute de l'oiseau avait en effet abîmé ses ailes. Les plumes sur son dos étaient également maculées de sang. Se transformant de nouveau en aigle, la déesse saisit le milan entres ses pattes et s'éleva vers la cime des arbres. Elle zigzagua entre les grosses branches jusqu'à ce qu'elle atteigne enfin son nid. Elle déposa son compagnon sur un lit de duvet et commença à soigner ses blessures, sans dire un mot. Aquilée ne semblait ni fâchée, ni déçue.

– L'as-tu provoqué de quelque façon que ce soit ? s'informa-t-elle lorsqu'elle eut terminé son travail.

– Je ne m'étais pas rendu compte de sa présence avant qu'il fonce sur moi. J'ai peut-être traversé son territoire par inadvertance.

– Les falconiformes ne sont pas territoriaux comme les félidés ou les ghariyals. Il s'est probablement senti menacé parce que tu es un mâle.

– Est-ce qu'il te courtise ?

– Azcatchi ? Il n'aime que lui-même ! De toute façon, je ne voudrais pas de lui.

Aquilée attira Fabian contre elle pour le réchauffer.

– Tu auras de bien plus beaux enfants que lui.

– Est-ce que je pourrais d'abord apprendre à survivre ici avant de songer à devenir père ?

– Tu as encore beaucoup de choses à maîtriser, mon séduisant milan, mais nous allons commencer par officialiser ton entrée dans le monde des dieux-rapaces.

Fabian ne comprit ce qu'elle voulut dire par là que le lendemain, lorsqu'elle l'emmena jusqu'au plus gros nid qu'il lui avait été donné de voir depuis son arrivée. Il se glissa derrière elle dans les nombreux tunnels aussi ronds que des trous de vers, pour finalement aboutir dans une vaste salle au fond de laquelle l'attendaient plusieurs membres du panthéon. «C'est le palais de Lycaon», comprit-il. Son cœur se serra dans sa poitrine lorsqu'il aperçut le colossal condor au milieu des oiseaux de proie. Sans s'en rendre compte, il ralentit le pas et Aquilée dut le pousser devant elle pour qu'il parvienne jusqu'au trône.

– Qui nous amènes-tu, Aquilée ? demanda le chef du panthéon.

– C'est votre fils aîné parmi les humains. Il est connu dans leur monde sous le nom de Fabian.

Le condor s'approcha alors du jeune homme aux cheveux blonds qui avait presque cessé de respirer. Il marcha autour de lui en l'examinant, puis fit un deuxième tour en exigeant qu'il se transforme. Fabian prit aussitôt son aspect de milan royal.

– Impressionnant pour un jeunot, admit Lycaon. Tu as fait du bon travail, Aquilée.

– Il connaît aussi les règles de votre domaine, père, mais rien ne l'a préparé à sa rencontre avec Azcatchi, hier.

Un murmure angoissé parcourut l'assemblée.

– Comment ton frère s'est-il comporté avec lui ?

– Il l'a attaqué.

Les divinités manifestèrent immédiatement leur désapprobation. Lycaon les fit taire en levant une aile.

– Tu t'en es tiré ? s'étonna le condor.

– Grâce à Aquilée, précisa le milan.

– Tu as eu beaucoup de chance, car mon fils rebelle n'a cessé de tuer dans l'œuf tous les autres enfants que j'aurais pu avoir après lui. Un seul a réussi à survivre.

L'émerillon s'avança timidement entre les autres rapaces.

– Il s'agit de mon fils Nahuat.

Fabian le salua en baissant la tête jusqu'au sol, ce qui rendit Aquilée très fière de lui.

– Fabian de la terre des hommes, as-tu accepté ta nature divine de ton plein gré ? demanda ensuite le condor.

– Oui, vénérable Lycaon.

– As-tu abandonné définitivement ta famille humaine ?

– Oui, affirma Fabian sans le moindre regret. Elle n'avait rien à m'apporter.

– Je récompense toujours ceux qui me servent avec loyauté et dévouement.

« Sauf quand ils se font tuer par Azcatchi », ne put s'empêcher de penser le milan.

– Graduellement, tu oublieras ton ancienne vie et ceux qui t'étaient chers. Tu ne porteras plus le nom que tes parents t'ont donné, mais tu seras connu sous celui d'Albalys.

Au milieu des autres dieux, Sage observait la cérémonie avec tristesse. Lycaon lui avait dit la même chose jadis et, pourtant, il n'était jamais tout à fait devenu Sparwari. Les images de son passé continuaient de le hanter et son amour pour Kira perdurait dans son cœur. Il ne pouvait évidemment pas en parler à ceux qui lui avaient offert un nouveau foyer, car grâce à eux, il était devenu immortel. Il n'avait rien à reprocher à sa femme faucon Métarassou. Elle prenait un soin jaloux de lui. Toutefois, il n'avait jamais réussi à établir avec elle le lien étroit qui l'avait uni à son épouse mauve. Fabian vivrait-il la même déchirante épreuve que lui ?

– Que tous mes sujets entendent mes paroles, poursuivit le condor. Albalys est désormais mon fils et un membre de notre puissante communauté. Qu'il soit traité comme tous mes autres enfants.

Fabian ne savait pas très bien ce que cela impliquait, mais il devina que ce n'était pas le moment de poser des questions. Aquilée le lui expliquerait plus tard. Lycaon lui présenta le reste de la famille en précisant le rôle de chacun au sein du panthéon. « Pourquoi Azcatchi est-il absent ? » se demanda le milan. Était-ce sa façon de rejeter son nouveau frère ?

Albalys partagea le premier repas de la journée avec ses semblables. Jusqu'alors, Aquilée l'avait nourri d'un pain moelleux qui se déposait sur les branches durant la nuit, mais ce jour-là, il goûta pour la première fois à de la chair crue. D'abord horrifié, il s'efforça d'imiter sa protectrice pour ne pas déplaire à son père. « J'espère qu'il sera plus conciliant qu'Onyx », songea-t-il.

Après le festin, les rapaces sortirent du palais et s'élancèrent dans les airs les uns après les autres. Fabian ferma les yeux lorsqu'il les imita, de crainte de subir une terrible humiliation en tombant comme une roche sur le sol, mais les bons soins que lui avait prodigués sa protectrice lui permirent de planer derrière ses congénères. Au bout d'une heure, les oiseaux rentrèrent chacun chez soi.

— Tu t'es fort bien comporté, Albalys, le félicita Aquilée. Tu mérites de te reposer.

L'aigle grimpa sur le bord de son nid.

— Où vas-tu ? s'inquiéta le milan.

— Je dois m'entretenir avec ma mère au sujet du comportement d'Azcatchi. Je ne serai pas partie longtemps.

Elle ne lui donna pas le temps de protester et s'élança dans le vide.

– Et s'il en profitait pour me tuer ici, soupira le nouveau membre de la famille royale.

– Il n'osera jamais faire ça, fit une voix derrière lui.

Le milan fit volte-face, effrayé, mais au lieu du crave agressif, il trouva un épervier devant lui.

– Je suis Sparwari. J'ai connu ton monde.

– Es-tu toi aussi un fils de Lycaon ?

– Non. Mon cas est spécial. Me permets-tu de passer un peu de temps avec toi ?

– Oui, bien sûr.

De cette façon, il aurait au moins un témoin si Azcatchi tentait de s'en prendre encore à lui.

– Il y a très longtemps, lorsque j'habitais un royaume qui porte le nom d'Émeraude, j'ai sauvé un faucon d'une mort certaine sans savoir qu'il s'agissait de la déesse Métarassou. J'ai soigné l'oiseau et j'ai voulu le remettre en liberté, mais il est toujours revenu vers moi. Puis, un jour, j'ai été enlevé par les ennemis jurés des Chevaliers d'Émeraude et emprisonné sur le continent de l'Empereur Noir.

– Tu es Sage d'Espérita ! s'exclama Albalys.

– C'est exact. Lorsque j'ai été mortellement blessé à Irianeth, la déesse Métarassou s'est portée à mon secours et m'a ramené ici. Pour me sauver la vie, elle m'a transformé en épervier.

– Le regrettes-tu ?

– Parfois, car contrairement à ce que m'avait promis Lycaon, je n'ai jamais oublié mes origines. Il m'arrive de penser que sur les grandes plaines de lumière, je connaîtrais au moins le repos de l'âme.

– Le Roi Hadrian prétend qu'on y perd aussi la mémoire.

– Mais on n'y ressent pas la souffrance.

– Ici, on ne peut pas mourir, n'est-ce pas ?

– Détrompe-toi. Un dieu peut en tuer un autre. Tu as eu de la chance qu'Aquilée te sorte des serres d'Azcatchi. Essaie de te tenir loin de lui.

– Plus facile à dire qu'à faire. Il est arrivé de nulle part.

– C'est un dieu jaloux et rancunier, autrement dit, un très mauvais exemple pour les jeunes. Si tu te cherches un modèle, il serait préférable que ce soit Nahuat qui est juste et bon.

– Ce pourrait aussi être toi.

– J'aimerais mieux être ton ami plutôt que ta référence en ce monde.

– Oui, j'ai besoin d'un ami, mais je préférerais que nous ne parlions pas d'Enkidiev que je veux à tout prix oublier. J'appartiens désormais au panthéon des falconidés et j'en suis très fier.

– Je respecterai ta volonté.

L'épervier décrivit alors au milan les terrains de chasse qu'il avait découverts en s'aventurant aux confins du royaume de Lycaon, là où les dieux allaient rarement chasser. Albalys lui fit tout de suite promettre de l'y emmener, dès que ses ailes seraient complètement guéries.

10

LES VISITEURS FÉLINS

Les maîtres magiciens Dylan et Dinath avaient passé plusieurs jours en compagnie de la famille de Kira. Ils avaient d'abord discuté de la menace que représentaient les dieux ailés pour la population d'Enkidiev, mais puisqu'elle ne se concrétisa pas, ils s'étaient détendus et en avaient profité pour parler plutôt de leurs projets d'avenir. Lassa et Kira préféraient vivre au jour le jour. Ils ignoraient ce que feraient leurs enfants plus tard. Néanmoins, ils s'étaient jurés de les aider à développer leurs talents au fur et à mesure où ils se manifesteraient. Wellan semblait se diriger vers une carrière d'historien. Quant à Lazuli, il n'y avait que les armes qui l'intéressaient pour l'instant. Lassa demeurait toutefois convaincu qu'il caresserait d'autres rêves en vieillissant. Kaliska, elle, avait décidé de devenir guérisseuse. De toute façon, elle soignait déjà tout le monde au château. Seul Marek restait un mystère pour ses parents. Il pouvait être si sage un instant, puis absolument intraitable le moment suivant.

Durant son court séjour, Dylan avait pris le temps d'observer le comportement de l'enfant et en était finalement venu à la conclusion qu'il lui faudrait être son propre patron, peu importe ce qu'il choisirait de faire, puisque personne n'arrivait à le faire obéir.

Ils étaient tous à table sauf Wellan, lorsque plusieurs coups résonnèrent dans l'entrée. Avant que les adultes puissent réagir, Marek filait déjà vers le salon. Lassa s'empressa de le suivre, car l'enfant disait n'importe quoi aux étrangers et faisaient souvent passer ses parents pour des tyrans. Il trouva le benjamin immobile devant la porte ouverte, les yeux écarquillés.

– Marek, de quoi s'agit-il ? demanda le père en pressant le pas.

– C'est une dame bizarre avec un troupeau de filles…

Le Chevalier s'arrêta derrière son fils et reconnut les cheveux roses de Myrialuna.

– Lassa ! s'exclama joyeusement sa belle-sœur. Je suis vraiment désolée de ne pas vous avoir prévenus de notre passage à Émeraude, mais nous ne resterons pas longtemps.

– Je vous en prie, entrez donc toutes !

– Tu les connais ? s'étonna Marek.

– Myrialuna est la sœur de maman.

– Maman a une sœur ?

Ses parents lui en avaient déjà parlé, mais puisque Marek écoutait d'une oreille distraite lorsqu'on s'adressait à lui, il ne s'en souvenait probablement pas.

– Et ces jolies demoiselles sont tes cousines, ajouta Lassa.

— C'est quoi une cousine?

— Ce sont les enfants des frères et des sœurs de tes parents, comme Kirsan, par exemple.

— Mais Kirsan n'est pas une fille.

Lassa dirigea un regard découragé vers la sorcière.

— À cet âge-là, les petites ne comprenaient rien non plus, assura-t-elle.

— Je ne suis pas idiot! se défendit Marek.

— Ce n'est pas ce qu'elle a dit.

Les nouvelles venues suivirent leur hôte dans le couloir. Pour que Marek n'importune pas ses cousines, Lassa le tenait fermement par la main.

— Abnar n'est pas avec vous? s'enquit-il.

— Il est resté à la maison, répondit Myrialuna. Il voulait profiter de la tranquillité durant nos quelques jours d'absence. Maintenant que mes filles ont de bonnes manières, je veux qu'elles en apprennent un peu plus sur leurs origines.

Les six petites magiciennes échangèrent un regard complice, mais gardèrent le silence.

— Myrialuna! s'exclama Kira lorsque la délégation arriva dans la salle à manger.

Les deux sœurs s'étreignirent en pleurant de joie, puis la sorcière aperçut son frère qui se tenait à quelques pas derrière Kira.

– Dylan ! Quelle merveilleuse surprise !

Après les nombreuses embrassades, Myrialuna présenta ses filles, debout en ligne droite comme les soldats d'une armée. Elles étaient toutes de la même taille et, au grand désespoir des enfants de Kira, elles avaient exactement les mêmes traits.

– Voici Larissa, Lavra, Léia, Lidia, Léonilla et Ludmila, fit fièrement leur mère.

– Comment arrivez-vous à les différencier ? demanda Lazuli, stupéfait.

– À leur odeur, évidemment.

Lazuli, Kaliska et Marek arquèrent les sourcils en même temps. Jamais de toute leur vie on leur avait demandé de flairer les gens pour les reconnaître.

– Venez-vous asseoir, les convia Lassa. Nous avons suffisamment de nourriture pour tout le monde.

Les enfants de Kira cédèrent leur place à leurs cousines et allèrent s'installer près de leur oncle Dylan et de sa femme. La famille de Myrialuna occupait tout un côté de la table.

– Vous êtes bien loin de chez vous, fit remarquer Dylan.

– Mes petites chéries avaient besoin de voir le royaume où j'ai grandi, expliqua Myrialuna, mais nous ne pouvions pas passer près du château sans nous arrêter pour vous saluer.

– Où est ton mari ? demanda Kira.

– Il est resté à Shola pour poursuivre l'édification du château.

– Vous le rebâtissez ?

– Nous en avions assez de vivre dans les catacombes.

– C'est quoi des catacombes ? demanda Marek.

– C'est comme un tunnel sous le palais, répondit Kaliska.

– Pouah…

– Nous avons entassé tous les cercueils des anciens souverains dans la même crypte et aménagé le reste de l'espace pour qu'il soit habitable, expliqua Myrialuna. Nous y sommes au chaud et mon merveilleux mari y fait briller une réconfortante lumière toute la journée, mais ce n'est pas aussi sain pour la santé que de vivre à l'air libre.

– Le château ressemblera-t-il à celui que mère a déjà habité ? s'enquit Kira.

– J'en doute fort, car nous en avons conçu le plan nous-mêmes. Inutile de vous dire que nous aurons besoin d'un bon nombre de chambres à coucher, puisque ces belles enfants ont développé des goûts personnels. J'espère que vous viendrez nous rendre visite.

– La neige, c'est trop froid, objecta Marek.

– Nous n'y manquerons pas, affirma Kira.

– Je vous en prie, servez-vous, les pressa Lassa, sinon le repas va refroidir.

Les fillettes examinèrent les plats et, au grand étonnement des enfants de la maison, choisirent exactement les mêmes aliments.

– Vous pourrez rester aussi longtemps que vous le désirerez, ajouta Lassa.

– Où vont-elles dormir ? s'étonna Lazuli.

– Dylan et Dinath sont déjà installés dans la chambre de Wellan, alors Marek et toi leur prêterez vos chambres et quelques-unes d'entre elles pourront coucher dans celle de Kaliska.

– Et nous, où dormirons-nous ? demanda Marek.

– Avec nous, répondit Kira sur un ton ferme.

– Et Wellan ?

– Je suis certaine qu'il en profitera pour aller passer du temps avec son ami Famire.

– Je ne suis pas d'accord, continua de protester son benjamin.

– Marek, ici, ce sont les parents qui prennent les décisions, pas les enfants, l'avertit Lassa.

– Ça fait trop de monde dans la maison.

– Nous en reparlerons tout à l'heure, toi et moi.

– Je comprends ce qu'il ressent, sympathisa Myrialuna. Je débarque chez vous avec une armée.

– Nous sommes heureux que vous soyez ici, la rassura Kira. La famille, c'est ce qu'il y a de plus important. Ne vous inquiétez pas des détails.

Les filles ne semblèrent pas s'offusquer du manque de manière de leur jeune cousin. Elles mangèrent avec appétit, puis acceptèrent avec joie les gobelets de thé que leur oncle Lassa leur tendit.

– Comment êtes-vous arrivées jusqu'ici ? voulut savoir Dylan.

– Nous sommes parties à pied il y a presque un mois, l'informa Myrialuna.

– À pied ? s'étonnèrent en chœur les adultes.

– C'est la meilleure façon de visiter les contrées étrangères. Nous avons traversé les grandes étendues enneigées de Shola jusqu'à la falaise qui surplombe le Royaume des Elfes.

– La neige, c'est trop froid, marmonna Marek.

– C'en est assez, garçon, l'avertit sa mère.

– Nous avons suivi la belle rivière qui descend jusqu'au Désert.

– Elle s'appelle Mardall, signala Marek.

Lassa se leva avant Kira. Il agrippa l'enfant par la taille et le pressa de s'asseoir avec lui afin de le faire taire au besoin.

– Je voulais que les filles voient le Royaume des Fées, poursuivit la sorcière. Nous sommes restées plusieurs jours parmi les fleurs géantes et les fruits succulents. C'est vraiment un pays magnifique.

Les filles buvaient ses paroles, sages comme des images.

– Nous avons traversé la rivière à la nage, puis avons marché en direction de la montagne de Cristal, et nous voilà !

– Vous n'avez pas vu le dieu ailé ? demanda Kaliska.

En voyant l'interrogation sur les visages de leurs invitées, Dylan et Kira leur racontèrent ce qui s'était passé au château.

– Il n'est peut-être pas prudent de poursuivre ce voyage, en ce moment, ajouta Lassa.

– Nous savons nous faire discrètes lorsque c'est nécessaire, tenta de les rassurer Myrialuna. Ne vous en faites surtout pas pour nous.

Après le repas, Kira demanda à ses aînés de faire visiter le château à leurs cousines.

— Et moi ? réclama Marek.

— Tu n'es pas assez poli avec nos invitées.

— Ce n'est pas vrai !

Lassa dut refermer vivement les bras sur le petit garçon aux boucles blondes pour qu'il ne lui échappe pas. Marek se mit à se débattre, mais le père ne lâcha pas prise.

— Rappelez-vous votre promesse, mes chers amours, fit Myrialuna avec un sourire.

— Oui, maman, répondirent-elles en chœur.

Lazuli avait quatorze ans et les six filles en avaient douze, tandis que Kaliska avait quatre ans de moins. Mais puisque celle-ci fréquentait des enfants plus âgés depuis sa naissance, elle ne se sentit pas désavantagée par rapport aux petites Sholiennes. La petite bande déambula dans tous les couloirs tandis que Lazuli leur décrivait tout ce qui se trouvait autour d'eux à la manière d'un guide. Ce ne fut que lorsque Kaliska proposa d'aller prendre le thé chez son ami Cornéliane que le garçon protesta.

— Tu n'es pas obligé de nous accompagner, Lazuli, lui dit sa sœur.

— Il n'est pas question que je joue à des jeux de filles.

Il pivota sur ses talons et retourna chez ses parents.

– Venez, fit Kaliska à l'intention de ses cousines.

Elle leur expliqua que Cornéliane était la princesse des lieux pendant qu'elles se dirigèrent vers les appartements royaux.

– Acceptera-t-elle de nous recevoir ? s'inquiéta Larissa.

– Évidemment. C'est ma meilleure amie.

Kaliska frappa à la porte et attendit qu'un serviteur vienne lui ouvrir.

– La princesse est-elle là ?

L'homme promena son regard sur les six filles identiques en haussant un sourcil.

– Elle se repose, mais je vais lui demander si elle a un peu de temps pour vous, Lady Kaliska.

L'homme fit attendre les sept fillettes dans le vestibule pendant un moment, puis les conduisit aux appartements de Cornéliane.

– Bienvenue au Château d'Émeraude, les salua la princesse.

Kaliska qui avait oublié les noms de toutes ses cousines les laissa se présenter elles-mêmes, puis elle les convia à s'asseoir autour de la table basse où les deux amies avaient l'habitude de prendre le thé avec leurs poupées. Ces dernières furent aussitôt retirées pour que les invitées puissent prendre place.

— Si je comprends bien, vous êtes les Princesses de Shola ? tenta de déterminer Cornéliane.

— C'est exact, répondit Larissa.

— Parlez-moi de votre royaume.

Pendant que les fillettes s'amusaient de l'autre côté du couloir, Kira, Lassa, Dylan et Dinath mirent Myrialuna au courant des derniers événements qui avaient bien failli leur coûter la vie.

— Le fait que je suis d'origine féline et que vous êtes de descendance reptilienne ne nous séparera jamais, affirma la sorcière. Les dieux ne réussiront pas à nous diviser.

— En fait, le mieux serait de refuser de participer à leurs jeux de guerre, suggéra Dylan.

— Je suis d'accord et je le signifierai à notre mère, décida leur sœur.

Ce ne fut que lorsque tous ses invités furent couchés que Kira put enfin respirer. Elle s'assit confortablement dans son fauteuil préféré, dans la grande pièce qui leur servait de salle familiale, et ferma les yeux un instant. Ces derniers temps, elle s'épuisait beaucoup plus rapidement. « J'étais moins fatiguée quand je combattais les hommes-insectes », songea-t-elle, amusée.

– Est-ce que tu l'as dit à Lassa ?

Kira ouvrit les yeux et trouva sa sœur devant elle.

– Quoi donc ?

– Que tu portes encore la vie en toi.

– Moi ?

– À moins que les rôles soient maintenant renversés chez les humains, ce sont habituellement les femmes qui sont enceintes.

– En es-tu certaine, Myrialuna ?

– Ce sont des choses que les sorcières ressentent même avant les magiciens.

– Quand le bébé naîtra-t-il ?

– Durant la prochaine saison froide.

– Ça nous occupera pendant que la pluie s'abattra sur la région, plaisanta Kira.

– Si tu veux mon avis, l'arrivée d'un poupon fera vieillir Marek.

– J'aimerais en être aussi sûre que toi.

Myrialuna prit place dans le fauteuil de Lassa.

– Il y a une autre chose de bizarre que je perçois dans ta famille, avoua-t-elle.

– Dans ce cas, surprends-moi.

– Ton fils Lazuli n'est pas de ce monde.

– Tu as raison. Lassa n'est pas son père.

– Tu étais pourtant mariée avec lui au moment de sa conception…

Kira lui expliqua que peu de temps avant de constater qu'elle était enceinte, elle avait rêvé de Sage.

– Finalement, ce n'était pas mon imagination, puisqu'il revient régulièrement voir Lazuli.

– Il y a donc aussi de petits oiseaux dans notre famille.

– Cela ne doit pas nous désunir, Myrialuna.

– Jamais.

Myrialuna serra la main de sa sœur dans la sienne avec beaucoup d'affection.

11

UNE REQUÊTE TARDIVE

Onyx était plutôt songeur depuis quelque temps, et son air distrait n'avait rien à voir avec les menaces d'Azcatchi. Il avait recommencé à penser à Nemeroff, cet enfant qui avait connu une fin si tragique. Aucun de ses autres fils n'avait réuni les belles qualités de son aîné. S'il n'était pas mort écrasé dans la tour où il était en train d'étudier, Onyx ne se serait même pas soucié de l'avenir d'Atlance, de Fabian et de Maximilien. Il aurait misé tous ses efforts sur l'éducation de Nemeroff.

Tandis qu'il se rendait dans son hall pour le dernier repas de la journée, il se mit à réfléchir sur le retour de son ami Hadrian, pourtant mort depuis plus de cinq cents ans. Tout avait commencé par une indiscipline de Kira qui, à l'âge de neuf ans, avait réussi à attirer l'esprit du valeureux guerrier hors des grandes plaines de lumière grâce à un bijou en or. « Ce n'est pas ce qui manque ici », se dit le roi, tenté de faire la même expérience que la gamine.

On lui avait ensuite raconté qu'Abnar avait découvert l'inconduite de la princesse mauve et confisqué l'anneau ensorcelé. C'était précisément ce bijou que Danalieth avait utilisé pour redonner la vie à Hadrian. « Je suis certainement capable de faire la même chose », décida-t-il.

Dans l'immense salle, il n'aperçut que sa femme, sa fille et le petit Anoki assis à la table. Il prit place près de Swan et promena son regard sur les sièges vides de ses garçons.

– N'ose même pas me demander pourquoi ils ne sont pas là, l'avertit sa reine, courroucée.

– Si tu as quelque chose à me reprocher, dis-le-moi donc au lieu de lancer des insinuations.

– Ton attitude envers tes fils est inacceptable, Onyx. Tu as été si dur envers eux qu'ils ont quitté le château.

– Ce n'est pas ma faute s'ils sont incapables de comprendre que mes décisions visent à assurer leur avenir.

– Que fais-tu de leur opinion ?

– Ils sont bien trop jeunes pour savoir ce dont ils ont réellement besoin.

– Ce ne sont pas des soldats que tu commandes sur un champ de bataille. Ce sont nos enfants. Ils ont leur propre caractère, leurs propres rêves et leurs propres désirs. Notre rôle est de les encourager et de les aider à devenir ce qu'ils ont envie d'être.

– Tu oublies que ce sont des princes, et non de simples hommes.

– Ce sont d'abord et avant tout des êtres humains.

Onyx soupira avec agacement.

– Puis-je te faire remarquer qu'ils sont en train de faire ce qui leur plaît sans que je leur fasse obstacle ? Maximilien ne pensait qu'à retrouver sa véritable famille. Est-ce que je l'en ai empêché ? Non ! Fabian rêvait de devenir un grand sorcier. Je l'ai mis en garde contre ce type de magie, mais je ne l'ai pas ligoté à son lit pour qu'il cesse d'aller rejoindre la sorcière Aquilée.

– Et Atlance ?

– C'est différent.

Au lieu de verser du vin dans sa coupe, Onyx s'empara de la bouteille et la porta à ses lèvres. Il avala la moitié de son contenu et la redéposa sur la table, sous les regards découragés de Cornéliane et Anoki.

– Tout ce que ton fils te demandait, c'était de le laisser épouser la femme qui porte son enfant, poursuivit Swan, implacable.

– C'est une paysanne.

– Si je me souviens bien, ça ne t'a pas empêché d'être le mari de la Princesse d'Opale.

Les deux enfants tournaient la tête tantôt vers Onyx, tantôt vers Swan, ne sachant plus lequel avait raison.

– J'ai donné à mes fils tout ce que la vie ne m'a jamais offert et c'est ainsi qu'ils me remercient ? éclata le roi. Non seulement ils se sont enfuis comme des lâches, mais ils se sont assurés de semer la dispute entre nous pour le reste de notre existence !

— Nos fils ne nous appartiennent pas, Onyx. Notre devoir, c'est de leur transmettre nos valeurs pour qu'un jour ils deviennent des adultes responsables.

— Responsables ?

— Sans vouloir m'immiscer dans votre discussion, intervint alors Cornéliane, je tiens à vous dire que moi, je resterai avec vous jusqu'à ce que je sois en mesure de régner.

Stupéfaits, Onyx et Swan baissèrent les yeux sur leur fille.

— Oui, vous avez bien entendu.

— Il faut que nous ayons d'autres filles, décida le roi.

Il avala le reste du vin et se leva.

— Où vas-tu ? s'inquiéta sa femme.

— J'ai besoin de prendre l'air.

— Tu n'as rien mangé.

— Je n'ai plus faim.

Onyx quitta le hall sans se retourner.

— Il n'est pas vraiment fâché, affirma Cornéliane en s'adressant à Anoki.

– Mais pas content, soupira le garçon.

Swan garda le silence en observant la porte, dans l'espoir de voir revenir son mari.

– Mon père est un homme très exigeant, mais bon aussi. Il finit toujours par entendre raison, bien que parfois, ça prenne du temps.

« Tout allait si bien lorsqu'ils étaient petits », se souvint la reine. Onyx avait été un père attentif et affectueux. Il avait élevé seul leurs fils jusqu'à la fin de la guerre contre les hommes-insectes.

– Après le repas, est-ce que nous pourrions aller jouer chez Kaliska ? demanda Cornéliane.

– Oui, bien sûr, répondit Swan sans réfléchir.

Pendant que sa famille se rassasiait, Onyx se rendit sur la passerelle qui courait le long des créneaux. Le soleil se couchait lentement. Il était bon de respirer enfin les odeurs de la nature qui renaissait après les interminables pluies de la saison froide.

« Il y a certainement un endroit sur ce continent où je pourrai enfin trouver la paix », grommela-t-il intérieurement. Il songea à rendre visite à son ami Hadrian, qu'il n'avait pas revu depuis leur dernière aventure, mais se rappela que ce dernier avait déjà suffisamment de mal à établir une relation durable avec la fille de la déesse de feu. « Dans mon cas, ce n'est pas ma compagne qui me donne du fil à retordre, ce sont nos héritiers », se découragea-t-il.

Swan avait raison : il ne pouvait pas les forcer à mener la vie qu'il avait imaginée pour eux, mais étaient-ils tous obligés de se montrer aussi ingrats ?

Onyx se rappela alors les paroles de son ancêtre Corindon. Un grand destin l'attendait. C'était d'ailleurs pour cette raison que sa fille hériterait de son royaume. « Les dieux-félins veulent que j'instaure leur règne dans tout le monde connu, mais Enkidiev tout entier adore Parandar, un ghariyal », réfléchit-il. Comment arriverait-il à changer les croyances de quatorze royaumes ? De l'autre côté des volcans, il trouverait certainement des alliés, car certains des peuples qui y vivaient vénéraient Étanna ou son fils Solis.

— Si je devenais empereur du monde, je pourrais imposer ma volonté à tous mes sujets, murmura-t-il en s'appuyant contre la pierre. Ils n'auraient d'autre choix que d'adopter ma religion. Mais, par où commencer ?

La première façon de subjuguer une nation tout entière, c'était évidemment par les armes. Les vertueux Chevaliers d'Émeraude l'appuieraient-ils dans cette entreprise ? « Hadrian leur conseillera de m'ignorer et il me fera la morale », songea Onyx. Heureusement, ils n'étaient pas les seuls guerriers que le Roi d'Émeraude avait rencontrés dans sa vie. Les Itzamans étaient féroces et ils idolâtraient les dieux-félins. Y en avait-il d'autres comme eux à Enlilkisar ?

Afin d'en avoir le cœur net, Onyx se dématérialisa pour se rendre magiquement dans les couloirs secrets, sous son palais. Il retrouva sans peine son chemin jusqu'à la salle où il avait fait la connaissance de Corindon. Il alluma les flambeaux et appela le caracal, en vain. Ce dernier ne se manifesta pas.

– Si je suis vraiment un dieu, pourquoi ne m'entend-il pas? s'étonna le souverain.

Il continua d'errer dans le dédale de corridors qui menait à différents endroits du château. *Onyx, où es-tu?* fit alors la voix de Swan dans son esprit. *Tu as des pouvoirs, alors tu le sais déjà*, grommela-t-il. *Je crois qu'ils sont brouillés ce soir, car je te sens sous mes pieds.* Voyant qu'il ne le confirmait pas, Swan l'informa que d'anciens amis voulaient le voir et lui conseilla de la rejoindre tout de suite dans son hall. Même s'il n'avait envie de voir personne, Onyx apparut près de sa femme.

– Que faisais-tu dans les catacombes? murmura Swan tandis que les serviteurs faisaient entrer les visiteurs.

– Il n'y a pas que des sépultures dans le soubassement.

– Altesses! s'exclama une voix que les personnages royaux reconnurent en même temps.

– Nogait? s'égaya Swan.

Le Chevalier entra avec sa femme, la Princesse Amayelle, et deux enfants : une adolescente et un petit garçon réfugié dans les jupes de sa mère.

– Je suis heureux de te revoir, Swan. Voici nos enfants : Malika et Alkar. Notre aîné est maintenant assez vieux pour faire ses propres choix. Alors, il a décidé de ne pas nous accompagner.

Swan jeta un regard en coin à son mari, mais ne fit aucun commentaire devant leurs invités.

– Êtes-vous de passage à Émeraude ? s'enquit-elle plutôt.

– En fait, nous aimerions venir nous y établir.

– Au palais ? demanda Onyx en ouvrant finalement la bouche.

– Non, sire. Comme c'est la coutume lorsque vos Chevaliers prennent femme, j'aimerais que vous m'octroyiez une ferme.

– Mais tu es marié depuis plus de vingt ans ! s'exclama Swan, étonnée.

– J'ai habité au château les premières années, puis mon épouse m'a obligé à partager la vie des Elfes. C'est maintenant à mon tour de décider où nous vivrons.

– C'est inhabituel… nota Onyx.

– Rien dans notre couple n'est vraiment normal.

Même si les Elfes n'étaient pas censés afficher leurs émotions, la princesse rougit de colère.

– As-tu déjà une région en tête ? demanda Swan.

– En fait, oui. Il y a une ferme abandonnée non loin de celle de Kevin.

« Il veut se rapprocher de son ami », comprit finalement la femme Chevalier.

– Suis-je tenu de respecter cette coutume ? murmura Onyx.

– Oui, l'avertit la reine. Nous allons consulter nos conseillers pour en savoir plus sur cette ferme. En attendant, veuillez accepter notre hospitalité.

Swan prit la main de la femme Elfe contrariée et l'entraîna vers la sortie. Les deux enfants aux oreilles pointues lui emboîtèrent aussitôt le pas. Toutefois, Nogait ne les suivit pas.

– Y a-t-il autre chose ? fit Onyx.

– J'ai seulement besoin de quelques minutes loin de sa fureur.

– Je croyais que les Elfes ne pouvaient pas se mettre en colère.

– Elle a dû apprendre ça auprès des humains.

Le roi emmena le Chevalier s'asseoir près de l'âtre et lui servit du vin.

– Il y a une éternité que je n'en ai pas bu, avoua Nogait.

– Les Elfes prennent un soin jaloux de leurs forêts, mais ils n'ont jamais cultivé la vigne. C'est vraiment regrettable.

– À mon avis, c'est mieux ainsi. Après avoir vécu plus d'une dizaine d'années parmi les seigneurs des bois, je suis bien placé pour affirmer que leur nourriture et leurs boissons sont plutôt fades. Ils ne connaissent pas les condiments et n'en utilisent pas non plus. J'ai vraiment hâte de recommencer à manger des mets savoureux.

– Mais pas la princesse, apparemment.

– Elle est fâchée contre moi, car leurs traditions obligent les femmes à suivre leurs maris. J'imagine que je coucherai sur la paille pendant quelques semaines, mais je ne pouvais plus vivre dans la douceur et la sérénité. J'ai besoin d'être actif et de voir mes amis plus d'une fois par année.

– Est-ce vraiment la seule raison de votre retour à Émeraude ?

– Il y en a une autre, mais elle doit demeurer secrète.

– Si je bois suffisamment ce soir, je ne m'en souviendrai plus demain, plaisanta Onyx.

– Il s'agit de ma fille, avoua Nogait avec un air inquiet. Elle a été pressentie comme enchanteresse et, à mon avis, ça exige beaucoup de sacrifices pour une enfant de son âge.

La seule mention du mot « enchanteresse » hérissa le Roi d'Émeraude, qui avait été victime d'un tour cruel de la part de ces femmes Elfes insaisissables.

– Tu auras ta ferme, peu importe ce que diront les conseillers, décida-t-il. Il n'est pas question que ces sorcières se perpétuent.

– Merci, sire.

Les deux hommes dégustèrent le vin capiteux en se remémorant les derniers combats de la guerre qui les avait opposés aux Tanieths, jusqu'au retour de Swan dans le hall.

– Si tu n'es pas trop ivre pour te servir de tes pouvoirs magiques, mon cher Nogait, fit la reine, je pense que tu seras en mesure de retrouver facilement tes appartements dans l'aile des Chevaliers.

– Ça va me rappeler d'autres bons souvenirs, soupira son ancien compagnon d'armes.

Il remercia le roi et se dirigea tant bien que mal vers la porte.

– À quoi penses-tu ? demanda Swan à son mari qui gardait les yeux baissés sur le contenu de sa coupe.

– Je veux avoir d'autres enfants.

– Pourquoi ne fais-tu pas la paix avec ceux que tu as déjà ?

– Je préférerais recommencer à zéro.

– Tu es impossible, Onyx.

– Chez les Elfes, les femmes sont obligées de faire ce que leur demandent leurs maris.

– Tant mieux pour eux. Ici, c'est différent.

Elle voulut lui ôter sa coupe, mais il l'en empêcha.

– Tu as assez bu.

– Je me sens pourtant encore très lucide.

Swan tenta encore une fois de lui ravir l'alcool et tomba dans ses bras.

– Es-tu en train de changer d'idée ? se réjouit-il.

Elle le poussa sur sa chaise, mais il s'accrocha à elle et la transporta magiquement dans leur chambre à coucher, où ils se retrouvèrent dans leur lit.

– Tu n'as pas le droit de te servir de tes pouvoirs pour me séduire ! protesta-t-elle.

– Ce n'est écrit nulle part dans notre contrat de mariage.

Il laissa tomber la coupe sur le sol et referma les bras sur la femme qui partageait sa vie malgré elle depuis de nombreuses années.

– Onyx, les enfants ne sont pas encore au lit… résista-t-elle.

Incapable de se libérer de l'étreinte de son mari, Swan se laissa peu à peu conquérir. Heureusement, leurs enfants jouaient à cache-cache dans le château avec ceux de Kira. Même Marek avait obtenu la permission de s'amuser avec les grands. Il y avait des centaines d'endroits dans le palais et dans l'aile des Chevaliers où se dissimuler, mais ces petits possédaient des facultés qui leur permettaient de retrouver la trace les uns des autres avec une facilité déconcertante. Toutefois, aucun d'entre eux ne possédaient la puissance de la petite Malika, fille de la Princesse des Elfes.

Sagement assise sur le lit de l'une des deux chambres où Swan avait conduit sa mère et son petit frère de deux ans, Malika ressentit l'approche d'une petite créature magique dans le couloir. Amayelle étant occupée à mettre l'enfant au lit, la jeune enchanteresse ouvrit la porte et jeta un coup d'œil à l'extérieur de la pièce. Elle vit passer un gamin de six ans à la course et décida de le suivre sans se faire voir. Tout comme le lui avait enseigné les magiciennes de son clan, ses vêtements, sa peau et ses cheveux prirent la couleur du mur et elle se fondit dans son environnement.

Marek était si excité de courir aussi librement à l'extérieur des appartements de ses parents qu'il ne se fia qu'à ses yeux. Seule Kaliska aurait deviné qu'il irait se cacher dans les bains. Par chance, elle ne faisait pas partie du groupe à la recherche des autres. Le garçon examina toutes les grosses corbeilles où les Chevaliers déposaient leurs vêtements sales et en trouva une presque vide. Vif comme un chat, il sauta à l'intérieur.

Malika avança à pas feutrés, suivant son instinct et s'arrêta tout près du panier d'osier. Normalement, Marek aurait éclaté de rire en se faisant découvrir, mais ne reconnaissant pas la fillette qui se pencha sur lui, il hurla plutôt de terreur.

– Je ne te veux aucun mal, tenta de le rassurer Malika.

Marek se recroquevilla au fond du panier, comme un chat effarouché.

– Je viens tout juste d'arriver au château et je cherche des amis, poursuivit la demi-Elfe.

Alertés par les cris du plus jeune membre de la bande, Cornéliane, Anoki, Kaliska, Lazuli et les six filles de Myrialuna arrivèrent en courant dans cette pièce dont l'accès leur était pourtant défendu.

– Qui es-tu ? la questionna Cornéliane en s'avançant vers l'étrangère.

– Je m'appelle Malika, fille du Chevalier Nogait d'Émeraude et de la Princesse Amayelle des Elfes, et petite-fille du Roi Hamil.

– Pourquoi n'es-tu pas dans la forêt ? demanda innocemment Lazuli.

– Parce que mes parents ont décidé de revenir vivre ici.

– Je m'appelle Cornéliane, fille du Roi Onyx d'Émeraude et du Chevalier Swan d'Émeraude, également Princesse d'Opale. Voici mon demi-frère Anoki. Tu es la bienvenue dans mon château.

– Moi, c'est Lazuli. Est-ce important de réciter tous les noms de nos parents ?

– Je suis Kaliska, sa sœur, fit plus poliment celle-ci. Nous sommes les enfants de la Princesse Kira d'Émeraude et du Chevalier Lassa, également Prince de Zénor. Le petit garçon terrorisé dans le panier est notre frère Marek.

– Faites-vous tous partie de la royauté ?

– Je pense bien que oui, avança l'une des six fillettes identiques. Je m'appelle Larissa et voici mes sœurs Lavra, Léia, Lidia, Léonilla et Ludmila. Nos parents sont le maître magicien Abnar et Myrialuna, Princesse de Shola.

– Nous devrions fonder un club, proposa Lazuli.

– Avant, il faut réconforter Marek, indiqua Kaliska.

Elle s'approcha de sa cachette et voulut le persuader d'en sortir en lui parlant d'une voix douce.

– Je veux voir maman, pleura le gamin.

Sans façon, Lazuli retourna la corbeille à l'envers et se mit à la secouer pour en extraire l'enfant.

– Tu vas le blesser ! protesta Kaliska.

– Je connais une autre façon de le libérer, suggéra Malika.

Lazuli remit le panier sur le sol. La petite fille aux oreilles pointues et aux longs cheveux blonds souffla légèrement dessus.

Magiquement, les brins se défirent un à un et rampèrent sur le plancher comme de petits serpents jaunâtres. Kaliska s'empressa de prendre le benjamin dans ses bras pour le consoler.

— Je ferais mieux de le reconduire chez nous, décida-t-elle.

— Non ! hurla Marek. Je vais être obligé de me coucher !

— Si tu veux rester avec nous, tu vas devoir arrêter de gémir.

— Tu ne le diras pas à maman ?

— Ça fonctionne dans les deux sens, Marek. Je ne lui dirai pas que tu t'es comporté comme un bébé et, toi, tu ne lui répéteras pas ce que nous allons nous raconter entre grands.

— Je le jure sur mon cœur.

Lazuli leur fit alors remarquer que s'ils voulaient fonder un club, il leur fallait un endroit bien à eux où ils pourraient périodiquement se réunir.

— Le hall des Chevaliers ? proposa sa sœur.

— Il est trop fréquenté, riposta Cornéliane.

— Je sais ! s'exclama Lazuli. Dans le grenier !

Les enfants se mirent à courir dans le couloir et grimpèrent le grand escalier. Au troisième étage, ils firent le moins de bruit possible en passant près des appartements, puis s'engagèrent un à un dans l'escalier en colimaçon tout au fond du corridor.

La fille d'Onyx et les enfants de Kira avaient déjà joué dans cette véritable caverne aux trésors lorsqu'ils étaient petits, puis s'en étaient désintéressés.

Ils prirent place en rond sur le tapis, tandis que Malika allumait au centre un feu magique, qui ne sentait rien et ne brûlait rien, mais qui produisait une réconfortante chaleur en plus d'éclairer tous les visages.

– Est-ce que ce sera une société fermée ? voulut savoir la demi-Elfe.

– Il n'y a pas d'autres enfants que nous au palais, lui fit remarquer Cornéliane.

– Je vais bientôt vivre tout près de la ferme d'un ami de mon père qui a deux filles aussi puissantes que nous.

– J'imagine qu'on pourrait les admettre dans le groupe.

– Qu'est-ce qu'on fait quand on est dans un club ? demanda Marek.

– Nous devons commencer par prouver que nous avons des facultés surnaturelles, décida Kaliska. Cornéliane, tu commences.

– Eh bien, moi, je peux facilement lire dans les pensées, communiquer par l'esprit, soulever des objets et, bientôt, mon père m'enseignera à me déplacer où je veux grâce à un vortex personnel. Si vous le désirez, je vous montrerai à faire la même chose.

– Génial ! s'exclama Lazuli.

– Moi, j'ai des dons de guérisseuse, fit ensuite Kaliska. Je peux même réparer des os brisés et arrêter le sang.

– C'est vrai, corrobora son petit frère Marek.

– Et toi, Malika ? demanda Cornéliane.

– Je maîtrise les quatre éléments et les animaux m'obéissent.

– Nous, fit Larissa au nom de ses sœurs, nous avons le pouvoir de nous métamorphoser.

– Qu'est-ce que ça veut dire ? s'étonna Lazuli.

– Nous pouvons adopter l'apparence d'un eyra à volonté.

– C'est quoi un eyra ? demanda Marek.

– C'est un gros chat sauvage.

– Vous pouvez vraiment vous transformer ? s'émerveilla Malika.

– Oui, mais nos parents nous ont fait promettre de ne pas le faire devant les gens.

– Nous ne sommes pas n'importe qui, leur fit observer Kaliska. Nous sommes les membres unis d'une société dont personne n'entendra jamais parler.

– Alors, moi seule vous en ferai la démonstration. De cette façon, si quelqu'un devait apprendre ce qui s'est passé ici, ce soir, je serai la seule qui recevra une punition.

Instantanément, la petite fille aux longs cheveux bruns se changea en félin de la taille d'un gros chien, arrachant des exclamations de surprise et d'enchantement aux enfants. La métamorphose ne dura que quelques secondes et Larissa reprit sa forme humaine.

– Qui vous a montré cette magie ? s'intéressa Cornéliane.

– Personne. Nous sommes nées ainsi.

– Et toi, Lazuli, parle-nous de ta magie, exigea la Princesse d'Émeraude.

– Je suis capable de deviner le temps qu'il fera, mais un jour je posséderai des facultés illimitées, parce que je deviendrai un dieu-oiseau.

– Vraiment ?

– C'est mon père qui me l'a dit.

– Lassa ?

– Non, mon vrai père, Sage. C'est un homme-épervier qui vit dans le monde des dieux.

Les enfants interrogèrent Kaliska du regard.

– Apparemment, c'est vrai, confirma-t-elle.

– Et toi, Anoki ?

– Pas de magie, avoua-t-il. Moi obligé de partir ?

– Non, puisque tu fais partie de la famille royale, décréta Cornéliane. Cela te donne des prérogatives. Alors, maintenant, nous pouvons commencer cette rencontre secrète.

– Mais moi ? protesta Marek.

– Dis-nous ce que tu sais faire, mon chéri, l'encouragea maternellement Kaliska.

– Je fais des rêves qui finissent toujours par devenir réels.

– Ah oui ? s'étonna son frère.

– Je sais que dans quelques minutes, maman va nous appeler pour aller nous coucher.

– C'est un peu trop facile à deviner, Marek.

– Elle va nous dire qu'un Kevin est arrivé avec des filles qui s'appellent Maïwen, Maiia et Opaline et que nous devons tout de suite nous rendre au hall du roi pour aller les accueillir.

Aucun des membres du groupe n'osa faire de commentaires, cette fois. Malika allait demander au garçon s'il savait qui étaient ces gens lorsque leur parvint le message télépathique de Kira. *Les enfants, peu importe ce que vous êtes en train de faire, regagnez tout de suite le hall du roi avec vos nouveaux amis.*

Kevin et Maïwen sont ici avec leurs filles, Maiia et Opaline. Elles ont votre âge et je crois que nous allons les garder pour la nuit.

— Depuis quand fais-tu des rêves prémonitoires ? demanda Larissa à Marek.

— C'est quoi « prémonitoires » ?

— C'est voir la nuit ce qui va se passer demain ou même plus tard.

Les enfants ! insista Kira. *Nous arrivons tout de suite, maman !* répondit Kaliska au nom de tous les membres du club.

✳ ✳ ✳

Onyx s'endormit après l'amour. Swan le couvrit chaudement et partit à la recherche de ses enfants qui n'étaient pas encore rentrés, même s'il était tard, afin de les mettre au lit.

Lorsque le souverain ouvrit l'œil, plusieurs heures plus tard, la pièce était plongée dans l'obscurité et sa femme dormait près de lui. N'ayant plus sommeil, Onyx se leva, enfila une tunique de soie et alla jeter un coup d'œil dans les chambres des enfants. Il les trouva au lit, tous les deux. « C'est le milieu de la nuit », devina-t-il. Il quitta les appartements royaux et descendit à la bibliothèque. Lorsqu'il avait étudié dans ce palais, des centaines d'années auparavant, il avait occupé une toute petite chambre dans la section des domestiques, au rez-de-chaussée. Sa situation s'était grandement améliorée depuis.

Hadrian d'Argent avait rapatrié tous les livres qu'il avait jadis cachés chez les Elfes, mais comme tous ses prédécesseurs, il avait mis sous clé ceux qu'il considérait trop dangereux pour être lus par des non-initiés. Il avait remplacé le vieux cadenas par un nouveau, en forme d'hippocampe. Étant donné que ce qu'il savait de la magie lui avait été enseigné par Onyx lui-même, il ne serait pas difficile à ce dernier de l'ouvrir.

Onyx n'avait pas fait deux pas dans la vaste salle qu'il sentit une présence familière. Puisqu'il était pieds nus, il s'approcha sans bruit de la petite section privée où s'était réfugié le rat de bibliothèque et l'observa quelques minutes avant de le déranger.

Le jeune Wellan lui ressemblait beaucoup physiquement, puisque son père était l'un de ses ancêtres, mais son tempérament était plus doux que le sien. Tout comme le grand commandant, dont il avait hérité du nom, l'adolescent aimait lire, lui aussi, aux petites heures du matin.

— Ça semble très intéressant, lui dit finalement Onyx.

Le jeune Wellan sursauta et porta la main à sa poitrine pour ralentir les battements de son cœur.

— Désolé de t'avoir effrayé.

— J'ai eu peur que ce soit ma mère.

— Kira est terrifiante au combat, mais à ce qu'il m'a été donné de voir, elle n'est pas si redoutable que ça dans la vie de tous les jours.

Onyx remarqua la soudaine inquiétude sur le visage du jeune homme lorsqu'il s'approcha de la table où il s'était installé.

– Qu'est-ce qui te rend si nerveux tout à coup ? lui demanda le roi en sondant ses pensées.

– Je n'aime pas me faire surprendre ainsi.

– Ce n'est pas plutôt ce que tu lis qui pourrait te mettre dans l'embarras ?

Wellan garda le silence.

– Montre-moi ton livre.

Puisque l'adolescent ne bougeait pas, Onyx utilisa sa magie pour faire voler le livre jusqu'à sa main. Il le feuilleta pendant quelques secondes, puis un sourire énigmatique se dessina sur ses lèvres.

– Je n'ai connu qu'un homme capable de déchiffrer cette langue complexe.

Toujours aucune réaction de la part du jeune homme.

– Depuis combien de temps es-tu dans ce corps, Wellan de Rubis ?

– Depuis sa naissance…

– Qui t'a enseigné le sortilège transférentiel ?

179

– C'est la déesse du feu qui a expédié mon âme dans le nouveau-né de Kira. J'ignore comment.

– Suis-je le seul à connaître ta véritable identité ?

– Je voulais la garder secrète, mais c'est de plus en plus difficile. Kira et Lassa l'ont devinée, ainsi qu'Hadrian, et en voulant consoler Bridgess, je me suis trahi moi-même.

Onyx ouvrit la main et un banc glissa jusqu'à lui. Wellan ne broncha pas.

– La vie a un bien curieux sens de l'humour, lui fit observer Onyx en s'assoyant. Il y a quelques années, c'est toi qui me démasquais ici-même, dans la bibliothèque. Nous étions en guerre, à l'époque, et tu avais besoin de mes conseils.

– Les prochains affrontements se produiront dans un autre monde, mais je crains que nous soyons éventuellement touchés par effet de ricochet.

– Cherches-tu les bribes d'information que nous possédons sur les dieux, car tu as peur que le panthéon reptilien te choisisse encore une fois pour mener ce combat à sa place ?

– Nous sommes leurs créatures, Onyx. Ils ont droit de faire ce qu'ils veulent de nous.

– Je ne suis pas d'accord. S'il est vrai qu'ils nous ont façonnés, il ne faut pas oublier qu'ils nous ont par la suite abandonnés dans ce soi-disant paradis. Nous avons acquis le droit de nous gouverner nous-mêmes et d'exiger qu'ils nous fichent la paix.

— Ce sont d'étranges paroles de la bouche d'un homme qui est peut-être un dieu lui-même.

— Je n'ai aucune preuve de mon appartenance céleste, sauf ces taches de naissance sur mon épaule et les dires d'un fantôme qui hante ces lieux.

— Et si c'était vrai ?

— Alors, je préserverais ce continent de leur fureur.

— En échange de quoi ?

— Le titre d'empereur me ferait grand plaisir.

— Pour le mériter, serais-tu prêt à entamer des négociations entre les enfants d'Aiapaec et d'Aufaniae afin d'établir une paix durable chez les dieux ?

— Je suis un soldat, pas un pacificateur. Je préférerais me battre.

Onyx déposa le vieux livre sur la table et le poussa vers l'adolescent.

— J'imagine que toi, tu voudras gagner leur confiance, devina le souverain.

— C'est peut-être mon destin.

– Dans ce cas, tu ne vivras pas aussi vieux que lors de ta première incarnation. Ce que je sais des dieux, je l'ai appris de leurs perfides serviteurs, les Immortels. Ils s'entredéchirent depuis des millénaires et nous ne pourrons jamais rien y faire.

Le roi fit apparaître une cruche de vin dans sa main.

– Ce n'est pas bon pour la santé de boire autant, l'avertit Wellan.

– Je connais le sortilège qui permet à un homme de ne jamais mettre le pied sur les grandes plaines de lumière, rappelle-toi. Je n'aurai qu'à transporter mon âme dans un autre corps lorsque celui-ci ne pourra plus me permettre de satisfaire mon vice préféré. En général, je choisis quelqu'un qui a un lien de parenté avec moi. La prise de possession est plus facile.

L'air de défi sur le visage de l'adolescent fit rire Onyx.

– Ne t'inquiète pas, Wellan. Au sud d'Émeraude, mes descendants occupent tout un village. Je ne prendrai pas ton corps.

Le souverain avala le peu de vin qui restait dans le récipient et se dirigea vers la section des livres défendus. Le plus jeune le suivit du regard, incapable de réprimer sa curiosité. Pendant sa première vie, il avait voué au renégat une admiration sans borne, malgré tout le mal qu'on disait de lui. Wellan ne pouvait pas condamner un homme uniquement parce qu'il possédait des facultés inexplicables. À cause de la guerre, il n'avait pas pu le côtoyer comme il l'aurait voulu, mais maintenant...

– Que cherches-tu ?

– Certains grimoires ne contiennent que d'inoffensives incantations, mais il en existe quelques-uns qui ont été écrits par de puissants sorciers.

– Il y a très longtemps, j'ai consulté un livre à ce sujet. Ton nom y figurait.

– Vraiment ?

– Il ne contenait aucune formule magique, cependant.

– Alors, ce n'est pas celui qui m'intéresse.

– Je doute qu'Hadrian garde ici un ouvrage aussi dangereux.

– Moi aussi, mais je connais bien mon vieil ami. Parce que la logique dicte de ne pas conserver des livres de ce type dans un endroit public, il y a fort à parier qu'ils sont ici, sous notre nez.

Wellan n'y tint plus et rejoignit Onyx devant les grilles.

– Il faudrait pouvoir déverrouiller cet espace réservé.

– Rien ne me résiste longtemps, Wellan.

Onyx s'approcha du cadenas et y posa la main. Le déclic résonna dans cette section retirée de la bibliothèque.

– Mais comment… ?

– C'est plus facile quand on connaît celui qui l'a fait forger.

Le roi ouvrit les grandes portes et plissa le front. Wellan ressentit aussitôt un picotement sur sa peau. «Qu'est-il en train de faire?» se demanda-t-il. Tous les livres se mirent à trembler légèrement sur les tablettes, jusqu'à ce que l'un d'eux s'en dégage. Il tomba, mais fut rattrapé par la magie d'Onyx avant de toucher le sol. Le titre, gravé au couteau sur sa couverture en cuir était illisible.

– Je ne connais pas cette langue, avoua Wellan.

– Elle est si ancienne que je m'explique mal pourquoi cet écrit n'est pas sous forme de rouleau. Les Anciens n'ont commencé à relier les livres que des siècles plus tard.

– Quelqu'un l'aura sans doute recopié.

– C'est ce que je pense aussi.

Onyx déposa sa trouvaille sur une table et l'ouvrit avec précaution, de crainte que les pages ne s'effritent entre ses doigts.

– Que se passera-t-il si le scribe a fait des erreurs de transcription? voulut savoir Wellan.

– J'imagine que la formule magique que je cherche ne fonctionnera pas.

– Qu'as-tu l'intention de faire?

Le souverain jeta un regard de côté à l'adolescent.

– J'allais te répondre que tu es trop jeune pour l'entendre, fit-il avec un sourire amusé.

– J'oublie aussi parfois l'âge que je suis censé avoir dans cette vie.

– En fait, le rêve que je caresse se rapproche de ce qui t'est arrivé. Si, tout comme Hadrian, tu es revenu une seconde fois en ce monde avec tous tes souvenirs de ta vie précédente, il est peut-être possible de ressusciter également mon fils Nemeroff.

– C'est le privilège des dieux de redonner la vie à celui qui l'a perdu.

– Alors, je saurai si on m'a dit la vérité à mon sujet.

– Je ne crois pas non plus qu'on puisse accomplir un tel miracle à l'aide de simples mots.

– Il s'agit de la première partie du sortilège, que ta mère a d'ailleurs fort bien réussi, il y a plusieurs années. C'est grâce à Kira que Danalieth a pu ensuite ramener Hadrian à la vie.

– N'est-ce pas Hadrian lui-même qui répète sans cesse que rien ne se produit jamais pour rien ? Les dieux ont sans doute eu une bonne raison de reprendre Nemeroff.

– Ils se moquent de ce qui nous arrive, Wellan. J'ai eu l'occasion de le constater bien des fois depuis mon tout premier souffle.

– On dirait pourtant qu'ils veulent nous impliquer dans leur guerre.

– Pour ne pas être obligés de se salir les mains, j'imagine.

– Tu es encore très fâché contre les Immortels.

– Ils ne pourront jamais me rendre tout ce qu'ils m'ont pris. À cause de leur fausseté et de leurs manœuvres malhonnêtes, je n'ai pas vu grandir les jumeaux nés de mon premier mariage. J'ai aussi été emprisonné pour le reste de ma première existence dans un village creusé dans la glace. J'ai ensuite attendu des centaines d'années avant de trouver un nouveau corps qui me permettrait de me venger de leur perfidie. Ils m'avaient dit qu'aucun humain ne pourrait jamais réussir le transfert de son âme dans un objet inanimé et, pourtant, j'y suis parvenu, parce qu'ils m'ont menti, encore une fois.

– Moi qui ai toujours cru que les Immortels étaient nos alliés…

– Ce sont d'habiles mystificateurs.

Onyx se mit à tourner lentement les pages. Wellan avait appris beaucoup de langues anciennes, mais celle-là ne lui disait rien du tout.

– C'est bien du venefica, confirma le roi.

– Du quoi ?

— Les historiens s'entendent tous pour dire que les Enkievs sont les premiers hommes à avoir été créés par Parandar, mais c'est faux. Les Veneficans sont arrivés bien avant eux, sur un autre continent. Apparemment, les Elfes leur seraient apparentés.

— Mais d'où tiens-tu ces renseignements ?

— Même Nomar n'a pas réussi à m'arracher ce secret…

— Combien y a-t-il de continents dont nous ignorons l'existence ?

— À ma connaissance, il y a douze continents, y compris Irianeth, Enkidiev et Enlilkisar.

— Dans quel livre pourrais-je en découvrir davantage à leur sujet ?

— Tu es toujours aussi curieux, à ce que je vois.

— Je veux passer cette vie à étudier.

— Si c'est vraiment ce que tu désires, je t'emmènerai à la recherche de ces peuples oubliés.

Les yeux d'Onyx se mirent à parcourir chaque ligne du vieux traité.

— Ne me dis pas qu'en plus, tu sais lire le venefica, s'étonna Wellan.

– Je me débrouille.

Le roi cessa complètement de se préoccuper du jeune érudit, alors celui-ci reprit place devant son propre livre en se promettant de le harceler tous les jours jusqu'à ce qu'il mette enfin la main sur ce trésor inestimable.

12

LA SEMONCE DE LYCAON

Azcatchi était de retour chez lui et il se sentait de très mauvaise humeur. Non seulement il n'avait pas réussi à punir l'humain qui se faisait passer pour lui, mais Aquilée l'avait empêché de tuer le milan qui avait la même odeur que cet usurpateur. Le crave en avait assez de contenir sans cesse sa colère. Une fois que le panthéon aviaire aurait conquis le monde, il en éliminerait tous les membres un à un jusqu'à ce qu'il soit le maître du monde, puis il ferait cruellement payer au Roi d'Émeraude son affront. Immobile, sur le bord de son nid, Azcatchi ruminait sa vengeance. Une variation dans le vent lui indiqua que quelqu'un s'approchait de son territoire. Puisqu'il avait choisi de s'établir très loin des repaires de ses semblables, peu de rapaces osaient s'aventurer jusque-là, sauf…

De puissants battements d'ailes se firent entendre au-dessus de sa tête, mais Azcatchi ne leva même pas les yeux. Il connaissait déjà l'identité de son visiteur. Le condor géant se posa d'abord sur l'une des grosses branches où était construit le nid, puis sauta souplement à l'intérieur. Même si son père mesurait deux fois sa taille, le crave ne le craignait pas. En réalité, il n'avait peur de personne.

– Quand avais-tu l'intention de me dire ce que tu as fait ? lui reprocha Lycaon.

– Probablement jamais.

– Azcatchi, que tu sois mon fils ne te soustrait pas à nos lois.

– Tu vas encore me débiter le même sermon ?

– Cette fois, j'aimerais que tu y prêtes attention.

Le crave reprit sa forme humaine et alla s'asseoir à l'autre bout de son logis, s'appuyant le dos contre le rebord du nid.

– Je vous ai défendu de traverser les volcans, lui rappela Lycaon.

Azcatchi haussa les épaules.

– J'ai établi cette frontière afin d'éviter les affrontements entre les dieux-rapaces et les ghariyals.

– Mais pas les félins. Pourquoi ?

– Parandar est le plus puissant de nous tous. Son alliance avec Theandras et la fille d'Akuretari le rend beaucoup plus redoutable qu'Étanna.

– Balivernes…

– Ne me donne pas une raison de te tordre le cou, Azcatchi.

– Parandar se cache derrière ses femmes. Tout le monde le sait. Donnez-moi enfin l'occasion de vous prouver qu'il est faible.

– Le dernier à l'avoir défié a été anéanti.

– Je ne suis pas un imbécile comme Akuretari.

Lycaon poussa un soupir de découragement.

– Depuis que tu es sorti de l'œuf, tu fais fi de tous mes avertissements. Si ta mère n'avait pas si souvent intercédé pour toi…

– Qu'auriez-vous fait, père ?

– Pourquoi cherches-tu tant à mourir, Azcatchi ?

– Je veux seulement me faire respecter.

– En agressant un humain qui ne peut pas se défendre contre un dieu ? En terrorisant ton nouveau frère Albalys ?

– Ce n'est pas mon frère ! hurla le crave en se couvrant de plumes noires.

– Le milan royal est bel et bien mon fils, que ça te plaise ou non.

– C'est un bâtard qui a réussi à se transformer seulement parce qu'Aquilée lui a transmis une partie de sa magie !

— Si tu tentes une autre fois de lui faire du mal, tu auras affaire à moi.

Azcatchi étouffa un cri de rage.

— Aussi, si j'apprends que tu es retourné à Enkidiev, je te couperai les ailes.

— Cet humain s'est moqué de moi.

— Nos coutumes exigent que tu t'en plaignes à ma cour, pas que tu le condamnes sans aucun appel.

— C'est moi qu'il a insulté, pas la cour.

— Si tu continues de te comporter en rebelle, nous serons forcés de prendre des mesures plus sévères contre toi, Azcatchi.

Le crave détestait les menaces, mais s'il s'élevait contre Lycaon avant d'avoir prouvé à ses semblables qu'il était le plus fort de tous les dieux, il serait très certainement mis en pièces par son propre panthéon.

— À partir de maintenant, tu vas m'obéir et me laisser procéder à notre conquête du monde des humains à ma façon.

— Avec une armée de milans royaux ? grommela Azcatchi.

— Grâce aux enfants que j'ai conçus partout dans le monde. Ils ne le savent pas encore, mais ils seront plus puissants que tous mes autres héritiers.

– Je n'en crois rien.

– Tu auras l'occasion de le constater de tes propres yeux. C'est leur humanité qui leur permettra de convertir leur peuple au culte des oiseaux. Nous allons nous emparer une fois pour toutes de ce continent dont Parandar ne s'occupe plus depuis longtemps. Puis, nous détruirons Étanna et ses sournois félins.

– Quand pourrai-je me venger de celui qui se fait appeler Onyx ?

– Dès que nous aurons fermement implanté notre culte, tu en feras ce que tu veux.

L'absence de réaction d'Azcatchi fit penser à son père qu'il l'avait enfin calmé. « Si sa mère l'avait moins aimé, nous n'en serions pas là », songea le condor qui s'en serait vite débarrassé.

– C'est le dernier avertissement que je te donne, mon fils, ajouta le chef des dieux ailés.

Lycaon prit son envol et repartit vers son palais. Le crave demeura immobile pendant un moment, puis décida d'aller chercher un peu de réconfort auprès du seul membre de sa communauté qui acceptait encore de lui en procurer. Puisque ses deux parents habitaient dans des nids différents, Azcatchi pouvait donc rencontrer sa mère sans que son père le sache. Il existait plusieurs entrées dans les logis des rapaces et le crave en avait trouvé une qui était rarement utilisée par sa famille. Il l'emprunta une fois de plus et trouva Séléna dans la pièce principale de son nid, en train de couvrir sa couche de duvet.

Même si elle était une redoutable harpie, au fil du temps, Séléna avait perdu ses instincts de chasseresse pour se consacrer uniquement à l'éducation des oisillons. Elle avait cessé depuis longtemps de pondre, mais ses enfants et ses petits-enfants lui confiaient régulièrement leurs petits jusqu'à ce qu'ils puissent voler. La harpie avait ainsi élevé la presque totalité du panthéon aviaire.

Le crave conserva sa forme de rapace tandis qu'il s'avançait vers celle qui l'avait couvé, car il savait que sa mère n'appréciait guère cette manie qu'avaient les siens de se métamorphoser.

– Azcatchi, mon chéri ! se réjouit Séléna en l'apercevant.

Elle cessa son travail pour venir frotter son bec contre le sien.

– Il y a longtemps que tu n'es pas venu me rendre visite.

– J'ai été très occupé.

– Viens me raconter tout ça.

– J'essaie seulement de me tailler une réputation dans le monde des humains, mère.

Elle se mit à inspecter son plumage noir avec le bout de son bec.

– Tu prends bien soin de toi, constata-t-elle.

– Je n'ai pas oublié ce que vous m'avez appris.

— Ce qui, apparemment, n'est pas le cas des enseignements de ton père.

— Il me demande l'impossible.

— Les lois n'existent que pour assurer la cohésion d'un groupe, mon poussin.

— Nous sommes des dieux, mère, pas de simples oiseaux. Lorsqu'un être inférieur entache notre réputation, nous devons lui faire payer son insolence.

— Mais c'est justement parce que les humains sont des créatures insignifiantes qu'il ne faut pas se préoccuper de ce qu'elles disent ou de ce qu'elles font, Azcatchi. Nous sommes bien au-dessus de tout ça. Celui qui a provoqué ta colère nous a-t-il fait perdre l'attachement de ses semblables qui nous vénèrent depuis des centaines d'années ?

— Non…

— C'est donc une offense personnelle qui t'a poussé à défier Lycaon.

— Cet homme a tenté de se faire passer pour moi !

— Et tes fidèles l'ont cru ?

— Apparemment, oui !

— Alors, tu vois bien que ce sont des abrutis. Personne n'a aussi belle allure que toi.

– Oui, vous avez raison.

Azcatchi se laissa dorloter par sa mère encore quelques minutes.

– Pourquoi Lycaon nous défend-il d'aller de l'autre côté des volcans si les ghariyals ne s'occupent pas des humains ? demanda-t-il en penchant la tête de côté comme un oisillon.

– En fait, ils ont créé des Immortels qui les surveillent pour eux et ils sont très efficaces. Tu dois comprendre, mon petit, que ton père est un rapace d'une grande intégrité. Lorsqu'il donne sa parole, il la tient. Je trouve bien malheureux que ses enfants n'aient pas hérité de cette belle qualité.

– Ses enfants ? Je croyais que j'étais le seul à lui tenir tête.

– Tu es le plus provocant du nombre, ça, c'est certain, mais tes sœurs y sont allées, elles aussi.

– Vraiment ?

– Aquilée a fait croire à Lycaon qu'elle avait trouvé Albalys aux portes de notre monde, tandis qu'il tentait son premier vol après s'être spontanément transformé. En réalité, elle est allée le cueillir chez lui. Orlare est évidemment plus discrète qu'Aquilée. Elle se contente de faire de courtes apparitions aux enfants d'Enkidiev pour leur faire comprendre qu'il y a d'autres panthéons que celui qu'ils adorent.

– Et Nahuat ?

– Il n'est jamais sorti de notre domaine.

– C'est un lâche.

– Ne parle pas ainsi de ton frère. Il n'a ni ta magie, ni ton endurance, alors pourquoi irait-il s'exposer au danger sur des territoires où nous ne pourrions pas lui venir en aide ?

– Parce qu'il a peur de son ombre ?

– Ne me fais pas sortir de mes gonds, Azcatchi.

Le crave n'avait jamais vu sa mère s'irriter contre qui que ce soit depuis qu'il était au monde, mais il préféra changer de sujet.

– Puisque vous ne rendez jamais visite aux habitants d'Enlilkisar qui ne cessent de vous offrir des sacrifices, je vais donc le faire à votre place, déclara-t-il en se dégageant de son étreinte.

– S'il te plaît, mon chéri, ne te mets pas encore une fois dans l'embarras.

– Je vais me contenter de planer au-dessus des villages et, de toute façon, c'est du bon côté des volcans.

– Tu vois bien que tu peux être raisonnable, quand tu fais un effort.

Heureusement, sous son apparence d'oiseau, Azcatchi ne pouvait pas sourire moqueusement. De son bec, il frotta celui

197

de Séléna et prit congé d'elle par le couloir arrondi qui menait dehors. Avant d'aller terroriser les humains, il avait deux mots à dire à ses sœurs. Il s'arrêta d'abord chez Orlare, la chouette immaculée, qui passait plus de temps en transe qu'à la chasse. Azcatchi se demandait souvent si elle était consciente qu'elle avait un mari et six enfants.

Comme il s'y attendait, il trouva la déesse harfang sur une haute branche, à écouter des sons qu'elle seule pouvait entendre. Il se posa non loin et l'observa avant d'aller secouer son perchoir pour la faire sortir de son monde d'illusions. « Je suis bien content d'être né après Orlare, se dit-il en volant vers elle. Je n'aurais pas aimé être une chouette. » Le mouvement qu'il imprima à la branchette fit sursauter sa sœur.

– Comment vas-tu, Orlare ?

– Pourquoi t'inquiètes-tu de moi, tout à coup ? riposta la divinité, sur ses gardes.

– Parce que tu es ma sœur, évidemment.

– Tu n'es jamais aimable avec personne. Dis-moi ce que tu viens faire ici et ne tourne pas autour du pot.

– Je voulais savoir ce que tu fais lorsque tu franchis les volcans.

– C'est donc ça… Eh bien, sache que moi, je n'agresse pas les humains. Je leur parle plutôt de notre monde et des avantages que nous avons à leur offrir. Je ne reste jamais longtemps et, après mon départ, je m'efforce d'écouter leurs prières.

— Cela n'en demeure pas moins un geste défendu par nos lois.

— Au contraire, Lycaon encourage les conversions.

— Il nous défend d'aller au-delà des frontières d'Enlilkisar.

Le silence coupable d'Orlare fit comprendre à son redoutable frère que le chef du panthéon n'en savait rien.

— Je ne le lui dirai pas, ajouta le crave, mais en retour, lorsque j'aurai besoin de toi, tu devras faire ce que je te demande.

— Je déteste le chantage, Azcatchi.

— Disons plutôt que c'est un marché.

Sur ces mots, il s'envola à travers le feuillage de l'arbre. «Il sera beaucoup moins facile d'intimider Aquilée», songea-t-il en fonçant vers le territoire de l'aigle royal.

Toutefois, le crave ne reculait devant aucune difficulté. Il plana au-dessus du nid de son impétueuse sœur et vit que son milan mâtiné d'humain s'y reposait. «Elle ne doit pas être très loin…» Il fut aussitôt heurté par un projectile tombant du ciel et évita de justesse de s'écraser contre un tronc. Devinant qu'il était attaqué par sa sœur, il s'accrocha à une branche, la tête en bas, et chercha à la localiser.

Aquilée s'arrêta non loin et poussa un cri strident destiné à lui faire quitter les lieux. Plutôt que de s'enfuir, le crave grimpa sur le dessus de la branche et la fixa droit dans les yeux.

– Va-t'en tout de suite, Azcatchi, ou tu répondras de tes actions devant Lycaon !

– Pas avant que je lui aie dit que, contrairement à moi, qui suis allé une seule fois sur les terres défendues, toi, tu ne t'es pas gênée pour t'y rendre jusqu'à ce que tu séduises ton milan !

– Tu es le dieu le plus immonde qui ait jamais été conçu ! Une véritable honte pour notre panthéon !

– Et le plus intelligent.

– C'est toi qui le dis.

– Mon silence n'est pas gratuit, Aquilée.

L'aigle se laissa tomber dans le vide pour atterrir sur la même branche que son infâme frère.

– Je te tuerai avant de te servir, l'avertit-elle.

– Tu oublies que pour pallier le fait que je ne suis pas né falconiforme, j'ai reçu d'autres pouvoirs à ma sortie de l'œuf.

Une décharge brillante jaillit du poitrail de l'oiseau noir et frappa l'aigle, lui faisant perdre l'équilibre. Aquilée tomba comme une pierre vers le sol, mais se reprit juste à temps, une fois le choc passé. Elle déploya ses ailes et rasa la mousse avant de reprendre de l'altitude. Bien décidée à protéger Albalys, elle retourna se percher, mais un peu plus loin, cette fois.

— Lycaon t'a accordé ces facultés pour te défendre, pas pour agresser tes semblables ! l'avertit l'aigle.

— Ils sont miens et je peux en faire ce que je veux, alors écoute-moi bien, espèce de chipie.

Aquilée poussa un cri de rage, car elle ne pouvait rien faire pour le faire taire.

— Si tu ne veux pas que je rapporte ton infraction à Lycaon, tu devras m'obéir lorsque je serai prêt à devenir le maître du monde.

— Ça n'arrivera jamais.

— C'est ce qu'on verra.

Le crave s'élança dans les airs et exécuta une série de vrilles en quittant les lieux.

13

UN MARIAGE INESPÉRÉ

Ce matin-là, en allant rejoindre Bridgess au hall du roi pour enseigner aux enfants qui venaient étudier au château, Mali était loin de se douter de ce qui allait se passer. Elle fut ravie de trouver, en plus de ses élèves réguliers, les filles de Myrialuna et celles de Maïwen et d'Amayelle. Pour la plupart, les petites savaient lire et écrire. Toutefois, aucune d'elles n'avait appris le plaisir de la danse. Alors, tout de suite après la leçon d'écriture et de lecture, le groupe s'installa au milieu du hall et commença par échauffer ses muscles. Mali ne connaissait évidemment que les chorégraphies qu'on lui avait enseignées à Adoradéa, dans le temple où elle avait grandi, mais les enfants ne s'en plaignirent pas, malgré leur complexité. Elles imitèrent les mouvements de leur mieux en riant.

Mali était au beau milieu d'une pirouette lorsqu'elle aperçut Liam, à quelques pas devant elle. Son air sérieux lui fit penser qu'il s'était peut-être blessé en travaillant à la forge. Elle coupa court à la danse et s'avança aussitôt vers lui. Avant qu'elle puisse dire un mot, le jeune homme mit un genou en terre.

– Mali, acceptes-tu de devenir ma femme ? prononça Liam sur un ton solennel.

– Je pensais que tu ne me le demanderais jamais…

La prêtresse s'assit sur le genou de son amoureux, et ils échangèrent un long baiser.

– Quand ? murmura-t-elle à son oreille.

– Ce soir.

– Quoi ?

Craignant que son amie ne se dérobe, Bridgess décida d'intervenir.

– Ce ne serait pas la première fois qu'on accélère les préparatifs d'une telle cérémonie, lui dit-elle. Nous sommes assez nombreux au château pour l'organiser rapidement.

– Mais il faut une robe… et des fleurs… bredouilla Mali, désemparée. Le Roi Onyx n'est peut-être pas disponible pour légaliser notre union.

– Ce sont des détails dont tu n'as pas à te soucier, la rassura son fiancé.

– Liam a raison, l'appuya Bridgess. Nous allons nous occuper de tout, n'est-ce pas les filles ?

Elles s'exclamèrent de joie.

– On n'est pas des filles, nous, protesta Marek en se plaçant devant les garçons.

– Vous allez participer, vous aussi, les avertit Bridgess.

Pendant que la femme Chevalier annonçait la bonne nouvelle par télépathie à tous ses compagnons d'armes, Liam fila à l'étage royal et dit aux serviteurs qu'il voulait s'entretenir avec Onyx. Le souverain venait tout juste de sortir du bain et ne serait prêt que quelques minutes plus tard. Déterminé, le jeune forgeron répondit qu'il l'attendrait dans son petit salon privé.

Liam avait beaucoup réfléchi à sa vie tandis qu'il modelait des épées sur l'enclume avec Morrison. Il était un tout jeune homme quand il avait rencontré Mali dans la Forêt Interdite. Lorsqu'il avait vu les prêtres de son culte tenter de la mettre à mort, il n'avait écouté que son cœur, et il l'avait sauvée. Ils avaient ensuite vécu quelque temps dans le temple où Jasson s'était retiré avec sa famille pour échapper à la guerre, puis ils étaient revenus à Enkidiev. Depuis ce temps, Liam et Mali ne s'étaient jamais séparés. Aussi différents que le jour et la nuit, ils avaient appris à se connaître et à accepter leurs limites respectives. Parce qu'ils étaient heureux ensemble, le jeune Chevalier n'avait jamais pensé à officialiser leur union, jusqu'à maintenant.

À l'adolescence, Liam s'était épris de Jenifael, la fille du grand commandant Wellan, mais puisqu'ils avaient grandi ensemble, cette dernière le considérait plutôt comme un frère. Elle avait d'ailleurs manifesté assez tôt son attirance pour les hommes plus âgés. Ainsi, Liam n'avait jamais pu rivaliser avec Hadrian d'Argent. Il ne possédait pas son maintien, son assurance et son immense savoir. Il n'avait eu que son cœur à offrir à Jenifael, rien de plus. Mali, elle, l'avait pris en toute simplicité. La prêtresse avait accepté son immaturité, son manque de délicatesse et son égocentrisme, car elle savait qu'en grandissant, son caractère s'améliorerait. En effet, maintenant dans la trentaine, Liam s'était épanoui. Il pensait moins à lui-même et se souciait davantage des sentiments des autres. Selon Mali, il était enfin prêt à se marier.

Le Roi Onyx arriva finalement dans le petit salon, vêtu d'une tunique noire toute simple, pieds nus et les cheveux humides. Son prédécesseur n'aurait jamais reçu qui que ce soit chez lui sans observer le décorum.

— Est-ce que tu viens de la part de Morrison, Liam? demanda Onyx.

— Non, sire.

— Depuis le temps qu'on se connaît, tu n'es pas obligé de m'appeler ainsi.

Décidément, il n'était pas un roi comme les autres.

— Je suis ici pour vous demander de nous marier, Mali et moi.

— Enfin!

— Personne n'est plus honteux que moi d'avoir tant tardé à rendre notre union officielle, je vous assure.

— Quand veux-tu procéder à la cérémonie?

— Ce soir.

– Ça nous laisse très peu de temps pour la préparer.

– Je préférerais quelque chose d'intime.

– Bon, je vais voir ce que je peux faire.

– Je savais que je pouvais compter sur vous.

Les deux hommes échangèrent la poignée de main des Chevaliers d'Émeraude et se séparèrent. Onyx alla immédiatement prévenir Swan qu'il y aurait un grand banquet ce soir-là, ce qui revenait à lui demander de s'en occuper.

Lorsque Lassa apprit la nouvelle, il s'empressa d'aller retrouver Liam pour lui offrir son aide. Les deux hommes étaient les meilleurs amis du monde. Non seulement ils avaient été élevés ensemble, mais ils étaient aussi des âmes sœurs. Durant la guerre qui avait opposé Amecareth aux humains, les deux Chevaliers avaient joué des rôles complémentaires qui avaient permis à Lassa de survivre jusqu'à la destruction de l'empire des hommes-insectes. Depuis le retour de la paix, les deux soldats continuaient de se fréquenter régulièrement, bien souvent à la forge, où Lassa allait donner un coup de main à Liam, pour échapper périodiquement à la pression de sa vie familiale.

Lassa intercepta son frère d'armes alors qu'il mettait le pied sur la dernière marche du grand escalier.

– Toutes mes félicitations, fit Lassa en serrant Liam dans ses bras. Comme c'est la tradition, je vais passer la journée avec toi. Il n'est pas question que tu voies Mali avant ce soir.

Tes parents sont sûrement au courant, puisque Bridgess l'a signalé à tous les Chevaliers.

– J'espère qu'elle ne les a pas tous invités, soupira le futur marié. Je voulais quelque chose d'intime.

– Tu sais pourtant que nous faisons toujours les choses en grand à Émeraude. Laisse-nous faire, Liam. C'est un grand jour pour toi et tout ce qui t'arrivera sera merveilleux. Nous allons commencer par les bains et le massage, car tu sens un peu trop la forge. Ensuite, nous allons te vêtir convenablement. Veux-tu porter l'armure ?

– Je ne suis pas certain qu'elle me fasse encore…

– Nous trouverons autre chose.

Liam suivit son ami jusqu'aux bains, où leurs compagnons qui habitaient la région vinrent peu à peu les rejoindre. Santo fut le premier à se présenter, car ses appartements se situaient non loin de la grande salle de purification, puis Daiklan, Bailey et Volpel qui vivaient tout près de la forteresse. Ils furent suivis de Kevin et Nogait, qui se trouvaient encore au château. Liam ne fut pas surpris de voir arriver son père au début de l'après-midi. Jasson était en compagnie de Bergeau, de Dempsey et de Falcon qui s'étaient mis en route en apprenant la bonne nouvelle. Quant aux autres Chevaliers, ils résidaient désormais dans d'autres royaumes et ne pouvaient pas être présents. Ne possédant plus les vortex qui leur permettaient de se déplacer à volonté, ils ne seraient jamais arrivés à temps pour la cérémonie.

De son côté, Mali fut entourée des femmes qui l'avaient si chaleureusement acceptée parmi elles, lorsqu'elle s'était exilée de sa patrie. Bridgess proposa à Kira, Swan, Maïwen, Amayelle, Ellie, Sanya, Wanda et Chloé de choyer ensemble la future épouse. Bien entendu, leurs fillettes se mirent aussi de la partie. Celles-ci assistèrent sagement à la confection, en quelques heures, de la robe lilas que la prêtresse porterait lors du grand événement. Sans bouger le petit doigt, la jeune femme fut coiffée, maquillée, puis habillée jusqu'à ce qu'elle ressemble à une déesse.

— J'ai hâte de me marier, moi aussi, soupira Kaliska, éblouie par la beauté de Mali.

— Il n'y a rien qui presse, rétorqua Kira.

— Comment choisit-on son mari ? demanda Opaline, la benjamine de Maïwen.

— Il faut que ce soit quelqu'un qu'on aime de tout son cœur, répondit Malika.

— Et qu'il soit riche, ajouta Cornéliane.

— Il faut aussi qu'il soit beau, précisa Maiia, la sœur aînée d'Opaline.

— La beauté physique, c'est secondaire, affirma Kaliska. Ce sont ses qualités qui sont importantes.

— Bien dit, ma chérie, la félicita Kira.

– Comment voit-on ses qualités ? s'inquiéta Opaline.

– On les devine dans le comportement et dans les paroles d'une personne, lui expliqua Kaliska. Prenez mon frère Marek, par exemple.

– Kaliska, fais attention à ce que tu vas dire, l'avertit Kira.

– C'est seulement pour mieux illustrer ce que j'essaie de lui faire comprendre, maman.

– Continue, insista Maiia, elle aussi intéressée d'entendre sa réponse.

– Eh bien, si on regarde uniquement l'apparence physique de Marek et son manque de manières, on ne voit pas son grand cœur et son désir sincère de rendre tout le monde heureux.

– En effet, acquiesça Cornéliane.

Ellie, Chloé, Maïwen et Amayelle mirent fin à cette conversation en invitant les filles à les accompagner à l'extérieur de la forteresse pour aller cueillir des fleurs.

– Heureusement qu'elles ont commencé à pousser, laissa tomber Opaline.

– Ce n'est jamais un problème pour une Fée, lui rappela Maiia, avec un sourire.

Mali laissa Kira et Wanda lui limer les ongles, tandis que Swan essayait de savoir s'il manquait quoi que ce soit au couple pour poursuivre sa vie ensemble.

— Nous n'avons besoin de rien, assura Mali.

— Un appartement plus grand ?

— Peut-être, lorsque nous aurons des enfants.

— Nous demanderons aux ouvriers de percer d'autres murs pour vous.

— À moins que vous ayez envie d'aller vous établir ailleurs, fit Wanda.

— Lorsque Liam a terminé d'apprendre son métier, j'ai pensé qu'il offrirait ses services à un autre royaume, mais il semble bien ancré ici, expliqua Mali. Je ne m'en plains pas, car je vous aime toutes, mais s'il décidait de partir, j'accepterais son choix.

— Dans un couple, tout se décide à deux, lui rappela Kira.

— Pas dans le mien, riposta moqueusement Swan. Onyx ne prend que les décisions qui l'intéressent et me laisse toutes les autres.

— S'occupe-t-il de l'éducation de ses enfants ? voulut savoir Wanda.

— Oui, mais je préférerais que ce domaine me revienne. Il est beaucoup trop indulgent avec Cornéliane. Il s'est montré beaucoup plus strict avec ses garçons.

– Chez nous, ils sont tous traités de la même façon, lui apprit Kira. Je suis obligée de surveiller Marek un peu plus étroitement, mais nous ne lui accordons pas de faveur.

– Kira, c'est vrai que tu es enceinte ? s'enquit Wanda.

– Oui, c'est vrai, mais c'est tout récent.

En entendant ces mots, Mali voulut se prosterner sur le sol devant Kira, mais ses amies l'en empêchèrent aussitôt.

– Tu vas salir tes vêtements ! protesta Swan.

– Chaque fois que ma déesse enfante, tout le ciel se réjouit.

– En ce moment, c'est surtout Lassa qui est content, confia Kira.

Dès que les fiancés furent prêts et les fleurs remises aux serviteurs, Swan alla s'assurer que son mari ne s'était pas recouché. Elle trouva Onyx debout devant la psyché, à s'admirer. Entièrement vêtu de noir, il portait un pantalon de cuir lacé le long des jambes, ses bottes préférées et une cuirasse semblable à celle des Chevaliers d'Émeraude par-dessus une chemise en soie.

– C'est la première fois que je vois cette armure, remarqua Swan.

– Je l'ai commandée à un artisan du coin. N'est-ce pas que je suis beau ?

– Beau, certes, mais pas toujours très humble.

Swan s'approcha davantage et constata que le cuir était martelé de façon à ressembler à des écailles de poisson. Les épaulettes étaient composées de trois bandes superposées, décorées d'une succession de profils de dragons en or. On retrouvait également ces mêmes emblèmes sur les cravates qui pendaient à ses genoux.

– Pourquoi des dragons ? s'étonna la reine.

– C'est une vieille histoire…

– Nous avons encore quelques minutes. Raconte-la-moi.

Onyx se tourna vers elle. Ses longs cheveux de jais, frais lavés, étaient fins comme de la soie et faisaient ressortir ses yeux aussi bleus qu'un ciel d'azur. «C'est vrai qu'il est pas mal séduisant», concéda Swan.

– C'est pour me rappeler ma première vie, quand j'étais le lieutenant du capitaine Albin de l'armée du Roi d'Émeraude. Je n'avais peur de rien.

– Tu es encore plutôt impavide, à ce que je sache.

– Tu veux l'entendre mon récit, oui ou non ?

– Ce n'est qu'une remarque. Je t'en prie, continue.

– Nous avons rencontré nos premiers dragons sur la berge de la rivière Mardall et, puisque je faisais partie du groupe des guerriers les plus téméraires de l'armée d'Émeraude, c'est nous qu'Albin a envoyés pour affronter les énormes bêtes.

– Téméraires ou suicidaires ?

– À cette époque, je ne me posais pas trop de questions. Sur le champ de bataille, quand je recevais un ordre, j'obéissais, la plupart du temps.

– Avez-vous réussi à terrasser ces monstres ?

– Oui, mais j'ai été le seul Émérien qui s'est en sorti vivant. Puis, plus tard, lorsque notre armée est devenue l'une des nombreuses factions des Chevaliers d'Émeraude sous le commandement d'Hadrian, j'ai été le premier à tuer un dragon volant.

– Il est vraiment surprenant que tu sois encore vivant cinq cents ans plus tard.

Elle le prit par le bras et l'entraîna dans le couloir, en direction du grand escalier.

– Où sont les enfants ?

– Ils sont déjà dans le hall.

– Sont-ils habillés convenablement ?

– Oui, j'y ai vu, pendant que tu te pomponnais.

– Pomponnais ? Je veux juste être présentable !

La grande salle n'était pas aussi bondée que lors des mariages précédents, mais c'était ce que Liam avait demandé. Toutefois, il y avait beaucoup plus d'enfants que jadis. Les fillettes s'étaient réunies dans un coin et discutaient à voix basse, tandis que les garçons se poursuivaient entre les tables en riant.

Les Chevaliers, qui avaient répondu à l'appel de Bridgess, vinrent saluer leur souverain, qui était plus préoccupé de savoir ce que faisait Cornéliane que d'écouter ce qu'ils avaient à lui dire. Le seul à ne pas s'approcher d'Onyx fut Jasson. Il avait bien sûr l'intention de lui dire sa façon de penser sur son attitude envers Atlance, mais seulement à la fin de la soirée. Jasson ne voulait pour rien au monde gâcher le bonheur de Liam en se disputant avec le roi avant que son fils et Mali aient échangé leurs vœux.

Quelques minutes plus tard, Liam se présenta dans le hall, encadré par ses frères d'armes Kevin et Nogait. Les autres Chevaliers convergèrent aussitôt vers lui. Certains le félicitèrent et les autres lui firent remarquer qu'il était grand temps qu'il se marie. Onyx allait rappeler tout le monde à l'ordre lorsqu'il vit entrer dans le hall quelqu'un qui lui semblait familier. N'arrivant pas à identifier le visiteur à sa silhouette, il sonda son énergie.

– Hadrian ?

Onyx traversa le hall d'un pas rapide et s'immobilisa devant son ami.

– Mais qu'est-ce qu'il t'est arrivé ? demanda-t-il en scrutant son visage aminci.

– Une simple cure de rajeunissement.

– Es-tu malade ?

– Pas du tout. Je ne me suis jamais senti aussi bien de mes deux vies. En l'espace d'une seule nuit, j'ai retrouvé le corps de mes vingt ans. En apercevant mon reflet, au lever, j'ai cru que c'était toi qui m'avais jeté un sort.

– Moi ? Mais pourquoi aurais-je fait une chose pareille ?

– C'est ce que j'ai pensé aussi, alors j'ai cherché ailleurs.

– Est-ce que tu t'es fait des ennemis chez les Elfes ?

– Leurs enchanteresses m'ont déçu, mais j'entretiens de bonnes relations avec plusieurs chefs de clan. Je me suis donc tourné vers Jenifael, car elle a des pouvoirs plus puissants que les nôtres.

– Et ?

– Ce n'était pas elle.

– Vas-tu aboutir, à la fin ?

– Il semble que Jenifael se soit plainte à sa mère que j'étais trop vieux pour participer à ses activités.

– Hier encore, nous avions le même âge, et moi, je suis toujours énergique !

– Avoue que la jeunesse lui sied bien ! s'exclama Jenifael en enroulant son bras autour de celui d'Hadrian. D'ailleurs, s'il n'avait pas autant rajeuni, nous ne serions même pas ici, aujourd'hui, car il n'arrivait plus à se lever le matin.

– Jeni, tu n'es pas obligée de révéler ça à tout le monde, soupira Hadrian.

– Depuis sa transformation, il est tellement plus vigoureux.

– Elle a raison, l'appuya innocemment Onyx. Tu as l'air plus en forme avec tout ce poids en moins.

– Je croyais que tu étais mon ami.

– Pour moi, un ami, c'est quelqu'un qui me dit la vérité.

– Tu devrais suivre son exemple, suggéra Jenifael à son amoureux en l'entraînant plus loin.

Le visage de plus en plus cramoisi, Hadrian accepta les compliments de tous les soldats qui avaient servi sous ses ordres durant les derniers temps de la guerre. Puis, le silence tomba graduellement dans le hall, alors que Mali venait de faire son apparition à la porte, au bras de Kira et de Lassa, qui lui servaient de parents.

La prêtresse portait une robe lilas très ajustée, aux longues manches amples, entièrement lacée dans le dos. Ses longs cheveux noirs descendaient en cascade jusqu'à sa taille et scintillaient des centaines d'améthystes dont ils étaient parsemés. Sur les tatouages qui ornaient son front, d'autres petites pierres précieuses avaient été collées, rehaussant sa beauté.

Kira et Lassa firent marcher leur protégée jusqu'au roi qui manifesta son appréciation. En règle général, Onyx n'aimait pas les représentants des autres races, mais il dut avouer que Mali était particulièrement belle, ce jour-là. Le couple recula parmi les invités, et Kira, émue, glissa ses doigts entre ceux de son mari.

— Liam, viens par ici, ordonna le roi.

— C'est bien la première fois que tu es sobre pendant ce rituel, murmura Swan à son oreille.

La seule réaction d'Onyx fut un sourire. Le jeune Chevalier quitta ses amis pour s'approcher de sa promise.

— La première chose que je devrais vous demander, c'est si vous avez bien réfléchi à cet engagement, fit Onyx, mais j'imagine qu'au bout de quinze ans de vie commune, vous avez eu le temps d'y penser.

Mali se retint de lui préciser que dans le cas de Liam, c'était plutôt récent.

— Par les pouvoirs que me confère mon titre… commença le roi.

— Vous n'êtes pas supposé demander si quelqu'un s'oppose au mariage ? fit Marek en se glissant au premier rang, devant les adultes.

– Marek, viens ici tout de suite, commanda Lassa sur un ton qui n'entendait pas à rire.

– Je n'ai rien fait de mal !

– Quelqu'un ici présent a-t-il une bonne raison d'empêcher cette union ? lança Onyx en soupirant.

Puisque personne ne parlait, il poursuivit la cérémonie.

– Mali, originaire de la Forêt Interdite, prêtresse du culte de Kira, désires-tu épouser cet homme ?

– Oh oui !

– Chevalier Liam d'Émeraude, fils de Jasson et Sanya, désires-tu épouser cette femme ?

– Oui, sire.

– Je vous déclare donc mari et femme.

Les cris de joie et les applaudissements fusèrent tandis que le couple s'embrassait sans la moindre gêne.

– J'aimerais aussi annoncer un léger changement au déroulement de la cérémonie, indiqua Onyx en utilisant sa magie pour amplifier sa voix. La réception se tiendra à l'extérieur. J'inviterais donc Liam et Mali à nous guider vers la cour.

Quelle ne fut pas la surprise du jeune soldat, en ouvrant les grandes portes vert et or, de se retrouver devant tous les membres de l'Ordre d'Émeraude qu'il croyait absents. Plus de deux cents Chevaliers levèrent leur coupe en même temps en acclamant leur compagnon.

– On dirait que le roi ne sait pas ce que signifie le mot «intime», se découragea-t-il.

– Ce sont tes amis, Liam, lui rappela Mali. Maintenant qu'ils sont là, fêtons tous ensemble.

Sous la supervision d'Armène, la gouvernante du château, les fillettes se mirent à lancer des pétales de fleurs sur le passage des mariés que tout le monde voulait féliciter. Ceux qui avaient assisté à leur échange de vœux dans le hall les suivirent avec joie.

– Mais comment êtes-vous arrivés jusqu'ici? demanda Liam à Curtis, qui vivait désormais à Zénor.

– Un certain Immortel nous a offert une façon rapide de voyager jusqu'à Émeraude.

– Danalieth?

Les Chevaliers qui entouraient le couple hochèrent la tête affirmativement. Heureusement, Onyx n'avait pas entendu la question, car il n'aimait toujours pas ces serviteurs célestes. Il s'était arrêté sous le porche, sa femme à son bras, et contemplait la belle assemblée.

– Tu m'épates, aujourd'hui, avoua Swan à Onyx. Tu te comportes comme un vrai roi.

— Mais j'en suis un, répliqua-t-il moqueusement.

Les serviteurs apportèrent la nourriture sur des tables qu'ils avaient dressées le long des murs du palais et où tous pouvaient aller se servir. Ils y déposèrent également des tonneaux de bière et de vin. Les Chevaliers, qui pour la plupart ne s'étaient pas revus depuis plusieurs années, échangèrent leurs meilleurs souvenirs en buvant et en riant. Lorsque le soleil commença à descendre sur l'horizon, des flambeaux furent installés et un grand feu fut allumé au centre de la cour. Les musiciens se mirent à jouer de leurs instruments et les enfants amorcèrent une farandole. Bientôt, la majorité des invités s'y greffèrent, y compris les mariés, et la file de danseurs qui se tenaient par la main zigzagua dans la vaste enceinte. Même Onyx se joignit à eux quand sa fille le saisit au passage.

Lorsque la musique se radoucit et que le cortège entama un branle, Onyx se libéra du groupe et se dirigea vers les futailles. Il venait à peine de remplir son verre que Jasson se planta devant lui.

— Je n'ai rien à te dire, déserteur, grommela le souverain.

— Alors, contente-toi de m'écouter, répliqua calmement Jasson. Contrairement à toi, je suis ravi que ma fille se soit éprise de ton fils.

— Évidemment, puisqu'il est prince.

— Je me moque de son titre, et du tien aussi. Ce que moi je vois, ce sont deux jeunes gens qui s'aiment et qui ne veulent pas se sentir coupables de s'aimer.

– Atlance est assez vieux pour prendre ses propres décisions.

– Mais pas suffisamment pour être rejeté par son père.

Onyx leva les yeux au ciel, exaspéré.

– Si c'est lui qui t'envoie pour pleurnicher à sa place, alors cesse de perdre ton temps. Il est parti de son plein gré. Qu'il accepte maintenant les conséquences de ses actes.

Jasson ouvrit la bouche pour lui parler de la souffrance morale du jeune prince qui, d'ailleurs, n'avait pas accompagné Katil au mariage de Liam, mais Onyx ne voulait pas en entendre davantage. Il s'évapora d'un seul coup. Le Chevalier étouffa un juron et le chercha avec ses sens invisibles. Son roi s'était matérialisé à l'autre extrémité de la cour.

– Il n'a pas voulu t'écouter, n'est-ce pas ? se désola Katil en tendant une coupe de vin à son père.

– Atlance m'avait prévenu, et je sais pertinemment qu'Onyx est le plus têtu des hommes, mais je tenais à lui exprimer mon point de vue.

– Merci, papa. Tout ce qu'il nous reste à faire, maintenant, c'est d'aller vivre dans un autre pays où un autre roi acceptera de nous marier.

Katil l'embrassa sur la joue.

– Je vais me mettre en route pour la maison, annonça-t-elle. Le bébé épuise peu à peu mes forces.

– Laisse-moi retrouver ta mère. Nous allons rentrer tous ensemble.

Pour sa part, Onyx ne laissa pas cette courte conversation avec Jasson assombrir sa bonne humeur. Il continua de boire et de s'amuser avec les Chevaliers qui n'avaient rien à lui reprocher, surtout son ami Hadrian.

– La déesse a-t-elle aussi rajeuni ton foie ? voulut-il savoir.

– J'imagine que tout y est passé, estima l'ancien Roi d'Argent.

– Alors, bois, Hadrian.

Onyx choqua sa coupe en métal contre celle de son ami et en avala le contenu d'un seul trait. Hadrian l'imita, mais sans entrain.

– En bavardant avec les Chevaliers, j'ai appris que vous aviez eu un visiteur indésirable.

– Un vieux dieu grincheux, confirma le Roi d'Émeraude avec un sourire béat. Maintenant qu'il sait à qui il a affaire, il ne reviendra plus.

– Onyx, écoute-moi. Ce n'est jamais bon de s'attirer la colère du ciel.

– Je suis parfaitement capable de défendre mon royaume. Arrête de t'inquiéter tout le temps, sinon tu vas recommencer à vieillir !

Onyx éclata de rire, ce qui fit comprendre à Hadrian qu'il allait devoir attendre qu'il soit dégrisé avant de lui faire entendre raison. De toute façon, Jenifael ne lui en aurait pas donné le temps, car elle s'approchait des deux hommes en sautillant.

– Viens danser ! le supplia-t-elle.

Puisqu'il n'avait plus mal nulle part, Hadrian lui fit plaisir et entra dans la ronde avec elle. Ils dansèrent ainsi toute la nuit. Onyx resta au milieu de la cour jusqu'à ce que, tout à coup, les trois-quarts des invités disparaissent d'un seul coup.

– C'est Danalieth qui ramène les Chevaliers dans leur royaume respectif, lui expliqua sa fille en passant près de lui.

– Tu n'es pas encore couchée, toi ?

– Maman a dit que j'avais le droit de faire ce que je voulais, ce soir. Alors, je m'en vais rejoindre mes amies chez Kira. Nous avons décidé de passer ensemble cette dernière nuit de leur séjour parmi nous.

Sans donner à son père le temps de répliquer, Cornéliane poursuivit son chemin vers le palais avec ceux qui l'habitaient. Bientôt, Onyx se retrouva seul, tandis que les sentinelles relevaient le pont-levis et refermaient les grandes portes. Il sentit des doigts glisser entre les siens et sut que c'étaient ceux de sa femme.

– Viens te coucher, le pria-t-elle.

– J'ai un mauvais pressentiment, confessa-t-il.

– As-tu eu une vision ?

– Je possède beaucoup de facultés surnaturelles, mais pas celle-là. C'est juste une petite crampe qui ressemble beaucoup à celles qui me prévenaient jadis du danger, quand j'étais soldat.

– Nous ne sommes plus en guerre et ton seul ennemi est un dieu rebelle. Mettons-nous sous la protection de nos propres dieux, cette nuit, et tout ira très bien.

– Je ne prie personne.

– Ce n'est pas un problème, puisque je le ferai pour toi. Allez, viens.

Elle tira sur sa main et l'entraîna vers le palais.

14

L'ENVOL

L'impatience d'Azcatchi fit beaucoup réfléchir Lycaon. Ce dernier aurait aimé attendre quelques années encore avant de rappeler dans son monde les enfants qu'il avait conçus avec des femmes d'Enkidiev, car il savait qu'ils étaient beaucoup plus influençables durant leur adolescence. À cette étape, ces trois oisillons seraient encore bien obéissants. Plus tard, il serait plus difficile de les arracher à leur vie de mortel. Toutefois, il lui fallait agir avant que son fils crave ne commette une erreur qui ferait échouer ses plans.

Lycaon avait donc discrètement demandé à son petit-fils Shvara, le busard cendré, et à Sparwari, l'épervier déifié par sa petite-fille Métarassou, de l'accompagner au sommet du plus haut volcan, sans leur dire qu'il avait l'intention de procéder à un rituel.

— Pourquoi sommes-nous ici, vénérable Lycaon ? demanda Sparwari en jetant un coup d'œil à la lave qui bouillonnait dans le cratère derrière eux.

— Vous n'avez rien à craindre, répondit le condor. Si je vous ai choisis, c'est que je peux vous faire confiance.

– Il s'agit donc d'une mission secrète, se réjouit Shvara.

– Pour le moment, mais si nous la réussissons, tous les falconidés en entendront bientôt parler.

– Qu'attendez-vous de nous ?

– Tu ne t'en souviens probablement plus, Sparwari, mais tous ceux qui ne sont pas nés rapaces doivent être aidés au moment de leur première transformation. Leur développement dépend ensuite de leur tempérament. Un jeune homme fougueux comme Fabian n'a mis que quelques jours à devenir un superbe milan royal, parce qu'il le désirait de tout son cœur.

– Je ne me suis métamorphosé qu'au bout de longs mois, fit remarquer l'épervier qui avait jadis été Sage d'Espérita.

– Vous avez donc l'intention de grossir nos rangs, comprit Shvara.

– Maintenant qu'Albalys est l'un des nôtres, je dois récupérer mes trois autres enfants.

« Lazuli n'est qu'un gamin », s'étonna intérieurement Sparwari.

– Sont-ils prêts à voler ? s'enquit le busard.

– Je ne le crois pas. C'est pour cette raison que vous allez m'assister. Une fois que j'aurai lancé l'enchantement du sommeil, nous devrons aller les chercher et les ramener sur cette corniche. Tu vois cette haute montagne au loin, Shvara ? Il y a une ferme à ses pieds, du côté du levant. Je ferai en sorte que mon oisillon quitte la maison de ses parents et qu'il s'éloigne sur la route. Tu n'auras qu'à le cueillir.

– Un jeu d'enfant, vénérable grand-papy.

– Combien de fois t'ai-je demandé de ne pas m'appeler ainsi ?

– Pardonnez-moi…

Lycaon se tourna ensuite vers l'épervier.

– Puisque tu connais déjà le château où habitent mes autres petits, je t'y suivrai.

Sage devinait déjà la réaction qu'aurait Kira en découvrant la disparition de son cadet, mais aucun dieu ailé ne pouvait s'opposer à la volonté de Lycaon.

– Avec plaisir, répondit-il en s'inclinant.

– Je vous conseille d'aller vous percher un peu plus bas, fit le condor.

Les jeunes rapaces lui obéirent aussitôt, puis levèrent la tête pour l'observer. Lycaon déploya ses ailes et planta solidement ses serres dans la pierre noire. Un halo argenté se forma graduellement autour de son corps tandis qu'il faisait appel à sa plus puissante magie. Il ne prononça aucune parole, ni dans la langue des hommes, ni dans celle des oiseaux, mais ses deux jeunes sujets sentirent la terrible énergie qui émanait de lui.

✳ ✳ ✳

La nuit s'achevait à Enkidiev et Danalieth venait de faire réapparaître tous les Chevaliers dans leur royaume respectif. La plupart dormaient déjà, dont les parents de la petite Aurélys. Plutôt timide, car elle vivait seule avec Falcon et Wanda depuis sa naissance, la fillette était toujours sous le charme de sa rencontre avec les enfants de son âge qui vivaient au Château d'Émeraude. Couchée sur le dos dans sa chambre, elle regardait la lune par la fenêtre en se demandant si elle pourrait continuer de rendre visite à ses nouveaux amis.

Aurélys ressemblait beaucoup à sa mère, non seulement physiquement, mais aussi dans ses manières et ses aspirations. Elle n'avait aucune ambition de devenir soldat ou de développer les quelques facultés qu'elle sentait naître en elle. Le seul avenir qui l'intéressait, c'était de trouver un bon mari comme son père et d'avoir des enfants qu'elle pourrait chérir et dorloter. C'était pour cette raison qu'elle avait pris le temps de regarder les garçons de son âge pendant la grande fête donnée en l'honneur de Liam et de Mali. Il y en avait bien peu, mais ses yeux s'étaient arrêtés sur l'un des fils de Kira. Même si Lazuli était parfois abrupt avec les autres, elle s'était tout de suite sentie attirée par lui. Elle n'en avait parlé à personne, mais l'avait suivi partout jusqu'à ce que ses parents la rappellent auprès d'eux. « Se souviendra-t-il de moi dans six ans ? » soupira-t-elle intérieurement. Elle devait trouver une façon de le revoir…

La fillette allait fermer l'œil lorsque la maison se mit à frémir, comme si une rafale venait de traverser la prairie. Aurélys se redressa sur son lit, étonnée. Elle marcha jusqu'à sa fenêtre et regarda du côté des enclos. Les chevaux somnolaient, sans la moindre inquiétude. Même les branches des arbres étaient immobiles. Ce n'était donc pas le vent. Que venait-il de se passer ? Elle courut à la chambre de ses parents et secoua d'abord son père. Puisqu'elle ne parvenait pas à le réveiller, elle se tourna vers sa mère. Elle aussi dormait à poings fermés.

– Je vous en prie, réveillez-vous ! cria-t-elle.

Toutes ses tentatives pour les tirer du sommeil échouèrent. Pourtant, ni Wanda ni Falcon ne buvaient de vin. Ils ne pouvaient pas être ivres morts. Aurélys pensa alors à son frère Nartrach qui avait quitté la maison avec son dragon rouge. « C'est peut-être Nacarat qui vient d'atterrir dans la cour ? » songea-t-elle.

Rassurée par cette possibilité, la fillette ouvrit la porte et jeta un coup d'œil dehors. Le dragon n'y était pas. C'est alors qu'elle remarqua que la lune avait pris des proportions énormes ! Elle ressemblait à un grand disque lumineux qui éclairait toute la propriété de ses parents. « Est-elle en train de tomber du ciel ? » s'alarma-t-elle. Aurélys voulut faire demi-tour, mais ses jambes refusèrent de lui obéir. Elle était clouée sur place !

– Papa ! hurla-t-elle.

Un cri aigu lui glaça le sang. Sur la surface de la lune apparut un point noir qui se mit à grossir de plus en plus. Puis, deux ailes tendues se dessinèrent de chaque côté. « C'est un oiseau de nuit en train de chasser », se rassura l'enfant. Toutefois, plus il approchait, plus il prenait des proportions gigantesques. Lorsqu'il fut presque sur elle, la fillette constata qu'il était encore plus grand qu'un homme. Son plumage était argenté, mais ce n'était pas un hibou. Il ressemblait à un faucon et ses serres relevées devant lui allaient s'abattre sur elle d'un instant à l'autre.

– Non !

Incapable de bouger, Aurélys sentit les pattes de l'oiseau géant l'agripper sous les aisselles et la soulever dans les airs. Elle se tortilla pour se libérer sans se soucier que le busard prenait de l'altitude et que si elle lui échappait, elle risquait de se casser tous les os. Voyant qu'il perdait son emprise sur sa proie, Shvara décrivit une boucle en la laissant tomber et la saisit plutôt au milieu du corps. Étourdie, la petite vit la ferme de ses parents devenir rapidement minuscule. L'air devint plus froid et elle se mit à grelotter, puis, engourdie, elle ferma les yeux.

Au même moment, un condor et un épervier se posaient dans la grande cour du Château d'Émeraude. La magie de Lycaon ayant endormi tous les habitants d'Enkidiev, ils passèrent complètement inaperçus. Les sentinelles ronflaient, le dos appuyé contre les murailles et même les animaux dans les enclos ne réagirent pas à l'arrivée de ces terrifiants prédateurs.

– Va chercher le gerfaut, ordonna Lycaon.

Sparwari s'élança vers les étages supérieurs du palais. Il avait si souvent rendu visite à son fils depuis sa naissance qu'il savait exactement où le trouver. Il flaira les odeurs d'une grande fête et des images lui vinrent à l'esprit. Il revit des danseurs qui sautillaient en riant et, parmi eux, le visage souriant de Kira. Puis, arrivant de nulle part, un énorme dragon avait foncé sur lui et l'avait emporté. Sparwari planta fermement ses serres dans le rebord de la fenêtre pour reprendre son équilibre et secoua la tête. Il ne devait pas laisser ces souvenirs l'empêcher de trouver le bonheur dans sa nouvelle vie.

Les battants s'ouvrirent devant lui, grâce à la faculté qu'il possédait désormais d'influencer les objets qui l'entouraient. Il sauta sur le plancher et reprit son aspect humain. Puisqu'il était à demi oiseau, Lazuli n'avait pas été atteint par le sortilège de Lycaon. Contrairement aux habitants du château qui étaient tous prisonniers du sommeil, l'enfant était assis sur son lit, les yeux ouverts.

– Me reconnais-tu, Lazuli ?

– Tu es mon vrai père, murmura le garçon, visiblement effrayé.

– Tu ne dois pas avoir peur de moi.

– Pourquoi viens-tu toujours me voir en pleine nuit ?

– Parce que je ne veux pas indisposer le reste de ta famille.

– Est-ce vrai que tu as été le mari de ma mère ?

Sparwari s'accroupit aux pieds de son fils dont le visage était éclairé par les rayons de la lune qui pénétraient dans sa chambre.

– Oui, c'est vrai.

– Elle m'a dit qu'elle s'était remariée parce que tu étais mort. Est-ce que ça veut dire que tu es un fantôme ?

– J'aurais pu en devenir un, mais grâce à la bonté d'une déesse ailée, j'ai été sauvé. Ta mère et ses amis Chevaliers ont cru que j'avais péri aux portes du palais de l'Empereur Noir, alors ils m'ont abandonné. C'est à ce moment que Métarassou m'a emmené dans son monde pour faire de moi un dieu. Tu vas bientôt la rencontrer. C'est une femme extraordinaire que tu aimeras, toi aussi.

– Est-ce que je vais devenir un dieu ?

– Oui, mon fils. C'est ton destin.

Des larmes se mirent à couler sur les joues de Lazuli.

– Ne sois pas triste, Lazuli. Ce soir, tu vas effectuer ton premier vol.

– Mais je n'ai même pas d'ailes…

Sparwari lui prit les mains et le fit glisser jusqu'à lui. Il frotta doucement son dos.

– Que ressens-tu ?

– Seulement de la chaleur.

L'épervier poursuivit les mouvements circulaires jusqu'à ce que l'enfant prenne conscience de la transformation qui était sur le point de s'opérer dans son corps.

– On dirait que ça bouge sous ma peau, s'étonna-t-il.

– Ce sont tes ailes qui se forment. Nous devons partir, maintenant.

– Pour aller où ?

Sparwari le tira sur ses pieds et l'entraîna à travers les appartements de ses parents, puis dans le couloir des chambres royales.

– Pour aller rencontrer le chef de notre panthéon. Dans la réalité, il n'a aucun lien de sang avec toi, mais dans le cœur des rapaces, il est notre père à tous.

– Non… je veux rester avec maman…

Lazuli était très fort physiquement pour un garçon de son âge, mais il n'arrivait pas à rassembler suffisamment d'énergie pour résister à son père naturel. Il se laissait guider à travers le palais sans arriver à lui opposer la moindre résistance. Sparwari entra dans les quartiers du roi, qu'il traversa uniquement pour se rendre jusqu'au balcon qui surplombait la cour.

– Pourquoi sommes-nous venus jusqu'ici ? s'inquiéta l'enfant.

– Je craignais de te blesser en essayant de franchir la fenêtre de ta chambre avec toi.

– Je ne comprends pas…

Le visage, puis le corps de l'homme se couvrirent de plumes noires et blanches.

– Surtout, n'aie pas peur.

Il fit coucher Lazuli sur la pierre et plaça ses serres autour de son corps en faisant bien attention de ne pas le blesser, puis battit des ailes en s'élevant doucement dans les airs avant de filer en direction des volcans.

Quelques minutes plus tôt, à une cinquantaine de mètres à peine du balcon, un autre enlèvement avait eu lieu. Épuisée après les longues heures de réjouissance qui avaient suivi le mariage de Liam et Mali, Cyndelle s'était endormie en mettant la tête sur l'oreiller. Habituellement, elle ne se réveillait qu'au lever du soleil, mais cette nuit-là, elle ouvrit subitement les yeux, comme si un danger la guettait. Dans sa petite poitrine, son cœur battait la chamade. Puisqu'elle ne pensait jamais à elle-même en premier, elle se leva pour aller voir si son frère allait bien. Elrick dormait paisiblement.

Sur la pointe des pieds, elle se dirigea ensuite vers la chambre de ses parents. Morrison et Jahonne ne semblaient pas éprouver de difficultés non plus. C'est alors qu'elle entendit des hululements à l'extérieur. « Ce doit être ma petite chouette », se rassura-t-elle.

Pieds nus et ne portant que sa robe de nuit, la fillette à la peau grise et aux longs cheveux noirs ouvrit la porte de la maison et sortit dans la nuit. Quelle ne fut pas sa surprise de se retrouver devant un énorme condor, deux fois plus grand que son père. Effrayée, elle voulut reculer, mais ses muscles se figèrent.

– Je suis heureux de faire enfin ta connaissance, ma petite, lui dit Lycaon.

– Les oiseaux ne parlent pas et ils ne peuvent pas être de cette taille, répliqua Cyndelle. Je dois être en train de rêver.

– C'est ta courte existence parmi les humains qui fait partie de tes songes. Ta véritable vie est sur le point de commencer.

L'enfant voulut retourner dans la maison, mais ses pieds restèrent collés sur le sol.

– Viens avec moi.

Puisque cette situation ne pouvait pas être réelle dans l'esprit de Cyndelle, elle tendit la main au rapace en se demandant ce qui allait se passer. Le condor battit de ses longues ailes, faisant naître de petits tourbillons dans le sable. Il saisit la fillette au milieu du corps d'une seule patte et l'éleva vers le ciel. « Finalement, il n'est pas si grand que ça le château du Roi Onyx », se dit Cyndelle en le voyant rapetisser à vue d'œil. Ce n'est que lorsqu'elle sentit le vent glacé sur sa peau qu'elle se mit à douter de ses perceptions. « Il ne fait jamais froid dans mes rêves… » Elle tenta de se libérer des énormes doigts qui enserraient sa taille, en vain.

Il faisait très noir, car dans les villages, presque tous les feux étaient éteints. Au loin, toutefois, elle apercevait d'étranges lueurs rouges. N'ayant jamais vu les volcans dont lui parlaient Bridgess et Mali lors des leçons de géographie, elle ne pouvait pas se douter qu'il s'agissait de lave en fusion.

Lycaon la déposa finalement sur la corniche où un autre enfant en robe de nuit était assis en boule contre la pierre noire. Cyndelle s'approcha pour tenter de l'identifier dans l'obscurité.

Les deux fillettes ne s'étaient pas souvent rencontrées durant leur jeune vie, mais elles se reconnurent tout de suite.

– Aurélys ? s'étonna-t-elle. Comment se fait-il que tu sois dans mon rêve ?

– Nous ne sommes pas en train de dormir, Cyndelle. Nous avons été arrachées à nos familles par ces créatures qui ne veulent même pas nous dire ce qu'ils feront de nous.

– C'est moi qui ai demandé à Shvara de ne pas répondre à tes questions, précisa Lycaon.

– Vous êtes réels ? s'étrangla la petite fille à la peau grise.

Les rapaces tournèrent la tête en même temps vers l'ouest, comme s'ils avaient entendu quelque chose. De plus en plus inquiète, Cyndelle se blottit contre Aurélys pour se réconforter. Un troisième falconidé livra son butin sur la corniche.

– Lazuli ? Pas toi aussi ! s'exclama Cyndelle.

– Pourquoi êtes-vous ici ? voulut savoir le garçon, qui ne semblait nullement troublé par son rapt.

– Taisez-vous et écoutez-moi, ordonna Lycaon d'une voix forte.

Lazuli alla s'asseoir avec les fillettes et s'aperçut qu'elles tremblaient toutes les deux.

– Nous ne vous avons pas enlevés, poursuivit le condor. Nous vous avons repris, car vous appartenez à notre monde.

– Vous faites erreur, protesta Aurélys.

Constatant que son apparence intimidait ses petits, Lycaon se changea en un homme de forte stature aux longs cheveux noirs. Il était vêtu d'une tunique couverte de plumes noires et blanches.

– Est-ce mieux ainsi?

– Mon père aussi fait la même chose, affirma Lazuli.

– Lassa? s'affolèrent ses amies.

– Non, mon vrai père.

– Transformez-vous, ordonna Lycaon à l'épervier et au busard cendré qui l'accompagnaient.

Le premier se métamorphosa en un homme aux cheveux noirs et aux yeux aussi lumineux que la lune. Il portait une tunique et un pantalon de cuir noir.

– C'est lui! indiqua Lazuli. Il s'appelle Sage d'Espérita.

– Plus maintenant, le reprit Lycaon.

Son deuxième acolyte devint un homme vêtu avec élégance. Il portait un pantalon gris et une redingote marron sur une chemise blanche à jabot. Un couvre-chef noir à large rebord coiffait son crâne chauve.

– Je vous présente Sparwari et Shvara.

– Et vous, comment vous appelez-vous ? s'enquit Lazuli qui ne semblait pas craindre ces curieux personnages.

– Je suis Lycaon, le chef de tous les dieux-falconidés.

– Vraiment ?

– Quels noms vos parents adoptifs vous ont-ils donnés ?

– Ce sont nos vrais parents ! protesta Aurélys.

Cyndelle ne disait rien. En raison de sa couleur inhabituelle, elle s'était souvent posé des questions sur ses origines.

– Je suis votre véritable père, jeunes filles, l'informa Lycaon.

– C'est impossible… suffoqua Aurélys.

– Moi, je sais que ça se peut, affirma Lazuli en croyant la rassurer. Ma mère ne me ment jamais et elle m'a dit que Sage était mon père.

– Sparwari, le corrigea l'épervier, d'une voix très douce. Répondez à la question du vénérable Lycaon.

– Je m'appelle Lazuli. Elle, c'est mon amie Cyndelle, et l'autre, c'est Aurélys. Je ne la vois pas très souvent.

– Ce sont de très beaux noms, apprécia le condor. Je crois bien que je vous les laisserai.

– Nous ne voulons pas aller vivre dans votre monde, l'avertit Aurélys, au bord des larmes.

– Lorsque tu l'auras vu, tu changeras d'avis, n'est-ce pas Sparwari ?

– C'est un univers couvert d'arbres géants et où nous pouvons voler sans le moindre souci.

Il n'allait certainement pas leur parler tout de suite de la menace que représentait Azcatchi. Ils apprendraient en temps utile à se méfier de lui.

– Je veux retourner chez moi, geignit Cyndelle.

– Laissez-moi vous prouver que vous n'êtes pas humains, fit Lycaon.

Il s'adressait aux enfants sur le même ton, sans manifester la moindre irritation devant leur incrédulité. Son assurance commença même à gagner le jeune Lazuli.

– Levez-vous.

Le garçon bondit aussitôt devant le chef du panthéon aviaire, tandis que les fillettes se contentèrent de secouer la tête en signe de refus.

– Ne m'obligez pas à utiliser ma magie sur vous.

Voyant qu'elles ne bougeaient pas, Sparwari alla s'accroupir devant elles.

– Cette nuit, vous avez la chance de vivre une belle aventure, comme en rêvent des milliers d'enfants. Il est impossible de savoir qu'on n'aimera pas quelque chose avant de l'avoir essayé.

Sa voix, caressante comme de la soie, sembla redonner du courage aux petites déesses.

– Si vous vous montrez obéissantes, je vous raconterai ce qui m'est arrivé.

Il les prit par la main et les amena devant le dieu suprême.

– Très bien… se réjouit ce dernier. Je vais vous aider à sortir de vos coquilles humaines et vous prouver que vous êtes les héritiers de mon royaume.

– Quelles coquilles ? demanda Lazuli en regardant autour de lui.

– C'est une façon de parler, expliqua Sparwari.

Il lui caressa la tête et reprit sa place à la droite de son chef, tandis que Shvara attendait à sa gauche. Le busard jeta un regard désapprobateur sur l'épervier, mais ne fit aucune remarque.

Lycaon commença par observer les enfants. Ils étaient tous les trois de la même taille, avaient les cheveux sombres et les yeux pâles. Seule Cyndelle avait le teint grisâtre.

– Nous allons maintenant voir à quoi vous ressemblez vraiment, annonça le condor.

Il écarta les bras, et ils devinrent aussi brillants que le soleil. Lazuli fut le premier à percevoir un changement profond en lui. Il eut l'impression que quelque chose courait sous sa peau. Quant à elle, Aurélys observait le dessus de ses mains. Ses doigts s'étaient joints et elle n'arrivait pas à les séparer. Cyndelle fut la seule à fermer les yeux et à analyser ce qu'elle ressentait à l'intérieur d'elle-même. Un haut-le-cœur lui fit perdre l'équilibre, mais elle ne s'effondra pas sur le sol, car Sparwari lui avait saisi un bras.

Lycaon fut plutôt découragé de constater que le duvet qui commençait à apparaître sur le corps de deux des jeunes dieux était blanc. Le seul de ses enfants qui avaient hérité de son noir plumage était malheureusement Azcatchi…

Un à un, les petits se métamorphosèrent. Lazuli devint un magnifique gerfaut immaculé à peine tacheté de noir sur la gorge, la poitrine et les plumes sus-alaires. Même son bec était entièrement blanc. Seules ses rémiges étaient striées de noir.

– Ouvre tes ailes, ordonna Lycaon.

Le gerfaut s'exécuta en poussant des cris perçants.

– Magnifique…

Pour le plus grand bonheur du condor, Aurélys se transforma en un aigle tout noir. Seul son bec et ses pattes étaient jaunes. Quant à Cyndelle, elle sembla avoir plus de difficulté que les autres à effectuer la transition vers son corps divin. Cela ne découragea pas le chef du panthéon, qui attendit patiemment que sa mutation soit terminée. Lorsqu'elle prit enfin sa forme d'effraie immaculée, Lycaon s'attendrit, car elle lui rappela Orlare, sa fille préférée. Au milieu de sa face en forme de cœur, on voyait à peine son petit bec noir. Ses yeux jaunes plutôt que noirs étaient cinq fois plus grands que ceux de Lazuli et d'Aurélys. Son corps tout comme ses plumes étaient parsemés de petites taches noires.

– Puisque vous avez tous vos plumes de vol, vous apprendrez cette nuit à vous en servir. Shvara, tu seras responsable d'Aurélys, et Sparwari, de Lazuli. Je m'occuperai de ma belle effraie. Ils ne pourront pas voler longtemps, alors restez près d'eux.

– Retournons-nous à Enlilkisar ? voulut savoir l'épervier.

– Non, car je crains qu'un certain crave ne prenne ombrage de l'arrivée dans notre monde de nouveaux héritiers. Demeurons de ce côté des volcans jusqu'à ce qu'ils puissent rester en vol pendant plusieurs heures. Pour éviter d'attirer l'attention des humains, ils s'exerceront uniquement la nuit et dormiront sur ces corniches.

Sparwari reprit sa forme d'épervier. Son fils gerfaut lui ressemblait beaucoup, sauf qu'il était plus blanc que lui. Il l'incita à battre de plus en plus rapidement des ailes jusqu'à ce qu'il s'élève doucement dans les airs, puis lui demanda de le suivre jusqu'à un autre pan rocheux, non loin. Il ne voulait surtout pas l'effrayer ou, pis encore, lui infliger des blessures qui auraient retardé ses progrès.

Plus expéditif, Shvara poussa tout simplement l'aigle noir dans le vide, en direction de la rivière qui coulait au pied des montagnes, et lui cria d'ouvrir les ailes. Aurélys sut donc planer avant d'apprendre à voler.

Débordant de tendresse pour la petite chouette, Lycaon commença, lui aussi, par lui faire battre des ailes. Il se changea en condor et la fit monter sur son dos, tout comme il l'avait fait pour Orlare, jadis. Il lui recommanda de se cramponner avec ses doigts griffus, puis prit son envol.

– Sens le vent sur tes plumes, Cyndelle. Il peut arriver de n'importe quelle direction. Tu dois l'utiliser à ton avantage afin de conserver tes forces. Ouvre les ailes et lorsque tu te sentiras prête, détache-toi de moi.

Jusqu'au lever du jour, les dieux ailés sillonnèrent le ciel au-dessus des Royaume de Jade, de Rubis et d'Opale. Épuisés, les oisillons s'entassèrent sur une corniche et s'endormirent. Lycaon s'allongea devant eux. Il ouvrit ses longues ailes pour les protéger du soleil et ordonna à Sparwari et à Shvara d'aller leur chercher de la nourriture.

15

LA DÉSOBÉISSANCE

Le lendemain de la fête organisée en l'honneur de Liam et de Mali, les habitants du château eurent beaucoup de difficulté à se lever, mais à la ferme de Falcon, où les animaux nécessitaient des soins quotidiens, le couple avait réussi à se tirer du lit. Après avoir mis l'eau à chauffer pour le thé, Wanda alla réveiller sa fille et s'étonna de ne pas la trouver dans son lit. Après tout, elle était rentrée en même temps qu'eux. « L'ardeur de la jeunesse », se dit la mère. Aurélys était sans doute dans le poulailler à choisir des œufs pour le premier repas de la journée. Voyant qu'elle ne rentrait pas, Falcon décida d'aller à sa rencontre.

– Elle a dû encore une fois avoir des démêlés avec le coq, plaisanta Falcon.

En mettant le pied dehors, le Chevalier sut tout de suite que quelque chose n'allait pas. La porte du poulailler était fermée, le coq, qui avait chanté depuis bien des heures déjà, somnolait, perché sur la clôture. Les chevaux étaient encore regroupés au centre de l'immense enclos. Habituellement, dès que l'un des humains sortait de la maison, ils s'approchaient pour voir si on n'aurait pas des grains à leur donner. Justement, les juments-dragons avaient tourné la tête en poussant de petits cris. Même s'il en faisait l'élevage depuis plusieurs années, Falcon n'avait jamais réussi à communiquer avec ces bêtes comme le faisaient Kevin. Kira, Liam et Hadrian. Ce matin-là, il aurait bien aimé leur demander s'ils avaient vu sa fille.

Falcon se planta au milieu de l'allée et posa les mains sur les hanches. Il ne voulait surtout pas donner à Aurélys l'impression qu'il continuait de la surveiller comme lorsqu'elle était petite. Maintenant qu'elle avait douze ans, il était important de lui laisser plus de liberté. Toutefois, il gardait un œil protecteur sur elle, depuis que son ancien commandant, Hadrian, lui avait raconté l'incroyable histoire des enfants, dont sa fille, qu'avaient conçus les dieux ailés.

Aurélys! l'appela-t-il grâce à ses facultés télépathiques. Rien. Ce n'était pas dans les habitudes d'Aurélys de ne pas réagir lorsque ses parents la cherchaient. Falcon la réclama plusieurs fois, toujours sans réponse.

Très inquiet, le père revint vers la maison et examina le sol de l'allée. Même s'il avait été foulé des centaines de fois, ses facultés magiques lui permirent de capter le passage récent de l'enfant, qui remontait à quelques heures à peine. Puisqu'elle pouvait entendre les communications télépathiques, Wanda sortit de la chaumière pour aider son mari à retrouver leur fille. Pendant qu'il étudiait les pistes laissées par l'énergie d'Aurélys, la femme Chevalier sonda les environs. Ne trouvant aucune trace de la petite, elle poussa ses recherches dans tout le royaume.

— Elle n'est nulle part! s'affola Wanda.

– Je ne comprends pas ce qui s'est passé, avoua Falcon. Ses pas s'arrêtent subitement ici. Il n'y a aucune empreinte qui indiquerait que quelqu'un l'a soulevée de terre, que ce soit à cheval ou autrement. Personne ne s'est approché d'elle et elle a disparu à cet endroit même, comme si elle était entrée dans un vortex.

– À moins d'avoir étudié avec maître Farrell, personne ne peut en créer sans bracelets magiques.

– L'un de ses élèves est peut-être venu la chercher tôt ce matin.

– Elle ne serait jamais partie sans nous prévenir, Falcon. C'est ainsi que nous l'avons élevée.

– Ce qui ne signifie qu'une chose…

– Elle a été enlevée.

Wanda se tordit les doigts avec angoisse.

– Nous allons la retrouver, tenta de la rassurer son mari.

– Si ces dieux ailés dont nous a parlé Hadrian l'ont reprise, je ne vois pas comment nous pourrions la leur reprendre à notre tour.

Ils entendirent alors de sourds battements.

– Ils sont encore ici, s'alarma Wanda.

– Non… Je reconnaîtrais ce bruit n'importe où. C'est un dragon.

– Celui de Nartrach ?

Ils pivotèrent sur place en regardant le ciel. Falcon avait raison : Nacarat approchait de l'ouest, à faible altitude. Pour ne pas effrayer les juments qui ne l'avaient pas vu depuis longtemps, le dragon rouge se posa dans le pré opposé, où l'éleveur laissait repousser l'herbe. Malgré l'épreuve qu'ils traversaient, les Chevaliers se réjouirent de distinguer sur son cou la silhouette de leur fils. Nartrach se laissa glisser sur le sol et marcha vers ses parents. Il enjamba la clôture et remonta l'allée d'un pas alerte.

– Quelque chose ne vas pas… murmura Wanda, intriguée.

– Il a deux bras ! s'exclama Falcon, incrédule.

– Couverts de curieux dessins, ajouta sa femme alors que leur enfant, maintenant dans la vingtaine, s'approchait davantage.

N'y tenant plus, Wanda courut et sauta dans les bras de Nartrach. Il était aussi grand et musclé que son père !

– Où étais-tu passé ?

Falcon commença par tâter ce bras que le jeune homme avait pourtant perdu durant les premières années de la guerre contre les hommes-insectes.

— Je vous avais dit qu'il repousserait, répondit Nartrach à sa question silencieuse.

— Tu as trouvé un mage ?

— C'est une longue histoire, mais en quelques mots, je suis tombé amoureux d'une Fée qui m'a fait découvrir la magie de son peuple intrigant.

Nartrach fronça les sourcils.

— Au contact de ces créatures, j'ai acquis une plus grande sensibilité émotive, ajouta-t-il. Pourquoi êtes-vous si troublés ?

— Nous ne savons pas où est ta sœur, lui révéla Wanda.

— Si je me souviens bien, elle avait l'habitude d'aller se balader à cheval le matin.

— Seulement après s'être acquittée de ses corvées, expliqua Falcon. Elle semble s'être levée en pleine nuit, sans doute parce que quelque chose l'a attirée dehors.

— Elle se serait évaporée ici-même, précisa Wanda.

— Les humains ne s'évaporent pas, leur rappela Nartrach.

— Mène ta propre enquête, dans ce cas.

Nartrach, qui avait passé les derniers temps à maîtriser ses nouvelles facultés, se fit un devoir de parcourir le chemin suivi par la fillette, de son lit à l'endroit où elle semblait avoir cessé d'exister.

— On dirait qu'elle a été cueillie par un rapace, indiqua-t-il, étonné.

Ses parents furent saisis de panique.

— Mais aucun des chasseurs nocturnes ne possède la force physique de transporter un enfant... bredouilla-t-il.

— Les dieux ailés sont deux fois plus grands qu'un homme adulte, s'étrangla Wanda dans ses sanglots.

Falcon l'attira dans ses bras et la serra tendrement pour la réconforter.

— C'est quoi cette histoire de dieux ailés ? s'enquit Nartrach.

— Viens à l'intérieur, nous allons tout te raconter, soupira Falcon. Ensuite, nous retournerons au château pour quérir l'aide du Roi Onyx.

— Est-ce que tu as mangé, ce matin ? demanda Wanda en essuyant ses larmes. Je vais préparer le premier repas de la journée.

— C'est que je ne me nourris plus tout à fait de la même façon que vous, répondit Nartrach en suivant ses parents dans leur maison.

— Serais-tu devenu végétarien tout comme ton dragon ? s'inquiéta Falcon.

— En fait, ma transformation est plus profonde encore.

Les Chevaliers se retournèrent pour faire face à leur aîné.

— Qu'est-ce que tu nous caches ? fit le père.

— Je n'avais pas l'intention de vous cacher quoi que ce soit. C'est que je ne sais pas comment vous l'apprendre.

Nartrach soupira avec découragement.

— Je pense que vous devriez d'abord vous asseoir.

Ses parents s'exécutèrent aussitôt, plus curieux qu'alarmés.

— Afin de ravoir ce bras qui me manque depuis mon enfance, il a fallu que je change de constitution.

— Explique-toi, le pressa Falcon.

— Je suis devenu une Fée.

Les deux soldats ouvrirent la bouche en même temps pour lui faire connaître leur étonnement, mais aucun son n'en sortit.

— Je ne suis pas le premier humain à qui c'est arrivé, poursuivit Nartrach qui ne voulait pour rien au monde leur causer un autre choc à la suite de la disparition de sa sœur.

— Pourquoi ne nous en as-tu pas parlé avant ? réussit finalement à articuler Wanda.

– Parce que c'était une décision sur un coup de tête.

– Qu'est-ce que ça change pour toi ? demanda Falcon.

– À part que j'ai désormais deux bras et que je dois m'alimenter différemment, pas grand-chose, je vous assure.

– Qui t'a fait tous ces dessins sur la peau ? hésita sa mère.

– C'est un mystère même pour le Roi Tilly. Moi, je pense que c'est à cause de la présence de quelques gouttes de sang d'insecte dans mes veines. Ces tatouages ne sont pas douloureux, je vous assure.

Devant leur mine déconcertée, l'homme-Fée se fit un devoir d'ajouter qu'il était toujours leur fils, mais en version améliorée.

– Tes nouvelles facultés te permettront-elles de nous aider à retrouver Aurélys ? hasarda Wanda.

– Peut-être bien. Je ne les ai pas toutes mises à l'épreuve.

– Dépêchons-nous de partir pour le palais, s'impatienta Falcon.

– Justement, j'allais vous proposer une manière bien plus rapide que le cheval pour vous y rendre. À dos de dragon, nous pourrions y être dans une heure à peine.

– Trois personnes sur le dos de Nacarat ? s'étonna Wanda.

– Ce n'est plus un bébé, maintenant. Il est capable de supporter un poids beaucoup plus considérable.

– Alors, soit, décida Falcon. Je vais aller m'habiller convenablement.

✳ ✳ ✳

Chez le forgeron d'Émeraude, on ne découvrit pas tout de suite que Cyndelle était manquante, car la petite avait l'habitude de se lever tôt pour accomplir ses tâches avant de se rendre au hall du roi avec son frère pour recevoir les enseignements de Bridgess et de Mali. Puisque cette dernière venait de célébrer son mariage, les cours avaient été annulés, mais les parents de la petite fille à la peau grise ne s'alarmèrent pas avant l'heure du midi.

Peu à peu, la vie reprit au château. Morrison, qui avait reçu des commandes de fers pour les chevaux et de pièces métalliques pour des charrettes et des portes, décida d'aller travailler quelques heures, malgré sa fatigue. Il venait de donner son premier coup de marteau sur l'enclume lorsque son fils de huit ans vint le rejoindre.

– Papa, as-tu vu Cyndelle par ici ?

– Non, Elrick. Tu ferais mieux de poser la question à ta mère. Elle est au courant de tout.

– C'est parce qu'elle ne sait pas où elle est que je viens te le demander.

Morrison pivota vers le gamin qui ressemblait aux enfants d'Onyx, sauf pour ses yeux qui brillaient comme des miroirs.

— L'as-tu cherchée toi-même ? voulut savoir le forgeron.

— Oui ! Partout.

Le forgeron laissa tomber ses outils et sortit de l'atelier. Affolée, Jahonne venait déjà à sa rencontre en courant.

— Elle n'est donc pas avec toi, comprit l'hybride en voyant l'air tourmenté de son mari.

— Ne peux-tu pas la repérer avec tes pouvoirs magiques ?

— J'ai essayé, mais elle n'est nulle part.

Morrison ne possédait aucune faculté télépathique, mais il n'était pas difficile de lire sur le visage de Jahonne qu'elle craignait le pire.

— Te souviens-tu de ce que nous a dit le Roi Hadrian ? fit-elle.

— Il n'est plus roi désormais, et oui, je me rappelle très bien ses paroles.

— Que fait-on, maintenant ?

Elle avait été elle-même prisonnière d'un dieu autrefois et elle savait mieux que quiconque qu'il était impossible de s'échapper sans aide.

— Hadrian a parlé de quatre enfants. Le Prince Fabian, le cadet de Kira, la petite dernière de Falcon et notre fille. Quand le fils d'Onyx a disparu il y a quelque temps, on aurait dû se douter que les dieux-oiseaux viendraient chercher les autres. Allons demander conseil à Kira.

Jahonne eut du mal à suivre le rythme rapide de Morrison qui ne pensait plus qu'à fracasser tous les crânes des divinités aviaires avec son marteau. Il frappa si durement du poing sur la porte des appartements de la Sholienne, au troisième étage du palais, que Lassa se précipita pour aller ouvrir.

— Mais que se passe-t-il ? s'exclama le Prince de Zénor, alarmé.

— Votre fils Lazuli est-il là ?

— Lazuli ? J'imagine que oui, mais il y a tellement d'enfants chez nous en ce moment. Entrez.

Il abandonna le couple dans le salon jonché de jouets pour aller chercher son cadet. Puisqu'il n'était pas dans sa chambre, il jeta un coup d'œil dans celle de Kaliska où s'étaient rassemblées toutes ses nouvelles amies. Le seul garçon présent était Marek.

— Avez-vous vu Lazuli ? demanda Lassa.

— Pas depuis hier, affirma Kaliska.

Il poursuivit son chemin et trouva Kira en train de ranger les affaires de Marek. Il n'eut pas besoin de dire un seul mot : elle sut, en voyant son visage, que ce qu'elle redoutait le plus venait de se produire.

– Non !

Elle bouscula Lassa contre l'encadrement de la porte et courut jusqu'à la chambre de Lazuli. Les battants de sa fenêtre étaient grand ouverts.

– Sage ! hurla-t-elle en se penchant dehors.

Déchirée par la douleur de la séparation, Kira s'effondra sur le plancher et fondit en larmes. Elle ne sentit même pas les bras de Lassa qui la serraient par-derrière. Tout en réconfortant sa femme, le Prince de Zénor sonda d'abord le château, puis le royaume. Leur fils n'était nulle part.

– Ils sont venus le chercher comme des voleurs, sanglota Kira.

– Nous allons signaler ce crime aux ghariyals. Eux seuls peuvent nous rendre Lazuli, maintenant.

Lorsque Lassa réussit à remettre Kira debout, il aperçut la dizaine de jeunes visages qui les épiaient de la porte. Marek se détacha aussitôt du groupe de filles et grimpa dans les bras de sa mère.

– Ne pleure pas, maman…

Kira étant incapable de dominer sa peine, des larmes apparurent aussi sur le visage de son benjamin. Lassa tira doucement sa femme jusqu'au salon où les attendaient Morrison et Jahonne.

– Non… pas vous aussi… se désola la Sholienne.

Myrialuna, Dylan et Dinath s'étaient joints à eux.

– Hadrian nous avait avertis, mais je ne pensais pas qu'ils les enlèveraient si jeunes, avoua le forgeron.

– Que peut-on faire pour reprendre nos enfants ? demanda Jahonne, la gorge serrée.

– Mais que se passe-t-il ici, ce matin ? éclata une voix contrariée dans le corridor des chambres.

Onyx fit irruption dans les appartements de Kira.

– Ils ont pris nos petits, expliqua Jahonne en se courbant devant lui.

– De qui s'agit-il ?

– Des dieux ailés, précisa Dylan.

– Vous devez certainement savoir où l'on peut les trouver, fit le roi, irrité.

– J'ai été créé par les ghariyals, mais eux-mêmes l'ignorent, affirma l'ancien Immortel.

– Danalieth pourrait-il nous indiquer le chemin ? demanda Onyx en se tournant vers Dinath.

– J'en doute, répondit la demi-Fée, car il m'en aurait déjà parlé, mais je peux lui poser la question.

Un serviteur se présenta alors, hors d'haleine.

– Sire ! Un dragon !

– Il ne manquait plus que ça ! maugréa Onyx.

Ce dernier tourna sur ses talons et fut aussitôt suivi de Kira, Lassa, Dylan, Dinath et Morrison. Myrialuna et Jahonne se campèrent devant les enfants pour les empêcher de suivre les adultes.

– Vous pouvez regarder par les fenêtres, mais vous ne sortirez pas d'ici, les avertit Myrialuna.

Onyx poussa les grandes portes vertes de son palais et vit l'énorme créature rouge au milieu de la cour. Les Chevaliers Wanda et Falcon se précipitèrent vers leur souverain.

– Sire, on nous a pris notre fille ! s'exclamèrent-ils en même temps.

– C'est la même chose pour nous, répondit Morrison. Est-ce le dragon de Nartrach ?

Justement, le jeune homme arrivait derrière ses parents. Pendant qu'ils racontaient leur histoire à Onyx, un autre drame se préparait dans la propre famille même du Roi d'Émeraude.

✳ ✳ ✳

Désobéissant aux ordres de son père, Azcatchi était retourné dans le monde des humains pour les épier. Vindicatif de nature, il n'attendait que le moment de faire payer à Onyx son affront.

Perché sur une corniche de la montagne de Cristal, il avait observé la fête dans l'enceinte de la forteresse, étonné de ne pas assister à quelques sacrifices humains. Les habitants d'Enkidiev se contentaient de chanter, de danser, de manger et de boire. «Quel curieux peuple», avait songé le crave. Au lever du soleil, il allait repartir vers son monde lorsqu'il vit atterrir un immense dragon dans la cour. La bête, à première vue pacifique, avait attiré autour d'elle presque tous les résidents du château.

Azcatchi ne perdit pas de temps. Il scruta le plus grand des édifices et ressentit encore une fois la présence d'une très jeune déesse féline. Pourquoi se trouvait-elle parmi les hommes? La seule façon d'en avoir le cœur net, c'était de s'approcher d'elle. Azcatchi profita donc de la diversion que créait le dragon pour foncer sur le palais. Utilisant ses pouvoirs magiques, il ouvrit brusquement les battants de bois donnant dans la chambre de Cornéliane et pénétra dans la pièce. Deux enfants étaient assis sur le lit, où ils manipulaient des cubes de bois couverts de symboles étranges. Ils se tournèrent en même temps vers l'énorme oiseau noir qui venait de se poser sur le tapis de soie.

Si Cornéliane ne reconnut pas l'intrus, Anoki, lui, savait qui il était. Le crave ne se préoccupa de leurs émotions. Un plan pervers venait de germer dans son esprit. Il adopta sa forme humaine, qui lui permettrait de capturer plus facilement de la fillette, et s'approcha du lit.

– Sortez immédiatement de ma chambre ! lui ordonna la princesse.

Azcatchi éclata de rire.

– Qui m'y obligera ? rétorqua-t-il.

– À l'aide ! cria la fillette.

Le dieu ailé ne craignait personne, mais il ne voulait pas non plus qu'on lui ravisse sa proie. Il s'avança donc vers le grand lit, menaçant. N'écoutant que son courage, Anoki se mit à lui lancer des blocs de bois. Azcatchi les dévia assez facilement avec les bras, mais lorsque le dernier projectile l'atteignit au visage, il poussa un cri de rage. Il pointa les doigts vers l'enfant. Anoki s'éleva dans les airs. Il porta les mains à son cou, comme pour se débarrasser des serres invisibles qui tentaient de l'égorger.

– Ne lui faites pas de mal ! se fâcha Cornéliane.

Les portes de la chambre s'ouvrirent avec fracas, alors qu'une armée de serviteurs se précipitait au secours de leur princesse. Azcatchi lança aussitôt le corps d'Anoki sur les hommes, les faisant basculer sur le dos dans la pièce voisine. Sans perdre de temps, il s'empara de Cornéliane. Elle se débattit furieusement, mais la force physique de la divinité était prodigieuse. Serrant la fillette contre lui, Azcatchi plongea la tête la première par la fenêtre et se métamorphosa en oiseau géant. La princesse poussa des cris de terreur, attirant l'attention de tous ceux qui se trouvaient dans la cour.

Ils virent le crave refermer les serres sur l'enfant et l'emporter vers le ciel.

Sans perdre une seconde, Nartrach courut jusqu'à son dragon, sauta sur son cou et prit le rapace en chasse. Cloué au sol, Onyx leva les bras vers le ravisseur, mais n'osa pas lancer quelque rayon ou halo que ce soit, craignant de blesser sa fille. Impuissant, il traita les dieux de tous les noms. Les quelques minutes que dura la poursuite lui parurent une éternité. Lorsque le dragon piqua finalement vers le sol, le cœur du roi se serra, car il n'y avait qu'un seul cavalier sur son dos.

Couverts d'une fine couche de glace, le dompteur et son dragon touchèrent enfin le sol. Nartrach avait du mal à respirer, mais il parvint tout de même à révéler à Onyx que le crave avait disparu dans les nuages, à une altitude où même Nacarat ne pouvait pas le suivre.

— Il a pris ma fille… murmura le roi, affligé.

— S'il veut la garder en vie, il ne pourra pas la ramener dans l'univers des dieux ailés, lui fit savoir Dylan.

Reprenant espoir, Onyx pivota vers l'ancien Immortel.

— Il est certain qu'il la cachera quelque part dans notre monde, ajouta Dylan.

— Je pourrai donc la retrouver.

Onyx retourna dans le palais, monta l'escalier quatre à quatre, sous les yeux effarés des serviteurs, et fonça chez lui.

Swan était à genoux dans l'antichambre des appartements de Cornéliane et passait une main lumineuse sur le cou du petit Anoki. Onyx s'accroupit aussitôt devant eux.

– Est-ce qu'il est mort?

– Non, répondit-elle, rassurée. Il a eu beaucoup de chance que nos serviteurs aient répondu aussi rapidement aux cris d'alarme de Cornéliane.

Elle leva des yeux baignés de larmes sur son mari.

– Ils ont vu l'homme qui l'a enlevée. Ils ont dit qu'il te ressemblait.

– C'est Azcatchi.

– Il va la tuer, n'est-ce pas?

Swan éclata en sanglots amers. Son mari prit Anoki, s'assura rapidement qu'il n'était plus en danger de mort et le tendit aux serviteurs.

– As-tu confiance en moi? demanda Onyx en attirant sa femme dans ses bras.

– Tu sais bien que oui, mais c'est à un dieu que nous avons affaire.

– Je vais la secourir, Swan, tout comme j'ai secouru Atlance, lorsqu'il a été enlevé par Akuretari, et je la ramènerai à la maison.

– Laisse-moi y aller avec toi.

– Non. J'ai besoin que quelqu'un gouverne mon royaume en mon absence. Tu as la force de repousser tous ceux qui voudraient s'en emparer et l'intelligence de le faire prospérer. Tu dois rester ici, pour moi.

– Combien de temps seras-tu parti ?

– Tant que je n'aurai pas retrouvé Cornéliane.

❋ ❋ ❋

Pendant que ses parents pleuraient sa disparition, Cornéliane était emportée vers des terres qui lui étaient totalement inconnues. Puisqu'elle possédait l'esprit combatif de sa mère et l'acharnement de son père, la fillette s'était d'abord démenée pour se libérer des pattes de l'oiseau géant qui l'emprisonnaient comme dans une cage, mais le froid qui régnait à l'altitude à laquelle il avait choisi de voler avait engourdi tous ses membres. Elle ne le sentit même pas lorsque le crave la déposa finalement dans un grand nid en forme de goutte d'eau qui pendait à l'une des plus hautes branches d'un arbre solitaire, au sommet d'une montagne.

La chaleur ramena graduellement la fillette à la vie. Elle battit des paupières et regarda autour d'elle, essayant de se rappeler ce qui s'était passé avant qu'elle perde conscience. Il faisait sombre dans cet endroit particulièrement humide. Elle laissa ses yeux s'habituer à l'obscurité et se mit à distinguer ce qui l'entourait. Elle tendit la main vers le mur derrière elle et s'étonna de découvrir qu'il était composé de branchages soudés par de la terre séchée. «Est-ce que je suis dans une hutte?» Elle toucha le sol sous elle. Il était tapissé de douces plumes. L'image de l'oiseau géant se transformant en homme lui revint à l'esprit.

– Non, c'est impossible… hoqueta-t-elle.

– Rien n'est impossible, répliqua une voix grave.

Cornéliane sursauta. Dans l'unique entrée du nid venait de se découper la silhouette du responsable de son enlèvement.

– Où suis-je?

– Au fil du temps, je me suis construit de nombreuses cachettes dans le monde des hommes.

– Qui êtes-vous? Pourquoi m'avez-vous kidnappée?

– Je suis Azcatchi et j'ai besoin de toi.

– Moi, je n'ai pas besoin de vous. Relâchez-moi tout de suite.

– Je crains que ce ne soit pas possible.

– Mes parents m'ont appris que les seules limites sont celles que nous nous imposons nous-mêmes.

Le crave s'éloigna de l'ouverture et alla se coucher plus loin, lui laissant le champ libre, si elle voulait s'enfuir. Cornéliane n'hésita pas une seconde. Elle fonça vers la liberté, mais s'arrêta net sur le bord du nid perché à au moins cinquante mètres dans les airs.

– Il faut avoir des ailes pour sortir d'ici, l'informa-t-il.

– Je vous déteste ! hurla la fillette en se tournant vers l'oiseau noir dont elle ne voyait que les yeux briller dans l'obscurité. Lorsque mon père viendra me délivrer, il vous tuera !

– Je suis un dieu. Aucun mortel ne peut me détruire.

– Mon père n'est pas comme les autres hommes.

– J'irai te chercher de la nourriture après le coucher du soleil.

– Je ne veux pas manger ! Je veux retourner chez moi ! Laissez-moi partir ou vous le regretterez !

Azcatchi ne lui répondit pas. Il avait commencé à s'assoupir. Folle de rage, Cornéliane fonça sur lui, mais se heurta au mur invisible qui protégeait le crave. Elle recula en titubant, puis se laissa finalement tomber sur les genoux. Même si elle ne voulait pas montrer sa faiblesse à son ravisseur, elle éclata en sanglots. Tout à fait insensible à la souffrance, le dieu ailé s'endormit.

16

LE RETOUR DE LA SORCIÈRE

Dès que Swan eut repris son aplomb, Onyx se prépara à partir. Puisqu'il ne savait pas où Azcatchi avait emmené sa fille, il s'arrêterait d'abord chez Mann, l'augure. Il ignorait comment fonctionnaient ses pouvoirs, mais au cas où il aurait besoin de ressentir l'énergie de la petite, il fouilla dans le coffre aux trésors de la fillette et en retira son bracelet préféré, confectionné avec de petits cristaux de différentes couleurs. Il le lui avait offert deux ans plus tôt, à son anniversaire. Onyx fit rouler les pierres entre ses doigts en se rappelant toute la joie que la petite lui avait apportée depuis sa naissance. Il avait aimé chacun de ses enfants, mais aucun ne lui avait rendu son amour comme l'avait fait sa seule fille…

– Anoki a repris connaissance, lui annonça Swan en arrivant derrière lui. Que fais-tu ?

– J'essaie de ne pas penser à ce que je ferai si je ne la retrouve jamais…

Le cauchemar de la disparition d'Atlance, vingt ans plus tôt, recommençait à les hanter tous les deux.

– Je souffre autant que toi, Onyx, mais je crois que rien n'arrive sans raison.

– Dans ce cas, je suis moins fataliste que toi, car je suis persuadé que nous avons notre mot à dire dans les événements qui nous bouleversent.

Il se retourna et regarda sa femme droit dans les yeux.

– Si je devais découvrir qu'Azcatchi a tué Cornéliane, murmura-t-il, je veux que tu me promettes de ne pas m'empêcher de les ramener à la vie, Nemeroff et elle.

– Quoi ?

– J'ai trouvé l'incantation qui peut accomplir ce miracle.

– Tu n'es pas un nécromant.

– Non, et je n'ai pas l'intention de le devenir, mais je veux poursuivre cette vie avec mes héritiers. Je n'accepterai pas que la mort m'en sépare.

– C'est la souffrance qui te fait parler ainsi.

– C'est mon amour pour mes enfants.

Swan le serra contre sa poitrine de toutes ses forces en lui transmettant une vague d'apaisement.

– Qui t'accompagnera dans cette quête ? chuchota-t-elle à son oreille.

– Je n'ai besoin de personne.

– Les parents des autres enfants qui ont disparu voudront certainement te suivre.

– Rien ne prouve que ce soit Azcatchi qui les ait enlevés. Ils sont peut-être ailleurs. Je me déplacerai plus rapidement si je suis seul.

– Personne ne tentera de te raisonner, tu veux dire.

– Je sais ce que je fais, Swan.

– Commence par réconforter Anoki.

Elle l'entraîna jusqu'à la chambre du garçon. Il était couché dans son lit, torse nu. Malgré tous les efforts de Santo, la peau de sa gorge était encore bleuie.

– Pardonnez-moi… fit l'enfant, dans sa langue maternelle.

Onyx s'assit près de lui.

– Mais tu n'as rien fait, répliqua Onyx en enkiev.

– J'ai essayé de la protéger, mais je n'étais pas assez fort.

– Je sais que tu as fait tout ce que tu as pu, mais tu t'es attaqué à une créature infâme qui ne respecte pas les règles des combats.

– Que va-t-il arriver à Cornéliane ?

— Je n'ai pas cessé d'y songer depuis ce matin, mais je ne crois pas qu'il lui fasse du mal. Je pense qu'il va vouloir échanger sa vie contre la mienne.

Anoki éclata en sanglots. Derrière Onyx, Swan avait levé les yeux au ciel. Si Onyx était un guerrier légendaire et un excellent stratège, il était d'une maladresse déconcertante quand venait le temps de rassurer les enfants.

— Ce qu'il tente de te dire, intervint-elle, c'est qu'il nous rendra notre fille contre une occasion d'affronter Onyx en duel.

— Et si lui gagne? sanglota Anoki en tentant de s'exprimer dans la langue d'Enkidiev.

— Je te jure que ça n'arrivera jamais.

Onyx l'embrassa sur le front.

— Pendant que je suis à sa recherche, je veux que tu sois très obéissant. Swan restera avec toi en tout temps. Surtout, n'essaie pas de me suivre et ne quitte pas cette forteresse, d'accord?

— D'accord…

— Sire, une très étrange personne demande à vous voir, annonça alors un serviteur.

— Étrange de quelle façon? voulut savoir le roi en se redressant.

— Cette femme a refusé de décliner son identité et elle n'est pas habillée comme les gens d'ici.

— Où est-elle ?

— Elle vous attend dans votre salon privé.

Onyx s'y rendit d'un pas rapide, espérant qu'il s'agisse d'un messager venant de la part d'Azcatchi. Il s'arrêta net à la porte en apercevant la visiteuse.

— Je vous ai déjà vue quelque part... hasarda-t-il.

— Vous avez une excellente mémoire, rétorqua-t-elle avec un sourire.

Swan fronça les sourcils à la pensée que son époux avait rencontré cette femme séduisante tandis qu'ils étaient mariés.

— Pourquoi refusez-vous de nous dire votre nom ? demanda-t-elle, à la place d'Onyx.

— Je ne désire causer aucun émoi dans ce château. J'ai appris à mes dépens que les serviteurs ont la langue bien pendue.

— Ils ne sont plus là.

— Je suis Anyaguara.

L'épisode du combat de la panthère noire contre l'empereur des hommes-insectes revint instantanément à la mémoire du Roi d'Émeraude.

— Je vous croyais morte…

— Seul un dieu peut en anéantir un autre, lui rappela Anyaguara.

— Mais vous n'êtes pas une déesse, vous êtes une sorcière.

Swan sursauta. Si Onyx avait eu des démêlés avec cette femme, il ne lui en avait jamais parlé.

— Ce sont les habitants d'Enkidiev qui le pensent. En réalité, je suis au service des dieux-félins.

— Une Immortelle, donc? tenta de comprendre Swan.

— Si on veut.

— Non, s'opposa Onyx. Je vous ai vue perdre du sang comme nous tous.

— Contrairement aux ghariyals qui préfèrent utiliser les illusions pour tromper les hommes, les félidés adoptent de véritables corps lorsqu'on leur confie une mission dans le monde des mortels. Mon combat contre Amecareth sous ma forme de panthère et les mauvais traitements que m'a ensuite fait subir son dragon ont détruit le mien.

— Si c'est vrai, pourquoi avez-vous la même apparence? demanda le souverain en retirant son poignard de sa gaine.

— Mais qu'est-ce que tu fais? s'alarma Swan en agrippant la manche de la tunique de son mari.

– Je veux savoir si elle me dit la vérité.

– J'ai conservé le même visage, mais j'utilise désormais mon corps céleste.

Anyaguara lui tendit le bras. Onyx s'en saisit et l'entailla avec la pointe de sa dague. La blessure se referma aussitôt.

– Laissez-moi finir mon récit, exigea-t-elle.

Pour toute réponse, Onyx émit un grognement en guise d'assentiment.

– Il n'y a pas d'Immortels dans le panthéon d'Étanna, poursuivit-elle. Il n'y a que des divinités de niveaux différents. Nous servons tous la déesse suprême, chacun à notre façon. Lorsque je suis retournée vers elle, après mon misérable échec, elle m'a chargée d'une nouvelle mission, soit celle de défendre ses descendants dans ce monde.

– Si vous étiez une divinité d'un niveau différent, pourquoi n'avez-vous pas vaincu Amecareth ? s'entêta Onyx.

– Parce qu'il était protégé par une magie dont nous ne savons toujours rien. Heureusement, les efforts conjugués de deux des vôtres nous ont débarrassés de ce tyran.

– Pourquoi êtes-vous ici ?

– Étanna m'a demandé de vous aider à retrouver Cornéliane.

Anyaguara vit l'air de surprise sur le visage de Swan.

– Cornéliane est l'une des nôtres, expliqua-t-elle. Je suis assez certaine que vous le saviez déjà.

– J'ai découvert nos origines il n'y a pas très longtemps, expliqua Onyx. Comment pouvez-vous m'être utile ?

– En la traquant. Je connais son odeur divine.

– Elle a été enlevé par la voie des airs, s'impatienta le roi. À moins que les félins aient aussi des ailes, je ne vois pas très bien en quoi vous me seriez d'un quelconque secours.

– Onyx, accepte son offre, le pressa la reine.

– Nous perdons un temps précieux, les avertit Anyaguara. Pourriez-vous me conduire à la chambre de la petite ?

– Ne venez-vous pas de dire que vous aviez des talents de traqueuse ?

Pour mettre fin à cette discussion stérile, Swan fit signe à la sorcière de la suivre jusqu'aux quartiers de Cornéliane. Onyx resta sur place, bouillant d'impatience.

– Sire, puis-je vous offrir à boire ? fit un serviteur qui attendait près de la porte.

– Non. Je ne boirai pas de vin jusqu'à ce que j'aie retrouvé ma fille.

On frappa alors à l'entrée des appartements royaux.

— Quoi encore ? maugréa Onyx.

Il devança le serviteur et ouvrit lui-même les portes. Kira, Lassa, Dylan, Dinath, Morrison, Jahonne, Falcon, Wanda et Myrialuna se trouvaient devant lui.

— C'est non ! fit-il, inflexible.

Il tenta de refermer les portes, mais Kira utilisa sa magie pour les pousser complètement vers l'intérieur, les arrachant des mains d'Onyx.

— Vous ne pourrez pas me suivre là où je vais, ajouta-t-il. Ce sont des dieux qui ont enlevé vos enfants.

— Accepteriez-vous l'aide de ceux qui ont une certaine appartenance divine ? s'enquit Myrialuna.

Le souverain se croisa les bras sur la poitrine, contrarié.

— C'est une bonne idée, Onyx, renchérit Kira.

— Ça élimine la plupart d'entre nous, par contre, lui fit remarquer Morrison.

— C'est un bon point, mon chéri, l'appuya Jahonne.

— Il ne sert rien d'être une dizaine à partir si seulement deux d'entre nous ont le pouvoir de revenir, grommela Onyx.

— Je possède des facultés plus puissantes que les tiennes, Onyx, lui rappela Kira.

– Ça reste encore à voir, répliqua le roi.

– Dylan et Dinath en ont aussi d'autres qui nous seraient fort utiles.

– Et moi ? se désola Myrialuna.

– Ton énergie est extraordinaire, petite sœur, mais tu ne la maîtrises pas encore, la dissuada Kira.

✳ ✳ ✳

Pendant que se formait le groupe qui irait arracher Lazuli, Aurélys, Cyndelle, Fabian et Cornéliane des griffes des dieux ailés, Anyaguara flairait le bord de la fenêtre de la chambre de la petite princesse.

– C'est Azcatchi, affirma-t-elle.

– Nous nous en doutions, se découragea Swan.

– Au moins, une chose est certaine, il ne peut pas l'emmener dans son monde.

– Même si Cornéliane a du sang divin ?

– Surtout pour cette raison. Afin que leurs enfants ne cherchent pas à se nuire, Aiapaec et Aufaniae se sont assurés qu'ils ne puissent pas respirer dans leur univers respectif. Cornéliane a du sang félin, et je suis certaine qu'Azcatchi le sait. Il ne peut donc la cacher que dans le monde des mortels, ce qui rendra mon travail beaucoup plus facile.

— Avez-vous vraiment besoin de mon mari pour la retrouver ?

— Personnellement, je préférerais partir seule, mais Étanna tient mordicus à ce qu'il m'accompagne.

— Pourquoi ?

— Elle n'a pas été très claire à ce sujet, mais il était question de son essence différente. Aussi, je pense qu'elle est bien placée pour comprendre le lien qui unit un parent et son enfant.

— Veillez sur lui, je vous prie.

— Aucun mal ne lui sera fait tant que je serai à ses côtés.

Les deux femmes retournèrent au salon privé. En apercevant la sorcière qui l'avait élevée, Myrialuna poussa un cri aigu et se jeta dans ses bras. Après s'être frottée contre ses joues en pleurant toutes les larmes de son corps, elle parvint finalement à se calmer.

— Je croyais que tu étais morte et que tu m'avais abandonnée !

— J'ai dû renoncer à mon corps, mais j'ai continué de surveiller tes progrès et j'ai veillé sur tes filles.

— Elles sont ici ! Il faut que tu les rencontres !

Onyx allait leur rappeler l'urgence de partir, lorsque la sorcière le devança.

– Je dois d'abord retrouver une petite princesse, mais je reviendrai passer du temps avec ta famille.

– Oh, je suis si heureuse !

Pour mettre fin à ces effusions, Onyx embrassa Swan et lui promit à l'oreille de rentrer avec leur fille. Elle le serra très fort, comme si elle n'allait jamais plus le revoir, puis le libéra en retenant ses larmes. Le Roi d'Émeraude quitta ses appartements et se dirigea vers le grand escalier.

17

LA RIPOSTE

Onyx était un homme expéditif. Si les femmes voulaient passer le reste de la journée à évoquer leurs vieux souvenirs, c'était leur affaire. Il était à mi-chemin entre le deuxième et le troisième étage du palais, lorsque Kira le rejoignit et lui bloqua le chemin.

— Arrête de toujours vouloir agir seul, l'avertit la Sholienne. Tu as été un Chevalier d'Émeraude, toi aussi, jadis. Donc, tu sais que c'est leur union qui fait leur force. Moi aussi, je veux revoir mon fils. Rassemblons une équipe, comme nous l'avons fait lorsque nous sommes allés chercher Atlance.

— J'ai déjà suffisamment perdu de temps.

— Tu dois emmener avec toi des magiciens capables de surveiller tes arrières.

— Pas question que je ramène avec moi les membres de la première expédition.

— Ce n'est pas ce que je te demande, non plus. Allons nous asseoir dans ton hall. Je veux que tu m'écoutes.

Onyx poussa un soupir de découragement, mais obtempéra. Il prit place sur son trône, croisa sa jambe droite sur la jambe gauche et servit à Kira un regard qui la mettait au défi de le faire changer d'avis.

– Je propose que seuls Anyaguara, Dylan, Dinath, Jenifael et Hadrian nous accompagnent.

– Hadrian ? répéta le roi, étonné. Non seulement il n'a pas une seule goutte de sang divin dans les veines, mais le Magicien de Cristal a repris plus de la moitié de ses pouvoirs. C'est mon ami et je le respecte beaucoup, mais je ne vois pas en quoi il nous serait utile dans un affrontement contre des dieux.

– C'est un excellent stratège et il sait conserver son sang-froid.

– Qu'est-ce que tu insinues ?

– Ce n'est un secret pour personne que tu ne réfléchis plus quand tu t'emportes.

Le regard du souverain se durcit d'un seul coup.

– La vie de quatre enfants est en jeu, Onyx. Nous ne devons pas nous lancer dans cette aventure à l'aveuglette. Donne à Hadrian et à Jenifael le temps de se joindre à nous. Ils connaissent nos forces et nos faiblesses et ils nous aideront à en faire bon usage.

Kira prit son silence pour un acquiescement et communiqua aussitôt sa requête à l'ancien Roi d'Argent. Anyaguara, Dylan et Dinath arrivèrent sur les entrefaites. Ils prirent place autour d'Onyx, attendant son signal pour entreprendre la dangereuse expédition.

— Par où commencerons-nous ? demanda Dinath.

— Pour éviter de passer tous les royaumes au peigne fin, j'avais l'intention de consulter l'augure, répondit Onyx.

— Ce serait une pure perte de temps, répliqua Anyaguara. Si Azcatchi avait caché les enfants à Enkidiev, l'un des dieux-reptiliens nous l'aurait déjà signalé. Il est évident qu'ils sont de l'autre côté des volcans où les divisions territoriales entre les panthéons sont moins claires. Votre augure n'a pas la puissance de voir l'avenir d'Enlilkisar.

— Y a-t-il des devins sur l'autre continent ? demanda Dylan.

— Il y en a des centaines, mais ils servent des dieux différents. À qui vous adresserez-vous ?

— À ceux des Mixilzins, déclara Jenifael en entrant dans le hall au bras d'Hadrian.

Tous les regards se tournèrent vers elle avec surprise, car personne n'avait entendu parler d'eux.

— C'est ma mère qui m'a conseillé de les consulter, ajouta la déesse.

— Qui sont-ils ? voulut savoir Onyx.

– Ils appartiennent à une tribu qui vit au nord d'Itzaman.

– J'imagine qu'ils adorent les mêmes dieux que nous, sinon Theandras ne t'en aurait pas parlé, devina Kira.

– Ils ne doivent pas être des amis du Prince Juguarete, non plus, ajouta Hadrian. D'un point de vue diplomatique, je suggère que nous évitions de le rencontrer cette fois-ci.

– Nous ne pouvons nous transporter magiquement qu'aux endroits où nous sommes déjà allés, soupira Onyx.

– Alors, une fois sur la plage, complètement au sud des volcans, rendons-nous dans la forêt où nous avons rencontré Cherrval, l'homme-lion, suggéra Hadrian. Les Itzamans ne s'y aventurent jamais, de peur d'y rencontrer des Scorpenas.

– Des quoi? s'étonna Dylan.

– Ce sont des créatures toutes noires qui ressemblent étrangement aux imagos que nous avons exterminés de ce côté-ci des volcans, répondit Onyx. Elles ne sont pas difficiles à tuer, mais elles sont tenaces.

– Si ces Mixilzins possèdent des devins, je pense que ça nous fera gagner du temps de les consulter, signala Kira. Je vais aller nous commander des vivres aux cuisines. Ne partez pas sans moi.

– Tu as notre parole, la rassura Hadrian.

L'ancien roi se tourna alors vers son vieil ami.

– Et moi qui pensais que nous avions mérité de nous reposer après deux guerres.

– Tu n'es pas obligé de nous suivre si tu n'en as pas envie, grommela Onyx.

– Je n'aurais pas répondu à l'appel de Kira si ce n'était pas là mon intention. Raconte-moi ce qui s'est passé.

Même s'il aurait préféré passer à l'action, Onyx lui brossa néanmoins un tableau sommaire de la situation.

– Donc, on sait que le dieu-crave a pris ta fille, car un témoin l'a identifié, conclut Hadrian, mais pour les autres enfants, personne n'a rien vu.

– Dans le cas de Fabian, il y a fort à parier que c'est Aquilée, précisa Onyx. Elle lui a tourné autour pendant des mois.

– Et qu'as-tu fait ?

– Je l'ai mis en garde, mais il semble qu'à l'âge adulte, les enfants cessent d'écouter les conseils de leurs parents.

– Il sera donc difficile de le ramener au bercail s'il a librement suivi cette femme, leur fit remarquer Dinath.

– Aquilée n'est pas une femme, c'est le plus terrible de tous les rapaces, expliqua Anyaguara.

Hadrian examinait la sorcière depuis son arrivée dans le hall, fouillant sa mémoire, car il ne se rappelait pas l'avoir déjà vue dans l'entourage d'Onyx.

– Je suis Anyaguara, fit-elle pour satisfaire sa curiosité.

– Nous sommes-nous déjà rencontrés ?

– Non, Roi d'Argent, mais je vous ai épié de loin, jadis.

– Elle est aussi vieille que nous, l'informa Onyx en voyant la surprise sur le visage de son ami.

– Mais pour des raisons différentes, ajouta Dylan. Elle appartient au panthéon félin.

Hadrian jeta un coup d'œil de côté à Jenifael qui était d'origine reptilienne, mais elle ne broncha pas.

– Je connais la fille de la déesse du feu, déclara Anyaguara.

Ils entendirent alors des pas précipités à l'extérieur du hall. Tous les magiciens scrutèrent l'énergie des nouveaux arrivants et se détendirent en la reconnaissant. Le jeune Kirsan, héritier du trône de Zénor, fit irruption dans la salle en compagnie de sa nouvelle compagne, la femme-poisson Shapal d'Ipoca.

– Où est le roi ? s'écria Kirsan, visiblement ébranlé.

– Il est ici, répondit Onyx en se redressant.

– J'ai eu une vision, sire.

Le jeune homme s'arrêta devant le souverain et commença par reprendre son souffle.

– J'ai vu votre fille dans un endroit sombre, dit-il finalement. J'ai d'abord pensé que c'était une hutte, mais lorsque j'ai aperçu un énorme oiseau noir se poser à l'entrée, j'ai compris que c'était un nid.

– Cornéliane était-elle seule ? demanda Dinath. Y avait-il d'autres enfants avec elle ?

– Je n'ai vu qu'elle.

– Ils sont sans doute dans d'autres nids, raisonna Hadrian.

– Dis-moi où se trouve ce nid, ordonna Onyx.

– C'est une contrée que je ne connais pas, au faîte d'une montagne, où il n'y a qu'un seul arbre.

– Quand as-tu eu cette vision ? voulut savoir Jenifael.

– Ce matin, tandis que nous étions en route pour Émeraude, répondit Kirsan. S'est-elle déjà réalisée ?

– Malheureusement, oui.

Hadrian remarqua que son vieil ami était perdu dans ses pensées.

– Connaissez-vous la géographie d'Enlilkisar ? demanda l'ancien roi à la sorcière.

– Je n'y suis jamais allée, avoua-t-elle, mais je pourrai certainement y suivre la trace magique laissée par un dieu,

287

même s'il s'est déplacé dans les airs, car l'énergie finit toujours par retomber au sol.

— Et toi ? fit Kirsan à son amie marine.

— Je ne connais que les côtes, dans les limites où mes parents me laissaient les explorer, répondit Shapal.

— Nous devrons obtenir plus de détails, une fois sur place, suggéra Hadrian.

Kira revint à ce moment-là, suivie de plusieurs serviteurs qui portait des besaces remplies de provisions et de gourdes d'eau.

— Nous avons tout ce qu'il nous faut, déclara-t-elle au reste du groupe. Kirsan ? Que viens-tu faire ici ?

Le jeune homme, fils du frère de Lassa, était par conséquent son neveu.

— Shapal désire rentrer chez elle, alors je suis venu m'adresser à ceux qui possèdent encore des vortex.

— As-tu l'intention de la suivre ?

— Pas cette fois-ci. Elle doit d'abord parler de moi à son père.

— Comment apprendras-tu sa réaction ? s'enquit Dylan, par curiosité. Communiquez-vous par la pensée ?

— Même si nous le pouvions, ce qui n'est pas le cas, les volcans nous empêcheraient d'y parvenir. Puisque je me doute qu'éventuellement, l'un d'entre vous éprouvera le besoin d'aller étudier les peuples de ce nouveau monde, je m'y rendrai plus tard.

— Justement, nous partons aujourd'hui afin de retrouver la Princesse Cornéliane, lui annonça Kira. Nous emmènerons Shapal avec nous. Puisque nous devons d'abord nous transporter sur la plage, nous pourrons l'y laisser, avant de poursuivre notre route.

Au lieu de suivre cet échange, Hadrian avait plutôt cherché à lire les pensées d'Onyx, mais elles se succédaient à un rythme si rapide, que sa tête se mit à tourner.

— Avant que nous partions, je dois parler à Nartrach, déclara le Roi d'Émeraude, juste avant de disparaître.

— J'imagine qu'il va tenter de recruter son dragon, devina Jenifael.

— Lui qui habituellement préfère les manger, se moqua Dylan.

— En l'attendant, nous pourrions ébaucher un plan d'action, suggéra Kira.

— Bonne idée, l'appuya Hadrian.

Au même moment, Onyx retrouvait Nartrach dans une clairière de son domaine, où il avait dû emmener son dragon pour qu'il cesse d'effrayer les habitants du château. L'arrivée soudaine du roi fit sursauter la gigantesque bête qui se mit à gronder.

– Calme-toi, Nacarat, c'est un ami ! lança son maître qui lui faisait manger des carottes depuis quelques heures. Que puis-je faire pour vous, sire ?

– J'aimerais que tu nous rejoignes de l'autre côté des volcans sur ton dragon.

– En tant que citoyen d'Émeraude, je vous dois obéissance, mais je ne pourrai pas acquiescer à votre demande, puisque ce beau gros dragon mâle ne veut pas s'en approcher.

– Mais tu es pourtant aller chercher Liam sur l'île des araignées…

– Avec Stellan, mon premier dragon, pas avec Nacarat. Ils n'ont pas du tout le même tempérament. Vers l'ouest, aucun problème. J'ai réussi à l'emmener jusqu'à Irianeth. En ce qui concerne l'est, il se rebiffe comme un enfant.

«C'est sans doute en raison de la barrière magnétique», songea Onyx. Le dragon précédent de Nartrach était beaucoup plus âgé et devait certainement voler plus haut.

– Quelle mission aviez-vous en tête pour nous ? voulut savoir Nartrach, déçu.

– Ma fille se trouve quelque part sur une montagne d'Enlilkisar.

– Je vous promets de continuer d'essayer.

– Merci, Nartrach.

Le roi s'évapora en suscitant une nouvelle réaction de crainte de la part du dragon rouge.

– Espèce de froussard, le taquina son maître.

Nacarat s'ébroua en guise de protestation et plongea la tête dans le sac de carottes.

18

L'INFORMATEUR

Dès son retour, Onyx et le petit groupe de sauveteurs, composé d'Hadrian, Jenifael, Dylan, Dinath, Anyaguara et Kira, quittèrent le Château d'Émeraude. Ils emmenèrent avec eux la jeune Ipocane, qui avait passé suffisamment de temps loin de chez elle, près d'un océan beaucoup plus froid que celui auquel elle était habituée. Sur la plage de son pays, Shapal serra tous ses nouveaux amis dans ses bras, même l'impatient Roi d'Émeraude, et plongea dans les flots. Ne voulant surtout pas attirer l'attention des Itzamans, les sept voyageurs repartirent aussitôt, empruntant le vortex d'Onyx pour se rendre au nord-est du pays, dans la forêt où ils avaient finalement retrouvé Atlance, quelque temps auparavant.

Ils venaient à peine de se matérialiser qu'Anyaguara sentit une menace.

— Cachez-vous ! ordonna-t-elle.

Hadrian et Kira poussèrent leurs amis derrière d'épaisses fougères. Obéissant à leur instinct militaire, les Chevaliers et les demi-dieux utilisèrent leurs sens invisibles pour évaluer le danger. Un important groupe de guerriers se déplaçait entre les arbres. Même s'ils arrivaient de l'est, il était impossible de déterminer si c'étaient des Tepecoalts qui s'apprêtaient à attaquer leurs voisins, ou des Itzamans qui rentraient d'un raid. Toutefois, une chose était certaine : les premiers étaient des ennemis et les seconds des alliés.

Nous ne sommes pas à Enlilkisar pour nous battre, rappela Hadrian à ses compagnons en utilisant la voie télépathique. *Nous ne sommes pas ici pour nous faire tuer, non plus,* répliqua Onyx. *Ne faites aucun bruit,* ajouta Kira. Ils entendirent les faibles craquements des branches sur lesquelles les hommes marchaient pourtant avec précaution. *Je ne crois pas que ce soit nos amis,* en déduisit Jenifael. *Si c'étaient des Itzamans, ils ne prendraient pas autant de précaution pour ne pas être repérés.*

Est-ce qu'on les intercepte ? demanda Onyx. *Attendons de voir ce qui va se passer,* recommanda plutôt Hadrian. Des Tepecoalts, vêtus de pagnes rouges et couverts de dessins de guerre, passèrent à quelques pas à peine de la troupe immobile. Dylan et Dinath, qui n'avaient pas participé à la première expédition dans ce coin du monde, ne comprenaient pas encore le péril dans lequel ils se trouvaient. Lorsqu'ils étaient surpris, ces guerriers lançaient des fléchettes empoisonnées à la vitesse de l'éclair. *Si je me souviens bien, ce peuple adore les oiseaux...* fit savoir le Roi d'Émeraude à ses compagnons.

Onyx, non ! s'alarma Hadrian. Trop tard. Son ancien lieutenant s'était mis à grimper dans l'arbre derrière lui pour avoir une meilleur idée de l'ampleur de cette petite armée. Une fois assis en équilibre sur une grosse branche, Onyx constata qu'elle ne comptait qu'une cinquantaine d'individus. Il chercha aux alentours, mais ne localisa aucun autre groupe. Toutefois, plus loin, dans les champs, des paysans Itzamans travaillaient la terre, sans se douter qu'ils allaient bientôt devenir des sacrifices sur les autels d'Azcatchi. «Et si je le privais de ses gourmandises?» se demanda l'indomptable soldat.

D'un geste de la main, Onyx attira à lui tous les tubes qui pendaient à la ceinture des Tepecoalts, avec lesquels ils lançaient leurs dards paralysants. Étonnés, les hommes regardèrent filer leurs armes dans les airs. Heureusement pour lui, le Roi d'Émeraude était dissimulé derrière l'épais feuillage. Cette cachette lui permettrait de s'amuser encore un peu. *Mais qu'est-ce qu'il fait?* s'effraya Kira. *Si ces guerriers reviennent sur leurs pas, il y a fort à parier qu'ils nous découvriront.*

Ne voulant surtout pas faire fuir leurs proies, les Tepecoalts échangèrent des signaux avec leurs mains au lieu de se parler. *Onyx, tu joues avec le feu,* l'avertit Hadrian. *Tu n'as encore rien vu,* répliqua son ami. Le terrible grondement d'un prédateur résonna dans la forêt. Les Tepecoalts s'immobilisèrent, visiblement inquiets. Lorsque le sol se mit à trembler sous leurs pieds, ils commencèrent à paniquer. Habilement, Onyx fit apparaître entre les troncs la tête d'un formidable dragon, la gueule ouverte. Comme une bande de recrues inexpérimentées, les guerriers lancèrent leurs couteaux dans l'illusion et se retrouvèrent instantanément désarmés. La bête fonça sur eux à la manière d'un taureau. Les guerriers apeurés prirent la fuite sans demander leur reste. La créature monstrueuse s'évapora.

Le Roi d'Émeraude s'apprêtait à quitter son perchoir lorsqu'il entendit les cris de détresse des hommes qu'il venait de mettre en déroute. *Onyx, c'est assez!* s'exclama Hadrian. Son ami se laissa tomber sur le sol, juste devant lui.

– Je n'ai rien à voir avec ça, affirma-t-il.

Surtout par curiosité, le groupe se faufila prudemment entre les arbres pour aller voir ce qui se passait. Kira écarta doucement les lianes qui s'enlaçaient d'un arbre à l'autre. Devant l'ampleur du massacre, elle eut un haut-le-cœur. Elle avait vu bien des champs de bataille, mais elle n'était pas enceinte à cette époque. « Il faut que nous retrouvions rapidement nos enfants et que nous rentrions chez nous », songea-t-elle.

Onyx et Hadrian s'avancèrent vers le bord du ravin dans lequel les Tepecoalts terrifiés avaient glissé. Des bêtes ou d'autres guerriers les avaient réduits en pièces.

– Ce carnage ne peut pas avoir eu lieu en quelques minutes seulement, lâcha Hadrian, sidéré.

– Sauf s'ils sont tombés sur des Scorpenas, devina son ami.

– Si tel était le cas, nous serions en mesure de capter leur présence. Or, je ne sens aucune vie dans les parages.

Hadrian releva vivement la tête.

– Sauf… ajouta-t-il.

– Je connais cette énergie, déclara Jenifael en les rejoignant.

Un rugissement, moins impressionnant que celui du dragon trompeur, mais tout de même inquiétant, les fit sursauter.

– On dirait un chat de Rubis, avança Dylan.

— Moi, ce que j'entends, c'est un lion, rectifia Anyaguara.

— Un quoi ? s'étonna Dinath.

— Il y a beaucoup plus de félidés que vous en connaissez.

— Et Cherrval, alors ? leur rappela Kira qui avait réussi à maîtriser sa nausée.

Elle avait à peine fini de prononcer cette phrase que l'homme-lion se montra, sur ses quatre pattes, depuis l'autre versant de la rivière desséchée. Il poussa un autre grondement, puis flaira le vent.

— Hadrian ? se réjouit-il.

— Il parle ? s'étonna Dylan.

Un garçon à la peau basanée, portant un pagne et des brassards beiges cousus de petites perles colorées, arriva derrière le fauve.

— Oui, c'est bien lui ! confirma-t-il.

— Êtes-vous responsables de cette hécatombe ? demanda Hadrian.

— Nous tentions de prendre les Tepecoalts de vitesse afin de donner l'alerte dans les champs, lorsqu'ils sont revenus sur leurs pas, expliqua Cherrval. Il fallait bien que je protège le petit.

L'homme-lion essuya ses pattes couvertes de sang dans l'herbe autour de lui, puis laissa l'enfant grimper sur son dos. D'un bond prodigieux, il franchit le ravin. Féliss sauta dans les bras d'Hadrian, content de le revoir.

— Alliés, donc, conclut Dylan.

— Qui sont vos nouveaux amis ? voulut savoir le fils du prince.

— Je te présente Dylan, Dinath et Anyaguara.

Cherrval était justement en train de s'étirer pour flairer cette femme aux allures de Jadoise. Celle-ci esquissa un sourire espiègle et se métamorphosa en panthère noire.

— Mais… s'étrangla Féliss.

— Anyaguara est une déesse féline, expliqua Jenifael.

Le garçon se jeta face contre terre en même temps que l'homme-lion, en signe de respect. Anyaguara reprit aussitôt son apparence humaine.

— Relevez-vous, fidèles serviteurs d'Étanna, les invita-t-elle.

— Connaissez-vous Solis ? balbutia Féliss, ébranlé.

— Je suis sa sœur.

— C'est un grand honneur, déesse, déclara solennellement l'homme-lion. Je suis Cherrval et voici Féliss, le fils du Prince Juguarete d'Itzaman.

Onyx leva les yeux au ciel. Ils venaient à peine d'arriver à Enlilkisar que des imprévus commençaient déjà à les retarder.

– Je vous en conjure, venez dans notre village, vénérable Anyaguara, l'invita Féliss.

– Nous ne sommes pas ici en mission diplomatique, intervint finalement Onyx.

Hadrian aurait sans doute tenté d'épargner les sentiments du jeune prince, mais son ancien lieutenant alla plutôt droit au but.

– Nous sommes à la recherche des Mixilzins, fit Onyx.

– Mais ce sont des ennemis de Solis ! protesta Cherrval.

– Avez-vous l'intention de vous liguer avec eux ? s'horrifia Féliss.

– Non, voulut le rassurer Hadrian. Il y a parmi eux un puissant devin qui peut nous conseiller.

– Karacoual en est un, lui aussi.

– Nous n'avons pas le temps de vous expliquer nos motifs, répliqua Onyx.

– Mais nous allons tout de même le faire en peu de mots, le contredit Hadrian. Cependant, nous ne retournerons pas à la pyramide, car nous sommes pressés. Allons nous asseoir ailleurs qu'ici.

– Venez, les convia Cherrval. Je connais un endroit sacré, où même les Scorpenas n'osent pas aller.

Le fauve prit les devants. Féliss resta près d'Hadrian, jetant de furtifs regards à cette déesse qui les bénissait par sa présence à Itzaman. Juste avant de fermer la marche, Onyx fit jaillir un mince rayon incandescent dans le ravin, destiné à laisser son empreinte énergétique dans la terre. « Juste au cas où Azcatchi passerait par là », se dit-il en suivant les autres.

Au lieu de se diriger vers les terres cultivées, Cherrval les conduisit plutôt vers le nord, jusqu'à un cromlech presque imperceptible à l'œil nu, car il était recouvert de végétation. Le groupe prit place au centre du monument rocheux.

– Nous ne désirons pas sceller une alliance avec les Mixilzins, les rassura tout de suite Hadrian. Nous voulons seulement qu'ils nous aident à retrouver des enfants qui ont été enlevés par les dieux-rapaces.

– Qui gouvernent les Tepecoalts, grommela Féliss, fâché.

– Si ce sont eux que vous cherchez, intervint Cherrval, vous n'êtes pas du tout au bon endroit. Les Mixilzins vivent sur les versants des volcans, à quelques lieues de la frontière de Djanmu.

– Savez-vous comment vous y rendre ? demanda Jenifael, avec espoir.

– Oui, bien sûr, mais je ne pourrais pas y aller avec l'enfant.

– Je reste avec toi ! s'écria Féliss.

— Il n'est pas question que j'expose le fils de Juguarete aux javelots de ses ennemis, petit homme.

— Cherrval a raison, l'appuya Hadrian. Tu es un personnage beaucoup trop important pour que nous risquions ta vie.

— Je pourrais aller le reconduire chez son père et revenir pour vous guider, offrit l'homme-lion.

Féliss se croisa les bras avec maussaderie.

— Le temps file, leur rappela Jenifael. Pointez-nous la bonne direction et nous nous débrouillerons seuls.

— Je connais un moyen de transport bien plus rapide, fit Onyx en avançant la main vers l'enfant.

Hadrian saisit le bras de son ami impatient pour arrêter son geste.

— Quelques formules de politesse d'abord ?

— Une autre fois, peut-être ? répliqua Onyx.

Anyaguara décida d'intervenir avant que l'équipe ne se scinde en deux factions dès le début de l'expédition. Elle fit apparaître au creux de sa main deux colliers de chrysobéryl vert pâle, divisés en leur centre par des aiguilles de rutile, ressemblant à des yeux de chat.

— Voici un présent en provenance du monde des dieux-félins en appréciation de votre courage.

Elle les passa autour du cou de Féliss et de Cherrval. Discrètement, Onyx glissa la main dans la poche de sa ceinture et caressa les petites pierres du bracelet de sa fille.

– Dis à ton père que lorsque notre mission sera accomplie, je vous rendrai visite en compagnie de Solis lui-même, ajouta Anyaguara.

– Vraiment ? se réjouit Féliss.

– Je t'en fais la promesse.

– Est-ce qu'on peut y aller, maintenant ? grommela Onyx.

Il va vraiment falloir que je raffine tes manières, l'avertit Hadrian en s'adressant uniquement à lui par télépathie. *Bonne chance,* répliqua le Roi d'Émeraude en prenant la main de Féliss. Ils disparurent tous les deux.

– Cette faculté est rare parmi les humains, fit remarquer Anyaguara. Elle n'est généralement accordée qu'aux dieux.

– Pourtant, Onyx a enseigné à ses élèves à se dématérialiser lorsqu'il était magicien à Émeraude, répliqua Kira qui se sentait beaucoup mieux.

Anyaguara posa la main sur le ventre de la Sholienne.

– Vous n'auriez pas dû nous accompagner.

– Pourquoi dites-vous ça ? s'inquiéta Dylan.

– Parce qu'elle porte une nouvelle vie en elle.

– Le savais-tu ? demanda l'ex-Immortel à sa sœur.

– Oui, mais j'ai décidé de partir quand même à la recherche de Lazuli. Je ne pouvais pas laisser cette grossesse m'en empêcher et je suis certaine que mon futur bébé le sait.

– Pourquoi ne pas avoir laissé Lassa participer à cette expédition à ta place ?

– Parce qu'il n'a pas de sang divin, bien sûr.

– Moi non plus, lui fit remarquer Hadrian.

– Sans vouloir offenser mon mari, tu es bien plus doué que lui pour la guerre.

Onyx réapparut et s'installa de nouveau près de son ancien commandant.

– Parlez-nous des Mixilzins, ordonna-t-il à Cherrval, couché près d'Anyaguara comme un gros chat affectueux.

– C'est un peuple qui s'apparente beaucoup aux Itzamans, mais qui n'a de contacts avec personne. Il n'agresse jamais ses voisins, mais il se défend férocement si on l'attaque. Les Mixilzins vivent sur les flancs rocheux des volcans où ils construisent de grandes terrasses. Ils ont même trouvé la façon de faire remonter de l'eau jusqu'à leurs maisons, mais ne me demandez pas de vous expliquer comment ils s'y prennent. Leur civilisation repose sur la famille. En fait, tous les Mixilzins sont unis par des liens de parenté et reconnaissent des ancêtres communs. Ils vivent en communauté sous la responsabilité d'un chef qui répond du roi. Ils cultivent les terres assignées à leur famille et ils fabriquent tout ce dont ils ont besoin.

– Donc, inutile de leur offrir quoi que ce soit, comprit Hadrian.

– Il y a deux classes dans leur société : les dirigeants et la population.

– Pas de prêtres ou de prêtresses ?

– Ils font partie de l'élite.

– Les villages sont-ils faciles à atteindre ? demanda Kira.

– Pas vraiment. Les Mixilzins habitent en hauteur.

– Comment traitent-ils les étrangers qui ne leur veulent aucun mal ?

– Ils tuent seulement ceux qui les assaillent.

– C'est encourageant, soupira Dylan.

– Leurs guerriers sont très habiles. Ils ne manquent jamais une cible.

– Combien de temps nous faudra-t-il pour parvenir au village des devins ? voulut savoir Onyx.

– Une dizaine de jours, peut-être plus.

– Quoi ?

– Pour y arriver, il faut sortir des terres d'Itzaman et traverser les plaines qui s'étendent au pied des volcans.

– Malheureusement, les vortex ne peuvent pas nous conduire là où nous ne sommes jamais allés, déplora Kira.

– Vous oubliez que je ne suis pas soumise à cette restriction, leur fit savoir Anyaguara. Je peux aller chercher l'information directement dans les souvenirs de Cherrval et nous y emmener en un instant.

– Merveilleux ! se réjouit Onyx.

– Je suggère que nous n'arrivions pas magiquement au milieu d'un village, les avertit l'homme-lion. Non seulement les Mixilzins sont très impressionnables, mais ils ont tendance à frapper avant de poser des questions. Le mieux serait d'apparaître en bas du volcan, là où ils pourront nous voir et signaler notre présence à leur roi.

– C'est une excellente idée, trancha Hadrian avant qu'Onyx puisse protester. Partons maintenant, avant que la nuit nous surprenne.

– Prenez-vous tous par la main, exigea Anyaguara.

Les aventuriers formèrent aussitôt un cercle. La sorcière appuya les mains sur la tête de Cherrval puis ferma la chaîne entre lui et Kira. En l'espace d'une seconde, ils quittèrent la dense forêt et se retrouvèrent en terrain découvert, entre la plaine verdoyante et le versant d'un volcan recouvert de lave solidifiée.

– Je veux ce pouvoir, souffla Onyx, émerveillé.

– Tu en as bien assez que personne d'autre ne possède, l'avertit Hadrian.

– Nous n'aurions qu'à capturer un dieu-oiseau et scruter sa mémoire pour nous rendre jusqu'à la cachette où ils gardent les enfants.

– Capturer un dieu-oiseau, vraiment ?

– Je ne crois pas qu'Azcatchi t'accorderait ce privilège, Onyx, le taquina Kira.

– Je ne lui demanderais pas la permission, répliqua le roi, piqué au vif.

– C'est là-haut, les interrompit Cherrval.

En plissant les yeux, ils distinguèrent les centaines de jardins suspendus, véritables taches de verdure dans un décor plutôt désertique.

– On ne pouvait pas s'en approcher davantage ? se découragea Dylan.

– Pas étonnant qu'ils n'aient pas envie de descendre pour faire du troc, ajouta Jenifael.

– On devrait commencer l'escalade, les pressa Onyx.

— Je suggère plutôt de rester ici, s'opposa Hadrian.

— Vas-tu passer tout ce voyage à affirmer le contraire de ce que je dis? se fâcha son ami.

— Vous m'avez emmené pour profiter de mon esprit de stratège, non? Contrairement à toi, je connais les méandres de la diplomatie. Nous sommes sur le territoire des Mixilzins et si nous ne voulons pas passer pour des envahisseurs, il faut attendre qu'ils viennent vers nous.

— Tu sais que je déteste perdre mon temps.

— Nous avons tout de même gagné dix jours de marche, lui fit remarquer Kira.

— Pour être certains qu'ils nous voient dans cet océan pierreux, nous allons allumer un feu, ajouta Hadrian.

— Avec quoi? s'étonna Cherrval qui voyait bien que la forêt commençait des kilomètres plus loin, au-delà de la prairie.

— Avec de la magie, mon ami.

Hadrian fit naître des flammes sur la lave, et les membres du groupe prirent place tout autour, non pas pour se réchauffer, car le climat était fort clément dans cette région, mais pour attirer l'attention de leurs hôtes.

Jenifael profita de cette pause pour mettre Onyx au courant de ce qu'il avait manqué tandis qu'il reconduisait le jeune Féliss chez lui: la nouvelle grossesse de la Sholienne.

– Qui est le père de celui-là ? demanda Onyx.

– Mais c'est Lassa, évidemment ! s'insulta Kira.

– Inutile de te fâcher. Moi aussi, j'ai des enfants qui ne sont pas de moi.

– Les dieux-oiseaux sont-ils les seuls à concevoir des enfants dans votre monde ? voulut savoir Cherrval.

– Dernièrement, oui, répondit Onyx, mais dans le passé, les félins en ont fait tout autant.

– Je vous signale que c'est ainsi que les ghariyals créent des maîtres magiciens et des Immortels depuis des milliers d'années, précisa Hadrian.

– En fait, cette pratique n'est pas condamnable si les dieux s'en servent à des fins pacifiques, leur fit remarquer Dylan. Les dieux-reptiliens ont toujours utilisé leurs serviteurs célestes pour veiller sur les humains et non pour narguer les représentants des autres panthéons.

– Jamais ils ne recourraient à des enfants pour faire éclater une guerre, ajouta Dinath.

– Ils échoueront si nous nous employons nous-mêmes à désamorcer le conflit, raisonna Kira. En évitant de faire intervenir nos propres dieux dans cette affaire d'enlèvement, nous rendons un fier service à l'humanité.

– Nous avons de la compagnie, annonça Hadrian.

Tout en haut de l'immense montagne, ils virent qu'un groupe de Mixilzins venaient à leur rencontre.

— Ils sont nombreux, nota l'homme-lion, inquiet.

— J'en compte un peu plus d'une centaine, indiqua Jenifael, et ils sont armés. Surtout, ne vous inquiétez pas, Cherrval, nous ne laisserons personne vous faire du mal.

— Ces gens vénèrent le panthéon de Parandar. Ils n'aiment pas les fauves.

— Quatre d'entre nous y sont reliés, ajouta Kira. Ça devrait suffire.

La délégation Mixilzin mit presque toute la journée à descendre la pente escarpée. Lorsqu'elle arriva finalement à la hauteur des étrangers, il faisait presque nuit. Il s'agissait d'un groupe exclusivement composé de guerriers vêtus d'armures et de pagnes en peau de reptile et portant de longues lances. La plupart étaient des femmes. L'une d'elles se détacha de la petite armée. Elle portait un diadème en or dans ses longs cheveux noirs bouclés, ce qui fit penser aux visiteurs qu'elle était le commandant.

— Je suis Napalhuaca. Vous êtes sur les terres des Mixilzins, déclara-t-elle en relevant fièrement la tête. Rebroussez chemin ou nous vous tuerons.

— Quelqu'un parle-t-il cette langue ? demanda Dylan.

— Moi, révéla Cherrval.

Il traduisit les paroles de la guerrière, qui ne sembla pas s'étonner d'entendre parler un animal.

– Répète fidèlement ce que je vais te dire, le pria Hadrian. Dis-lui que nous sommes des habitants venus de l'autre côté des volcans et que nous cherchons un devin capable de nous aider.

L'homme-lion fit ce que lui demandait l'ancien Roi d'Argent. Napalhuaca se contenta de hausser les sourcils avec étonnement.

– Ajoute que je suis Hadrian, le conseiller du Roi Onyx d'Émeraude que voici.

La Mixilzin examina les deux hommes comme s'ils étaient du bétail qu'elle envisageait d'acheter.

– Nous voyageons en compagnie de Jenifael, la fille de Theandras.

Cette mention arracha un murmure à tous les membres du détachement. Croyant qu'ils doutaient des paroles de Cherrval, Jenifael s'embrasa. Les Mixilzins reculèrent et se mirent à entonner un chant à la gloire de la sœur de Parandar.

– Je crois qu'ils ont saisi, Jeni, lui souffla Hadrian.

La femme Chevalier fit disparaître les flammes qui ne l'avaient brûlée d'aucune façon.

– Voici également Dylan et Kira, enfants de la déesse Fan, ainsi que Dinath, fille de l'Immortel Danalieth.

Cherrval dut attendre que les guerriers se calment avant de pouvoir poursuivre son rôle d'interprète.

— Et elle ? demanda alors Napalhuaca en pointant Anyaguara du doigt.

L'homme-lion hésita.

— Dis-lui que je suis la prêtresse du Royaume de Jade, indiqua la femme-panthère. Ça vaudra mieux pour nous tous.

Cherrval répéta ses mots dans la langue des Mixilzins, puis se présenta comme étant un Pardusse à la recherche d'une autre vie.

— Que font d'aussi illustres voyageurs sur notre volcan ? voulut savoir Napalhuaca.

— Ils ont entendu dire qu'un grand devin vivait parmi les Mixilzins et ils désirent le consulter au sujet de la disparition de plusieurs de leurs enfants, répondit Hadrian après que Cherrval eut traduit la question de la guerrière.

— C'est plutôt agaçant de devoir faire interpréter toutes nos paroles, maugréa Onyx.

— Je pourrais sans doute utiliser un sort qui nous permettrait de tous nous comprendre, offrit Anyaguara, mais nous venons de dire à ces gens que je ne suis qu'une prêtresse.

— Pas si on leur fait croire que ce charme est un présent de la déesse Jenifael, intervint Hadrian.

– Mais je ne sais pas comment faire ça, protesta la jeune femme rousse.

– Levez-vous très lentement, lui conseilla la sorcière. Il n'est pas question de vous faire embrocher non plus.

La femme Chevalier lui obéit et se donna même un air d'autorité.

– Pour que nous puissions bien nous comprendre… commença-t-elle.

– Vous parlez la langue des Mixilzins, déesse? se réjouit Napalhuaca.

– Je viens de jeter un sort à mes compagnons d'Enkidiev qui nous permettra de communiquer avec vous. En réalité, nous continuons d'utiliser notre propre langue. Ce sont vos oreilles qui la transforment en la vôtre.

– Dans ce cas, soyez les bienvenus chez vos humbles serviteurs. Si vous voulez bien nous suivre, nous verrons ensemble comment nous pouvons vous aider.

Malgré l'obscurité qui envahissait de plus en plus la montagne, les guerriers pivotèrent sur leurs talons et se remirent à grimper vers les hautes terrasses. Les sauveteurs leur emboîtèrent le pas sans hésitation, mais s'aperçurent rapidement qu'ils n'étaient pas aussi endurants que les Mixilzins. Voyant que Kira ralentissait, Dylan créa discrètement une chaise magique sur laquelle il la fit asseoir.

– Il n'est pas question que tu perdes ton bébé dans ces régions sauvages, murmura-t-il à son oreille.

Dylan poussa le siège invisible pendant un moment, puis Dinath le remplaça. Les seuls à ne pas souffrir de la longue ascension furent Cherrval et Anyaguara qui avaient l'habitude des escalades.

Ils atteignirent le plateau principal de la ville royale au lever du soleil. Même Onyx ne cacha pas son épuisement. Il se traîna jusqu'à la maison de pierre au toit de chaume, qu'on leur assigna pour se reposer et se laissa tomber sur l'un des lits de paille. Hadrian, Jenifael, Kira, Dylan et Dinath en firent autant. Anyaguara choisit plutôt de s'asseoir sur le sien et de sombrer dans une transe profonde qui lui permettrait de passer encore quelques jours sur la terre des hommes. Quant à Cherrval, il se coucha sur le sol, juste devant la seule porte, afin de s'assurer que personne ne vienne déranger le sommeil de ses amis.

Quelques heures plus tard, des femmes, vêtues de robes aux couleurs vives, leur apportèrent des cruches d'eau fraîche et de grands bols de nourriture, qu'elles déposèrent à l'extérieur de la maison. Cherrval réveilla les membres de l'équipe. Au grand bonheur de ceux qui s'étaient rassemblés pour les voir, ils sortirent un à un de la demeure. Ils clignèrent des yeux, car le soleil était déjà haut dans le ciel, et s'installèrent sur les petits tapis qu'on avait placés sur le sol pour eux.

Ils contemplèrent avec réticence des fruits tout à fait inconnus à Enkidiev. Constatant leur étonnement, une aînée, qui portait une robe de la couleur d'un coucher de soleil, bordée de motifs géométriques rouges, verts et blancs, vint les guider.

– Lucuma, leur dit-elle en tendant à Jenifael un fruit vert.

Elle lui montra comment en détacher la peau très fine, puis proposa un gros fruit jaune marbré de rouge à Hadrian.

– Pépino. Il faut le couper en deux.

Hadrian sortit son couteau à la lame étincelante, arrachant un murmure d'admiration à leurs spectateurs. Il trancha le pépino et en découvrit l'intérieur jaune et pulpeux. La dame se tourna vers Kira et mit un petit fruit vert entre ses mains.

– Guayaba.

Puis à Onyx, elle offrit un fruit plutôt repoussant dont la peau verte ressemblait à celle d'un artichaut.

– Cherimoya. C'est le meilleur.

Tout comme son ami, le Roi d'Émeraude utilisa son poignard pour ouvrir le fruit. Il y goûta d'abord du bout des lèvres. Un large sourire apparut sur son visage.

– Elle a raison, acquiesça-t-il.

Ils se régalèrent, burent de l'eau, puis profitèrent de la chaleur du soleil, jusqu'à ce qu'un jeune homme, qui ne portait qu'un pagne blanc orné d'un soleil doré, vienne leur annoncer que le Roi Intimanco était prêt à les recevoir. Les aventuriers le suivirent à travers le village, jusqu'à une très grande demeure dont les pierres étaient peintes de couleurs aussi criardes que les vêtements que portaient les Mixilzins.

Une fois de plus, on les fit asseoir sur des tapis de laine. L'homme qui sortit finalement de ce qui semblait être le palais royal était physiquement imposant. Il était vêtu d'une longue tunique blanche ornée d'un soleil sur sa poitrine et de différents symboles dans le bas. Sur sa tête reposait une coiffe en or, sertie de plumes immaculées, et ses poignets étaient parés de larges bracelets dorés. Il tenait à la main un long bâton d'ébène au bout duquel était planté un soleil garni de plumes. De jeunes garçons s'empressèrent d'apporter un trône en or et de le placer devant les requérants. Le roi s'y assit, le dos très droit.

— Je suis Intimanco, seigneur des Mixilzins, indiqua-t-il en conservant un air grave.

Hadrian crut bon de devancer Onyx dans les présentations afin d'éviter qu'il ne crée un incident diplomatique qui leur ferait manquer l'occasion de retrouver les enfants.

— Nous ne connaissons pas vos coutumes et nous vous demandons humblement de nous instruire, fit-il.

Onyx tourna lentement la tête vers son vieil ami et lui servit un air interrogateur. *Fais-moi confiance,* lui dit l'ancien souverain sans le regarder.

— Nommez-vous et dites-moi si vous êtes des personnes importantes dans votre monde.

— Je suis Hadrian, conseiller de Sa Majesté Onyx que voici.

— Je suis le Roi Onyx d'Émeraude.

– La Princesse Kira de Shola, fille de la déesse Fan.

– Dylan, également fils de la déesse Fan.

– Dinath, fille de l'Immortel Danalieth et de la Reine des Fées.

– Le Chevalier Jenifael d'Émeraude, fille de la déesse Theandras.

– Anyaguara, grande prêtresse de Jade.

– Cherrval, ami de ces étrangers.

Intimanco haussa un sourcil avec stupéfaction.

– Que viennent faire chez moi des enfants des dieux du ciel?

Très bonne question, commenta Onyx par télépathie. *Théoriquement, nous devrions pouvoir nous débrouiller seuls.* Hadrian réprima un sourire avant de lui répondre de la même façon. *C'est à cause du traité entre les trois panthéons, Onyx. Nous n'avons pas accès à l'information qui se trouve de ce côté des volcans. Tâche de t'en rappeler.*

– Nous cherchons des enfants qui nous ont été enlevés, répondit Onyx.

– Vous croyez que les Mixilzins vous les ont ravis? s'offensa Intimanco.

– Non, s'empressa d'intervenir Hadrian. Nous sommes ici pour vous demander conseil à ce sujet.

– Les dieux ne peuvent-ils pas vous aviser mieux que moi ?

Et voilà… fit Onyx en soupirant.

– S'ils le pouvaient, ils nous viendraient certainement en aide, indiqua Kira.

Intimanco se leva de son trône et s'approcha de la Sholienne.

– Puis-je te demander, sans t'offusquer, pourquoi tu peins ton visage en mauve ?

– Il s'agit de la couleur naturelle de ma peau, sire.

– Les autres enfants divins n'ont pourtant pas ton teint.

– Ils ont d'autres traits distinctifs, affirma Jenifael en s'enflammant.

– Qu'on apporte de l'eau ! s'écria le roi.

– Ce n'est pas nécessaire, le rassura Hadrian.

Jenifael mit fin au curieux phénomène qui ne laissa aucune séquelle ni sur ses vêtements, ni sur sa peau.

– C'est ainsi que ma mère m'a créée, expliqua la déesse.

Le cœur battant la chamade dans sa poitrine, Intimanco se tourna vers Dylan et Dinath.

– Chez nous, c'est moins apparent, répondit l'ex-Immortel.

Le roi retourna s'asseoir, de plus en plus perplexe.

– En quoi puis-je vous être utile? demanda-t-il.

– Ma mère, la déesse Theandras, m'a informée que de puissants devins vivent parmi vous, affirma Jenifael. Elle m'a aussi assurée que les Mixilzins étaient ses meilleurs sujets.

– Vous êtes au bon endroit, car la plus puissante de nos devineresses est ma propre fille. Elle a reçu ce don des dieux eux-mêmes. Pour répondre à vos questions, elle devra se préparer toute la journée. Revenez demain, au lever du soleil.

«Encore une autre journée à attendre», se découragea Onyx.

– Nous vous en sommes reconnaissants, répondit Hadrian à sa place.

Les jeunes serviteurs du roi ramenèrent les étrangers à la maison qu'on leur avait prêtée. Un feu avait été allumé à quelques pas de leur porte. Ils s'assirent autour des flammes et acceptèrent volontiers les couvertures qu'on leur remit. À cette altitude, la nuit, malgré la chaleur du sol, il faisait plutôt frais.

– Patience, Onyx, fit Hadrian en voyant son air revêche.

– Chaque minute que nous perdons nous éloigne encore plus de nos enfants.

Tandis que ses amis d'Enkidiev discutaient, Cherrval flaira une odeur familière. Il tourna la tête à gauche, puis à droite, et aperçut une silhouette qui disparut aussitôt.

À pas feutrés, il s'approcha du coin de la maison où elle venait de se dissimuler. L'inconnue prit la fuite à quatre pattes.

– C'est une Pardusse... découvrit-il.

Cherrval s'élança à la poursuite.

– Attends !

Il la rattrapa juste avant qu'elle saute sur une terrasse plus élevée.

– Je t'en conjure, attends...

La Pardusse se retourna vivement, effrayée.

– Je suis comme toi, tenta de la rassurer Cherrval.

– Non, objecta-t-elle. Il n'y a personne comme moi dans le monde entier.

– Je suis pourtant la preuve du contraire. Dans quelle région de Pardue es-tu née ?

– Je suis née ici.

Elle était toute menue et son pelage doré était parsemé de taches noires et brunes. Elle portait une cuirasse et un pagne doré et noir, comme les guerrières Mixilzins.

– Pardue est un immense territoire où des milliers de créatures comme toi et moi vivent en vastes tribus.

– Je ne connais que mon propre pays. Personne n'a le droit d'en sortir.

Cherrval fit quelques pas de plus vers cette pauvre enfant qui avait très certainement subi un choc si grand qu'elle en avait oublié ses origines.

– N'approchez pas ! se hérissa-t-elle.

L'homme-lion s'arrêta pour montrer sa bonne volonté, mais la femme-guépard continua de gronder.

– Je m'appelle Cherrval.

– Laissez-moi tranquille.

– Dis-moi seulement ton nom et je partirai.

– Je m'appelle Occlo.

D'un seul bond, elle atteignit la terrasse supérieure et disparut au milieu des vergers.

– Elle est splendide, murmura le Pardusse, conquis.

Il retourna vers ses amis en revoyant les beaux yeux bleus de cette femelle de sa race, qui se prenait pour une Mixilzin.

19

LES OISILLONS

Après le départ de son frère et de sa sœur pour le nouveau monde, Myrialuna décida de poursuivre sa route vers le Royaume de Jade avec ses six filles afin de leur montrer où elle avait grandi. Alors qu'elle allait quitter les appartements de Kira, Lassa vint à sa rencontre dans le vestibule. Il avait attaché ses longs cheveux blonds sur la nuque, comme il le faisait lorsqu'il jouait avec ses enfants.

– Merci pour ton hospitalité, Lassa.

– C'est tout naturel et vous pouvez revenir quand vous voudrez.

– Vous pourriez aussi venir nous voir à Shola.

– C'est une excellente idée. Je suis certain qu'elle plaira à Kira. As-tu toujours l'intention de visiter Jade ?

– Je l'ai promis à mes filles.

– Alors, je vais me joindre à vous, car tous ces complots entre dieux me rendent nerveux. Tu as du sang divin et tes petites aussi. Cela pourrait vous attirer des ennuis.

– Je t'assure qu'elles ne sont pas des oiseaux.

– Peu importe, les scélérats comme Azcatchi pourrait tenter de s'en servir contre les autres panthéons.

– Emmèneras-tu tes enfants avec nous ?

– Non. Wellan va s'occuper de Kaliska et de Marek jusqu'à mon retour. S'il éprouve quelque difficulté que ce soit, il fera appel à Armène. Habituellement, il m'aurait supplié de nous accompagner, mais il est plongé dans la lecture d'un livre ancien, en ce moment, et il est bien content de rester à la maison.

Après avoir rempli leurs gourdes et accepté des provisions aux cuisines, Lassa, Myrialuna et les six fillettes se mirent en route à pied. Il y avait bien longtemps que le Prince de Zénor n'avait pas eu un peu de temps à lui, sans ses petits. Il observa Larissa, Lavra, Léia, Lidia, Léonilla et Ludmila tandis qu'elles gambadaient devant eux sur le sentier. Elles ne se comportaient pas comme les autres enfants. Dans sa propre famille, il y avait continuellement de petites querelles entre Lazuli, Kaliska et Marek, mais ces six filles semblaient s'entendre à merveille. Était-ce une question d'éducation ? Ou était-ce l'absence de différence d'âge ? Lassa remarqua aussi qu'elles échangeaient souvent des regards complices, comme si elles se transmettaient de l'information sans utiliser la télépathie.

La première journée, ils n'atteignirent que la frontière entre le Royaume d'Émeraude et le Royaume de Jade. Sans protester, les petites allèrent chercher du bois dans la forêt et s'assirent ensemble d'un côté du feu que leur oncle venait d'allumer. Lassa contempla leur visage. Elles étaient vraiment identiques jusque dans leurs traits les plus fins. Ce qui était le plus étonnant, c'est que Myrialuna ne se trompait jamais lorsqu'elle s'adressait à elles. La jeune femme aux cheveux roses prétendait les reconnaître à leur odeur. Pourtant, Lassa n'en percevait aucune.

Comme il avait appris à le faire pendant la guerre, le prince ne dormit que d'un œil. Si la menace des hommes-insectes avait disparu depuis longtemps, celle des dieux sournois était bien présente. La nuit fut heureusement très calme. Au matin, après un repas frugal, le petit groupe entama sa découverte du pays si cher à la sœur de Kira, sans se douter qu'ils passaient tout près de l'antre d'un Chevalier devenu ermite par la force du destin. Au détour du chemin, les fillettes s'arrêtèrent net. La réaction protectrice de leur mère fut instantanée. Myrialuna se précipita devant ses enfants, prête à se battre.

— Non, ne fais rien, fit Lassa en lui saisissant le bras. C'est un ami.

Devant eux se tenait Mann, vêtu d'une tunique beige, un long bâton de marche à la main. Ses cheveux blonds bouclés lui atteignaient le milieu du dos et son regard pâle était fixe.

— Vous ne devriez pas errer dans cette région, leur dit-il d'une voix étrangement calme.

— Nous nous conduisons prudemment, Mann, affirma Lassa.

— Si vous saviez ce qui vous menace, vous ne seriez pas ici.

Myrialuna rappela aussitôt ses filles auprès d'elle.

– Renseigne-nous, dans ce cas, exigea Lassa.

– Les dieux lèveront le peuple contre ceux qu'ils ont contaminés dans le seul but de s'entredéchirer. Ne les cherchez pas. Laissez-les où ils sont. Cela vaudra mieux pour tout le monde.

Mann tourna sur ses talons et s'enfonça dans la forêt.

– Attends ! Ce n'est pas clair du tout !

L'augure ne s'arrêta pas. Une fois qu'il avait livré son message, à moins de le contraindre par la force, il n'y ajoutait jamais rien.

– De qui parlait-il ? demanda Myrialuna.

– Je n'en sais rien…

– De ceux qu'il ne faut pas chercher, je pense, laissa tomber Lavra.

– Ce pourrait être Lazuli et les autres enfants qui ont disparu, ajouta Ludmila.

– Ce pourrait être bien des choses, soupira Lassa. Voulez-vous retourner au château ?

– Non ! s'exclamèrent les fillettes en chœur.

Lassa leur expliqua que si elles voulaient se rendre jusqu'à la rivière Sérida, il leur faudrait diminuer l'écart qu'elle gardait entre elles et les adultes afin que ceux-ci puissent les protéger. Les petites dirigèrent un regard interrogateur vers leur mère.

— Je pense qu'il faudrait lui dire notre secret, suggéra Larissa.

— Tu as raison, ma chérie, je pense qu'il est temps.

— Est-ce que je risque de m'évanouir ? les taquina Lassa.

— Seulement si tu n'as jamais vu s'opérer une métamorphose, précisa sa belle-sœur.

Elle se tourna vers ses enfants avec un large sourire.

— Je leur ai enseigné, au grand désespoir de leur père, une façon d'échapper rapidement au danger. Au moindre signe alarmant, voici ce qu'elles doivent faire.

Les six filles se transformèrent aussitôt en jeunes eyras et déguerpirent en directions différentes. Lassa ouvrit la bouche pour manifester son étonnement, mais aucun son ne voulut sortir de sa gorge.

— Tu n'as donc aucune raison de t'inquiéter pour elles, conclut Myrialuna.

Elle rappela ses enfants qui revinrent vers elle sous leur forme féline.

– Mais comment est-ce possible ? articula enfin Lassa.

– C'est une magie que je possède moi-même depuis l'enfance et que j'ai apparemment transmise à mes petites chéries.

– Quelle famille…

– Maintenant que nous t'avons rassuré, remettons-nous en route.

Ils n'atteignirent la berge de la majestueuse rivière que quatre jours plus tard, sans avoir été importunés de quelque façon par les dieux. Il faisait beau et chaud, alors Myrialuna donna la permission à ses filles de se baigner.

– Tiens donc, des chats qui aiment l'eau, se moqua Lassa.

Il choisit de s'asseoir en retrait, au sommet d'un rocher, afin de surveiller les environs. Une fois rassuré, il communiqua avec son fils aîné par télépathie pour savoir comment il se débrouillait à la maison. Wellan lui répondit qu'il avait la situation bien en main et fut tenté d'ajouter que ce n'était pas la première fois qu'il élevait des enfants, mais il se ravisa, car tous les Chevaliers auraient entendu ce détail qui risquait de trahir sa véritable identité.

Les petites femelles eyras folâtraient dans l'eau peu profonde lorsqu'elles virent passer une ombre sur la rivière. Elles levèrent la tête et aperçurent un énorme oiseau qui semblait avoir de la difficulté à voler. Les fillettes ne quittèrent pas le curieux volatile des yeux et, grâce à leur vue perçante, elles le virent s'écraser contre la paroi rocheuse du volcan de l'autre côté du cours d'eau. En retombant au sol, le gerfaut se changea en être humain qu'elles reconnurent aussitôt.

— Maman ! hurlèrent-elles d'une seule voix.

Les deux adultes se précipitèrent vers les petites qu'ils croyaient en danger.

— Nous venons de voir Lazuli !

— Où ça ? demanda le prince, avec espoir.

— Là-bas !

Ensemble, elles pointèrent du doigt le volcan droit devant eux.

— À quelle altitude ?

— Vers le milieu, là où il y a deux autres gros oiseaux !

— Mais je ne vois rien du tout !

— Elles possèdent aussi le pouvoir de détecter leurs proies à des lieues, expliqua fièrement Myrialuna.

— Restez ici, ordonna Lassa en enlevant ses bottes.

— Le courant est bien trop fort au milieu de la rivière, protesta sa belle-sœur.

— Rien ne m'empêchera d'aller chercher mon fils !

Il se défit de sa tunique et ne garda que son pantalon, puis plongea dans les eaux glacées. Tout comme l'avait averti Myrialuna, il fut emporté dans les rapides et se débattit pour garder la tête au-dessus des flots tourbillonnants.

Malgré sa détermination à sauver son enfant, bientôt ses forces l'abandonnèrent et il se sentit couler vers le fond. « Si les dieux d'Enkidiev se soucient vraiment de leurs créatures, qu'ils me viennent en aide », pria-t-il, désespéré. C'est alors que ses bras furent saisis par de longs doigts armés de griffes. D'un seul coup, il émergea des remous et se retrouva dans les airs. Il secoua la tête pour chasser l'eau de ses yeux et constata qu'un dragon rouge l'emportait.

Nartrach ? appela-t-il par télépathie, car s'il était assis sur le cou de la bête, les bruyants coups d'ailes de celle-ci l'auraient empêché d'entendre sa voix. *Eh oui, c'est moi. Heureusement que je passais dans le coin !* Lassa protesta en s'apercevant qu'il le ramenait à son point de départ. *Non ! Emmène-moi sur le volcan !* Même s'il ne comprenait pas sa requête, l'homme-Fée fit néanmoins faire demi-tour à son dragon. *Pourquoi ?* s'enquit Nartrach. *Tu vois la corniche devant nous ? J'ai des raisons de croire que les dieux ailés y cachent les enfants.*

Nartrach distinguait bien la faille à peu près à mi-chemin du cratère, mais il n'aperçut les oisillons que lorsqu'il s'en fut davantage rapproché. L'un d'eux avait même une forme humaine ! Un dragon n'était pas aussi agile qu'un oiseau. Aussi, il ne fut pas aisé pour Nacarat de déposer sa prise sur la mince corniche. Dès que les griffes le larguèrent, Lassa s'accrocha désespérément aux anfractuosités du roc. En contractant les muscles de ses bras, il finit par se hisser jusqu'à l'endroit où

330

les dieux-oiseaux avaient abandonné les jeunes rapaces afin qu'ils dorment toute la journée. Incapable d'obéir, tant sous sa forme humaine que sous celle d'un gerfaut, Lazuli avait tenté un vol en solo qui s'était mal terminé. Lassa se pencha aussitôt sur lui, tandis que l'aigle noir et la chouette reculaient en poussant des cris aigus.

Du sang coulait abondamment sur les épaules de Lazuli. Lassa en chercha la source et découvrit rapidement une profonde entaille sur son crâne. Il referma la blessure avec la lumière qu'il fit jaillir de ses mains, puis posa l'oreille sur sa poitrine pour écouter son cœur. « Il est vivant », constata-t-il avec soulagement. « Mais comment vais-je le descendre d'ici ? » Lassa avait reçu de grands pouvoirs de la part des dieux. Toutefois, puisqu'il manquait souvent de confiance en lui, il les avait rarement utilisés, préférant se fier constamment aux autres. La seule façon de ramener Lazuli de l'autre côté de la rivière, c'était d'utiliser son vortex.

Avant de tenter la dangereuse opération, il jeta un coup d'œil sur les deux autres oisillons qui étaient collés l'un contre l'autre, à l'autre bout de la corniche. Il s'agissait probablement de Cyndelle et d'Aurélys, mais sous cette forme, elles ne semblaient pas le reconnaître. « Comment vais-je pouvoir ramener un enfant inconscient et deux oiseaux qui me craignent ? » songea-t-il. *Nartrach, es-tu toujours là ?* demanda-t-il, à tout hasard. *Nous volons au-dessus de vous.*

Un plan se forma dans l'esprit de Lassa. *Si je pousse deux jeunes oiseaux dans le vide, ton dragon pourrait-il les attraper et les ramener de l'autre côté de la rivière, là où m'attendent Myrialuna et ses filles ?* Nartrach affirma que oui, alors Lassa entreprit de franchir à genoux la dangereuse distance qui le séparait de la chouette et de l'aigle. Ceux-ci se mirent à crier encore plus fort.

– C'est moi, Lassa, voulut-il les apaiser. Je vais vous ramener chez vos parents.

Il tendit le bras pour se saisir de l'aigle, mais il sauta dans le vide et ouvrit les ailes. Le dragon piqua à quelques mètres à peine devant le Prince de Zénor, à la poursuite du rapace.

– Je ne sais pas si tu es Cyndelle ou Aurélys, mais que tu sois l'une ou l'autre, il est certain que tu me connais. Sois gentille et viens vers moi.

Terrorisée, la chouette eut la même réaction que l'aigle. Persuadé que Nartrach arriverait facilement à s'emparer des oiseaux, Lassa retourna jusqu'à son fils qu'il cueillit dans ses bras. Calmant sa respiration et surtout ses émotions, il ferma les yeux et exprima la volonté de retourner auprès de la famille de sa belle-sœur. Lorsqu'il ouvrit les paupières, il vit qu'il avait réussi.

Autour de Myrialuna, les six petits félins crachaient et montraient les dents. «Mais qu'est-ce qui se passe ?» s'étonna-t-il. Avait-il changé d'apparence en sortant du vortex ? Un grondement beaucoup plus rauque dans son dos, lui fit tourner la tête. Le gigantesque dragon était assis derrière lui, tenant entre les pattes deux gros oisillons qui se débattaient en piaillant.

– Myrialuna, peux-tu leur faire reprendre leur forme humaine ? la supplia Lassa.

— Je suis un félin, pas un aigle, protesta-t-elle.

— Cette magie ne doit pas être si dissemblable dans un cas comme dans l'autre.

Lassa alla chercher sa tunique et la passa à son fils nu comme un ver, pendant que Nartrach descendait du cou du dragon pour aller voir ses prises de plus près.

— J'ai rarement vu des rapaces de cette taille ! s'exclama-t-il. Que désires-tu en faire ?

— L'une est ta sœur et l'autre la fille de Morrison, l'informa le Chevalier. Il faut juste trouver la façon de les métamorphoser.

— On pourrait les assommer. Ça a fonctionné pour Lazuli, on dirait.

— Je préférerais qu'on essaie autre chose avant d'en arriver là.

Une fois qu'elle eut réussi à décrocher ses petites de ses vêtements, Myrialuna s'approcha des deux oiseaux terrifiés.

— Que ferons-nous si, par mégarde, je les transforme en chats ? s'inquiéta-t-elle.

— Concentre-toi sur leur véritable nature, répliqua Lassa qui tentait de ranimer Lazuli.

Myrialuna avait été obligée, lorsque ses filles étaient très jeunes, de les aider à effectuer le passage de l'état humain à l'état animal, et vice-versa. Elle décida donc d'utiliser la même méthode avec les deux rapaces. Malgré leurs bruyantes protestations, elle parvint à saisir le bout d'une de leurs ailes juste assez longtemps pour prononcer intérieurement la formule magique que lui avait enseignée Anyaguara. D'un seul coup, ils se transformèrent en jeunes filles étonnées. Le dragon les laissa aussitôt retomber sur le sol. Myrialuna alla chercher des couvertures qu'elle avait apportées de Shola et en enveloppa Cyndelle et Aurélys, juste avant qu'elles éclatent en sanglots. Nartrach souleva sa petite sœur et la serra contre son cœur en la réconfortant.

— Il n'y a pas suffisamment d'espace sur le cou de Nacarat pour tous vous ramener à Émeraude, leur fit observer le nouvel homme-Fée.

— Mais nous ne désirons pas rentrer, l'informa Myrialuna. Nous venons à peine d'arriver et j'ai beaucoup de choses à montrer à mes filles.

— Ramène Aurélys chez tes parents, lui demanda Lassa. Je m'occupe des autres.

Pour mettre fin à la terrible épreuve qui déchirait Falcon et Wanda, Nartrach remonta tout de suite sur le dos de son dragon en gardant sa sœur dans ses bras et disparut dans le ciel.

— Es-tu certaine de pouvoir veiller seule sur les filles ? voulut se rassurer le prince.

— Sans l'ombre d'un doute. Merci pour tout, Lassa.

– Merci à vous d'avoir repéré mon fils !

Le Chevalier ramena Cyndelle et Lazuli contre lui afin de se dématérialiser.

– Bravo, les filles ! s'exclama joyeusement Myrialuna. Vous venez d'accomplir votre premier acte d'héroïsme !

✳ ✳ ✳

Lassa choisit de réapparaître dans la chambre de son fils, où il ne risquerait pas de blesser quelqu'un, puisqu'elle était déserte depuis la disparition de son cadet. Il entendit Kaliska et Marek se quereller dans le salon au sujet des règles du jeu de cubes. « Pourquoi Wellan n'intervient-il pas ? » se demanda le père en allongeant Lazuli sur son lit. Il se tourna ensuite vers Cyndelle qui était morte de peur.

– Je vais aller te reconduire chez tes parents, lui dit Lassa pour la rassurer.

Wellan, où es-tu ? fit-il ensuite par télépathie. *Je suis à la maison, évidemment,* répondit l'aîné. *Pourrais-tu aller voir dans la chambre de Lazuli si j'y ai laissé ma chaîne ?* Puisqu'il savait pertinemment que son père n'en portait pas, Wellan s'empressa de s'y rendre.

– Lazuli ? se réjouit-il en arrivant à la porte.

Il se pencha aussitôt sur son frère.

– Il est en bien piteux état, déplora Lassa. Peux-tu le surveiller pendant que je raccompagne la petite chez Morrison ?

Obéissant à d'anciens réflexes, Wellan passa une main lumineuse devant Cyndelle.

– Elle n'est pas blessée, affirma Lassa, mais Lazuli a reçu un sacré coup sur la tête.

– Il est vraiment malheureux que nous ne puissions pas communiquer avec Kira qui le cherche de l'autre côté des volcans…

– Nous trouverons un moyen.

Wellan se mit aussitôt au travail sur son frère, tandis que Lassa soulevait la petite fille à la peau grise dans ses bras. Au lieu de traverser tout le palais pour se rendre chez le forgeron, le Chevalier utilisa une fois de plus son pouvoir de déplacement magique. Il se matérialisa devant la porte de la maison des parents de l'enfant.

– Jahonne ! Morrison ! appela le sauveteur.

La femme mauve déposa son arrosoir et se dépêcha d'aller ouvrir.

– Cyndelle ! s'exclama-t-elle, folle de joie.

Son cri alarma aussitôt son mari, qui travaillait dans la forge. Il s'essuya rapidement les mains sur son tablier, s'empara du gros marteau qu'il laissait près de la sortie et vola au secours de Jahonne. Quelle ne fut pas sa surprise d'apercevoir leur fille dans les bras de sa femme !

– Elle est revenue ! se réjouit-il.

– C'est Lassa qui vient de nous la rendre.

– Où ? Comment ?

– Elle vous le racontera elle-même, s'excusa Lassa. Je dois retourner auprès de mon propre fils. Veillez bien sur elle, car les dieux ailés ne savent pas encore que nous leur avons repris nos enfants.

– Je les attends de pied ferme, grommela le forgeron, bien armé.

Lassa disparut sous leurs yeux. Jahonne se hâta de retourner dans la pièce principale de son logis et fit asseoir la petite fille sur la table.

– Es-tu blessée ? voulut-elle savoir.

Cyndelle hocha la tête négativement.

– Pourquoi as-tu suivi ces oiseaux malfaisants ?

– Je n'en sais rien, papa. J'ai entendu la petite chouette dehors et j'ai cru qu'elle était en difficulté. C'est là que j'ai vu un oiseau géant. J'ai tout de suite pensé que je rêvais, parce qu'il s'est mis à me parler. Il m'a dit que ma véritable vie allait commencer, puis il m'a prise avec sa patte et il m'a emmenée dans le ciel. C'est là que j'ai compris que je ne dormais pas, parce que j'ai eu très froid. Ensuite, c'est confus… Je me souviens d'avoir vu Aurélys et Lazuli…

— Où l'oiseau t'a-t-il emmenée ?

— Je pense que c'était sur un volcan, parce qu'il y avait du feu sur le dessus.

— Est-ce qu'on t'a fait du mal ? demanda Jahonne.

— J'ai eu mal quand les plumes sont sorties de ma peau…

— Ma pauvre enfant, gémit l'hybride en pleurant.

— Je ne pensais jamais en arriver là, mais je vais poser des barreaux à toutes nos fenêtres et un verrou sur la porte que tu ne pourras ouvrir toute seule, lui dit Morrison pour la rassurer. De cette façon, si le rapace veut te contraindre par magie à sortir, tu vas être obligée de nous réveiller.

Morrison enveloppa alors la fillette de ses bras et la serra très fort. Il s'étonna toutefois qu'elle ne tremble pas de peur.

Cyndelle se rappelait l'euphorie du vol et, secrètement, elle avait envie de répéter l'expérience. C'était seulement la métamorphose qu'elle craignait.

20

NAPALHUACA

Onyx fut incapable de fermer l'œil de la nuit. Il entendait ronfler son ami Hadrian, couché sur le lit le plus près du sien, et lui enviait sa capacité de se couper complètement de tout pour satisfaire ses propres besoins. Ce qui l'étonna le plus, c'est que Jenifael, Dylan et Dinath, dorment comme le reste des humains.

Kira avait eu du mal à trouver le sommeil, elle aussi, mais pour d'autres raisons. Son nouvel état engendrait dans son corps des changements importants qui l'indisposaient beaucoup. Onyx comprenait son désir de retrouver son fils vivant, mais il ne voulait pas non plus la placer dans une situation dangereuse où elle risquait de perdre le bébé. Au matin, il tenterait de la persuader de rentrer à Émeraude.

Anyaguara était une fois de plus assise en tailleur sur sa couche, les yeux fermés, les mains à plat sur les genoux. Elle ressemblait à une statue. Onyx l'avait sondée à quelques reprises sans détecter le moindre signe de vie dans son corps. «Elle est sans doute auprès de ses dieux », conclut-il.

Après s'être tourné et retourné une centaine de fois sur la couverture de laine, le Roi d'Émeraude décida d'aller prendre l'air. Il sortit et trouva Cherrval étendu sur le petit sentier qui menait à la maison. Il regardait les étoiles.

— Vous n'arrivez pas à dormir, vous non plus ? fit l'homme-lion.

— Ma femme dit que je souffre de fougue chronique.

— Il y a malheureusement des choses qui prennent du temps.

— Je ne sais même pas si ma fille est encore vivante…

Il n'avait pas terminé sa phrase qu'il se rappela les circonstances du sauvetage d'Atlance. *Cornéliane !* l'appela-t-il avec son esprit. Il attendit de longues minutes avant de répéter son nom. Toujours rien. C'était le milieu de la nuit. Si elle se trouvait bel et bien sur ce continent, elle était probablement endormie. Il recommencerait donc après le lever du soleil.

— On dirait que vous perdez souvent vos enfants, commenta Cherrval.

Onyx lui décocha un regard agacé.

— Vous devez être un homme très important dans votre monde pour que vos ennemis passent leur temps à vous les enlever.

— Ma franchise ne me vaut pas que des éloges, en effet. Certaines personnes n'aiment tout simplement pas entendre la vérité, et je ne suis pas du tout le genre d'homme à mentir pour plaire.

– Moi, non plus. À mon avis, votre fille est encore vivante. Si Azcatchi avait voulu la tuer, il l'aurait déjà fait et il l'aurait laissée tomber du ciel pour qu'elle atterrisse dans vos bras. Ce n'est pas un dieu magnanime.

– Il la retient donc prisonnière pour m'attirer jusqu'à lui.

– C'est ce que je pense aussi.

Quelques minutes plus tard, ils assistèrent à un magnifique lever de soleil.

– Combien de pays compte Enlilkisar ? voulut savoir Onyx.

– Je ne les connais pas tous. Après avoir quitté mon foyer, j'en ai parcouru environ six ou sept, mais je ne me suis jamais rendu jusqu'à la mer orientale.

– Où y a-t-il de hautes montagnes ?

– Elles s'élèvent dans le sud-est, mais il y en a des centaines. Espérons que la devineresse saura nous mettre sur une piste plus claire tout à l'heure.

Lorsque le reste de l'équipe se joignit finalement à eux, les femmes du village leur avaient déjà apporté leur repas du matin. Kira ne toucha à rien, ce qui poussa Onyx à aller s'asseoir près d'elle.

– Tu devrais retourner à Enkidiev, lui dit-il.

– Je suis enceinte, pas infirme.

– Me fais-tu confiance ?

– Est-ce une question piège ?

– Non. Contrairement à ce que vous pensez tous, il m'arrive de m'inquiéter pour les autres. Nous pouvons retrouver ton fils sans toi, Kira. Rentre à la maison et prends soin de celui que tu portes.

– Comment sais-tu que c'est un garçon ?

– Je ne le sais pas, mais il semble que nous soyons faits pour avoir plus de garçons que de filles.

– Ma sœur ne serait pas d'accord avec cette affirmation.

Onyx passa une main lumineuse devant Kira, ce qui attira l'attention du reste de la troupe.

– Cette grossesse ne se passe pas bien parce que tu te fais trop de mauvais sang, déclara-t-il.

– Tu gagnes, Onyx. Je partirai, mais pas avant d'avoir entendu cette femme que notre panthéon a gratifiée du don de prescience.

– Ton panthéon, pas le mien.

– Ne me dis pas que tu vas te mettre à adorer les dieux-félins, juste parce que tu es peut-être l'un de leurs descendants.

– Je ne crois à aucun dieu.

Hadrian avait écouté leur conversation en pensant à la chance qu'avait son ami de ne pas avoir la déesse du feu comme future belle-mère.

– Parandar n'a jamais obligé les humains à le vénérer, leur fit savoir Dylan.

– Ce n'est pas ce que mon père nous a enseigné, rétorqua Onyx.

– Qu'en est-il d'Étanna ? demanda Dinath à Anyaguara.

– Elle ne cherche pas à convertir qui que ce soit par la force, mais elle entoure de prévoyances ceux qui s'adressent à elle, expliqua la sorcière. Les ghariyals sont plutôt indifférents vis-à-vis de leurs adorateurs, tandis que les dieux-rapaces exigent d'eux une obéissance inconditionnelle.

– Je me demande comment les humains auraient été traités si Aiapaec et Aufaniae étaient restés pour faire régner la paix entre leurs enfants, fit Dinath.

– Nous ne le saurons jamais, n'est-ce pas ? trancha Onyx.

Dès que tous eurent mangé, ils se dirigèrent vers le palais où le Roi Intimanco les avait conviés. Une cohorte de serviteurs les attendait. On leur fit enlever leurs bottes, on leur lava les pieds et on leur fit enfiler des sandales tressées. Puis, on les enveloppa de la fumée d'étranges épis qui se consumaient très lentement et on les conduisit au grand temple où les attendait la devineresse.

Pourquoi ai-je l'impression qu'on vient de nous préparer pour un sacrifice ? fit Onyx. *Au chapitre des mésaventures, tu es dur à battre,* répliqua Hadrian. Le Roi d'Émeraude réprima un sourire amusé. Ce n'était pas le moment d'offenser leurs hôtes : il avait besoin des réponses que cette femme fournirait à ses questions.

Kira, Onyx, Jenifael, Hadrian, Dinath, Dylan, Anyaguara et Cherrval pénétrèrent dans le lieu le plus sacré des Mixilzins : le temple des étoiles. C'était une grande pièce circulaire au centre de laquelle s'élevait une petite colonne. Au sommet de celle-ci se trouvait un disque doré, sur lequel était assise la devineresse. À cause du faible éclairage de l'endroit, Onyx ne reconnut les traits de la femme que lorsque son groupe ne fut qu'à quelques pas d'elle. C'était Napalhuaca, la guerrière qui les avait conduits jusqu'à son village. Elle ne portait plus son armure de peau de serpent, mais une robe dorée si brillante qu'on l'aurait cru tissée d'or.

– Qui demande à me consulter ?

La voix de la Mixilzin résonna dans le temple, lui donnant encore plus d'autorité.

– Le Roi Onyx d'Émeraude. Nous cherchons des enfants enlevés par les dieux.

– On nous a dit que vous aviez le pouvoir de nous dire où ils sont, ajouta Kira.

– Assoyez-vous et laissez-moi d'abord sentir votre énergie.

Le groupe d'Enkidiev fit ce qu'elle demandait. Hadrian ressentit aussitôt la puissance de la devineresse qui sondait non seulement son esprit, mais également son cœur. Pourtant, ce n'était pas lui qui avait perdu son héritier.

– Vous n'êtes pas tous ici pour les mêmes raisons, découvrit Napalhuaca. Je tenterai donc d'aider ceux que je peux. Cependant, il y a un prix à payer lorsqu'on fait appel à moi.

– Je vous donnerai tout ce que vous demanderez, répondit Onyx sans réfléchir.

– Soit. Il ne faudra pas m'interrompre.

La jeune femme ferma les yeux. Des volutes de fumée se mirent à monter du sol, là où il n'y avait pourtant aucun encensoir. Leur parfum était enivrant.

– Les petits ne sont pas tous au même endroit, commença la devineresse. Trois d'entre eux se trouvent de l'autre côté des volcans. Ils ont très peur…

Kira se mordit la lèvre inférieure pour ne pas questionner la Mixilzin sur l'identité de ces enfants.

– Ils ne resteront pas cachés aux yeux des humains très longtemps, car Parandar, dans sa grande bonté, fera connaître leur présence.

Il y eut ensuite un long silence, pendant lequel Napalhuaca captait les vibrations de l'Éther.

– L'un d'entre vous a perdu deux enfants, déclara-t-elle finalement. Le premier ne vous sera pas rendu, car son âme ne lui appartient plus.

« Elle parle sans doute de Fabian », se douta Onyx.

– La deuxième est retenue prisonnière par un dieu vengeur. Il est difficile de bien la voir, car il déploie toute sa puissance pour la dissimuler à son propre panthéon. Il n'a pas l'intention de la tuer. Au contraire, il lui épargnera la vie afin d'en faire un jour sa femme.

Onyx sentit la rage monter en lui.

– Où est-elle ? gronda-t-il comme un loup.

Napalhuaca plissa le front, comme si elle faisait de gros efforts pour percer le mystère. Elle poussa alors une plainte sourde et porta les mains à son cou, croyant qu'on cherchait à l'étrangler.

– Il la retient sur…

Elle tomba à la renverse, comme si un assaillant invisible essayait de la faire taire. Onyx s'en remit à son instinct et fit jaillir des rayons ardents juste au-dessus de la jeune femme terrassée. La pièce fut aussitôt secouée par un étrange séisme qui ne dura que quelques secondes. Cherchant à reprendre son souffle, la devineresse parvint à se redresser.

– Pélécar… articula-t-elle avec difficulté. La petite est sur Pélécar.

Onyx voulut s'approcher de Napalhuaca, mais de jeunes femmes en armure lui barrèrent la route.

— Partez, leur ordonna l'une d'elles.

Hadrian saisit doucement le bras de son ami pour l'inciter à reculer vers la sortie avec le reste du groupe.

— Mais qu'est-ce qui t'a pris ? lui reprocha-t-il, une fois qu'ils furent à l'extérieur.

— Azcatchi a cherché à la faire taire ! s'écria Onyx, déchaîné.

— Comment peux-tu en être certain ?

— J'ai reconnu son énergie !

— Cette fois, je dois me ranger du côté d'Onyx, intervint Kira. Je l'ai sentie moi aussi.

Hadrian se retourna vers les autres membres de la troupe.

— C'était un dieu-rapace, confirma Anyaguara.

Onyx planta son regard dans celui de son vieil ami avant de s'éloigner en direction des vergers.

— Moi aussi, je serais furieuse si j'apprenais qu'on avait enlevé ma fille pour lui faire épouser quelqu'un de force, laissa tomber Jenifael.

— Que pouvons-nous faire ? s'émut Dinath.

– Premièrement, il faut découvrir où est Pélécar, décida Hadrian en conservant son calme.

– C'est une île dans la mer orientale, leur apprit Cherrval.

– Vous pouvez nous indiquer la route pour s'y rendre ? lui demanda Dylan.

– Je n'y suis jamais allé. J'en ai seulement entendu parler. On dit que c'est un immense rocher qui émerge de l'océan. Ses falaises rendent Pélécar inaccessible, sauf aux oiseaux. D'ailleurs, on raconte qu'une colonie d'hommes ailés y vit.

– Ce serait l'endroit idéal pour détenir une jeune princesse, commenta Anyaguara.

– Non seulement personne ne peut y accéder, mais elle ne pourra pas non plus s'enfuir, ajouta Kira.

– Rien n'empêchera Onyx de secourir sa fille, les avertit Hadrian. C'est le moment de choisir : voulez-vous poursuivre cette mission avec lui ou vous arrêter ici ?

– Je me vois très mal continuer avec ces nausées et ces terribles maux de tête, s'attrista Kira.

– De toute façon, nous avions décidé de te renvoyer chez toi, l'informa Jenifael.

Kira serra tous ses amis dans ses bras, puis se mit à la recherche d'Onyx. Elle le trouva debout près d'un pommier, le bras appuyé sur une branche, à la hauteur de sa tête. Il enrageait de ne pas avoir su protéger adéquatement Cornéliane.

– Je me sens exactement comme toi, lui avoua Kira, et pourtant Sage m'avait prévenue.

– Il faut se débarrasser de ces dieux qui n'ont rien de mieux à faire que de tourmenter les humains.

– Comme si c'était possible…

– Personne n'est invincible, Kira, personne.

– En attendant que tu trouves la façon de purger le ciel de ses mauvais sujets, je vais devoir retourner à Émeraude, car je ne me sens vraiment pas bien. De toute façon, tout porte à croire que mon fils fait partie des enfants qui sont retenus sur les volcans. Je vais organiser son sauvetage à partir du château.

– Va et libère-le.

– Je souhaite de tout cœur que tu retrouves Cornéliane et que tu punisses Azcatchi comme il le mérite, mais fais aussi attention à toi.

Faisant fi de la colère qui faisait trembler tout le corps du roi, Kira l'étreignit avec affection. Elle recula ensuite de deux pas et disparut. Onyx se demanda si elle réussirait à se rendre d'un seul coup jusqu'à la plage à l'extrémité sud des volcans, car la Sholienne n'avait jamais tout à fait maîtrisé ses déplacements magiques. Une fois plus calme, il retourna vers la troupe. Hadrian lui fit tout de suite savoir ce qu'il avait appris à propos de l'île de Pélécar.

– À des mois de marche? répéta le Roi d'Émeraude, déconcerté.

– Nous avons fait le tour du village, à la recherche de quelqu'un qui s'y serait déjà rendu, mais les Mixilzins ne se sont jamais risqués au-delà de leurs propres terres.

– Il doit bien y avoir un autre moyen, s'entêta Onyx en se tournant vers la sorcière.

– Seules quatre nations d'Enlilkisar vénèrent les dieux-félins, soit Itzaman, Hidatsa, Simiussa et Pardue. Peut-être les habitants de ces contrées savent-ils quelque chose.

– Nous en avons entendu parler, confirma Cherrval qui faisait partie du dernier peuple qu'elle venait de mentionner, mais aucun Pardusse ne s'est jamais aventuré jusque-là. Peut-être que les Hidatsas, eux, y sont déjà allés, car ils habitent plus à l'est.

– Et je présume que ce pays est lui aussi à des mois de marche? soupira Onyx.

– Y a-t-il des chevaux sur ce continent? demanda Hadrian.

– Les Madidjins, dans le nord, en possèdent, affirma Cherrval, mais leurs terres se prêtent à l'utilisation de ces bêtes. Dans le sud, il est beaucoup plus facile de se déplacer à pied, en raison des forêts et des larges cours d'eau.

– Existent-ils un sort qui nous donnerait des ailes ?

– Sans doute chez les dieux-rapaces, signala Anyaguara, mais il est irréversible.

– Onyx d'Émeraude ! l'appela alors une voix autoritaire.

Le souverain fit volte-face, intrigué. Napalhuaca, cette fois vêtue de son armure saumon et noir, se tenait devant lui, entourée d'un groupe de femmes habillées de la même façon.

– Je viens réclamer mon dû !

– Vous n'avez qu'à me dire ce qui vous plairait.

– Je veux que tu fasses partie de mon harem d'hommes.

Les aventuriers étaient si surpris par sa requête qu'ils en restèrent bouche bée. Hadrian fut le premier à se ressaisir.

– Nous ignorons vos coutumes, mais chez nous, un homme marié jure fidélité à une seule femme.

– Chez les Mixilzins, seuls les membres de la famille royale peuvent avoir plusieurs conjoints afin d'assurer leur descendance. Je suis la fille d'Intimanco et cela fait partie de mes privilèges.

Onyx, tu aurais dû lui répondre : je vous donnerai tout ce que vous demanderai, dans la mesure où cela sera possible, lui fit savoir Hadrian.

– L'enfant que je cherche est ma fille et j'ai juré de la ramener à ma femme, rétorqua Onyx.

– Elle pourrait vivre ici et devenir une grande guerrière.

– Vous ne comprenez pas, renchérit Hadrian. Onyx a beaucoup de défauts, mais c'est un homme fidèle.

– Quels défauts ? s'insulta le souverain.

– Il peut vous offrir de l'or et des pierres précieuses, mais son cœur appartient à la Reine d'Émeraude.

– Ce n'est pas son cœur que je veux, mais son corps !

On aurait dû te laisser la peau bleue, s'amusa intérieurement Hadrian.

– J'ai bien peur que ce ne soit pas possible, l'informa le Roi d'Émeraude.

– Si tu refuses de respecter ta parole, je devrai te tuer.

– Hadrian, j'apprécierais que tu te serves de tes talents de négociateur, murmura Onyx à son ami.

– C'est exactement ce que je suis en train de faire.

L'ancien Roi d'Argent s'avança vers la guerrière courroucée, qui le menaça aussitôt avec sa lance.

– Doucement… Nous ne sommes pas vos ennemis.

– Notre loi est claire. Celui qui refuse de donner ce qu'il demande à un membre de la famille royale doit mourir. Écarte-toi ou tu subiras le même sort qu'Onyx.

Ça ne me plaît pas du tout, Hadrian, mais laisse-moi lui donner la leçon que mérite cette enfant gâtée. Hadrian obtempéra en se promettant d'intervenir, au besoin. Il fit reculer les membres de son groupe et ignora leurs regards interrogateurs. Sans qu'elle ait besoin de leur en donner l'ordre, les guerrières se placèrent en cercle autour de Napalhuaca et d'Onyx.

– Astalcal, mon arme !

La jeune femme s'approcha en tenant à la main une épée double ! Puisque les civilisations d'Enlilkisar ne semblaient pas connaître l'acier et qu'elles utilisaient surtout de la pierre tranchante sur leurs couteaux et leurs lances, Onyx s'étonna de voir briller deux lames de métal bien affûtées à chaque extrémité de la longue épée.

– Mais où l'avez-vous obtenue ? s'étonna Onyx.

– C'est un cadeau des dieux.

– Les seuls forgerons capables de fabriquer ces épées habitent le désert de mon continent et, pourtant, vous nous avez raconté que les Mixilzins n'avaient aucun contact commercial avec l'extérieur.

– Traites-tu mon peuple de menteur ?

Hadrian se cacha le visage dans sa large main, découragé.

— Ma sœur dit toujours la vérité, l'appuya Astalcal.

Elle ne ressemblait pas physiquement à Napalhuaca, mais elle avait l'air tout aussi féroce.

— Maman, laisse-le-moi, l'implora alors une fillette à peine plus jeune que Cornéliane.

La petite portait elle aussi une cuirasse de guerre.

— Maman ? répéta Onyx, surpris.

— Ayarcoutec est mon aînée et je suis certaine qu'elle pourrait te mettre en pièces, mais c'est moi que tu as offensée. Défends ta vie, vipère !

Sans avertissement, Napalhuaca fonça. Onyx évita la première charge par une feinte. Il tendit le bras et sa propre épée double y apparut.

— Comment fais-tu ça ? s'étonna la Mixilzin.

— Je suis peut-être un dieu venu mettre ta foi à l'épreuve…

Onyx, n'exagère pas, l'avertit Hadrian. *Gagne ce combat et partons*.

Il ne fallait pas grand-chose à son ami pour redevenir le soldat d'élite qu'il avait toujours été. Il se mit à faire tourner l'arme devant lui, puis au-dessus de sa tête et frappa à son tour.

Napalhuaca bloqua ses coups, car elle était d'une rapidité étourdissante, mais il était évident qu'elle n'avait pas appris à utiliser l'épée double de la même manière que son opposant. Onyx voulait mettre un terme à ce contretemps le plus rapidement possible afin de s'élancer au secours de sa fille, mais la guerrière était coriace. Calquant le style de son adversaire, Napalhuaca se mit à le frapper de plus en plus durement. Si l'ancien Chevalier n'avait jamais hésité à faucher un scarabée, il avait du mal par contre à tuer une femme. Sa galanterie faillit bien lui coûter la vie.

Voyant qu'elle épuisait Onyx, Napalhuaca lui porta des coups plus violents, qui le firent finalement reculer. Le cercle s'agrandit immédiatement autour d'eux.

– Dois-je intervenir, maintenant? chuchota Jenifael à Hadrian.

– Attends qu'il soit vraiment en danger de mort.

Onyx bloqua toutes les charges, mais il ne parvenait plus à contre-attaquer, ce qui ne présageait rien de bon pour lui. Les seuls opposants à lui avoir donné du fil à retordre dans ce genre d'affrontement étaient Hadrian et Kira, mais ils se battaient comme lui... Voyant qu'il n'arrivait à rien en respectant le fait qu'il luttait contre une femme, Onyx changea de stratégie et commença à utiliser tout son corps pour défendre sa vie. Le premier coup qu'il assena dans l'estomac de Napalhuaca la prit par surprise, mais ne la découragea pas pour autant. «Nous aurions dû recruter les Mixilzins durant la première guerre», ne put s'empêcher de penser Onyx. Il s'efforça de la ralentir en la frappant entre ses charges, mais elle tenait bon.

Poussant un terrible cri, Napalhuaca lui fit un croche-pied. Onyx sentit le sol se dérober sous lui et son dos heurta durement le sol.

– Maintenant ? demanda Jenifael.

– Non, répondit Hadrian qui savait de quoi son ami était capable.

Onyx vit arriver la lame sur sa gorge et l'esquiva de justesse en glissant les épaules de côté. La pointe s'enfonça dans la terre. Il ne perdit pas un instant. Lâchant sa propre épée, il saisit celle de Napalhuaca à deux mains et la tira vers le sol, faisant faire un vol plané à la jeune femme. Après le dur choc de l'atterrissage, elle se redressa avec l'agilité d'un chat et sortit un couteau de sa ceinture. En poussant un cri de rage, elle sauta à genou sur la poitrine du Roi d'Émeraude qui n'avait pas eu le temps de se relever.

– Assez ! ordonna une voix masculine.

Le regard menaçant, Napalhuaca freina son mouvement, la lame de pierre sur la peau du cou de son adversaire. Son père lui agrippa le bras et l'éloigna de sa proie.

– Depuis quand les Mixilzins traitent-ils leurs invités de la sorte ? s'étonna Intimanco.

– Il a refusé de payer son dû, aboya la jeune femme furieuse.

– Que t'a-t-il promis ?

Hadrian voulut aider Onyx, mais il refusa sa main tendue et se redressa seul, avec beaucoup de difficulté.

– Il m'a dit que je pouvais lui demander n'importe quoi, alors j'ai choisi de l'ajouter à mes maris.

– Et nous avons tenté de lui expliquer que la polygamie ne fait pas partie de nos coutumes, ajouta Hadrian. Le Roi d'Émeraude a déjà une femme.

– Je suis certain qu'avec un effort d'imagination, tu pourrais lui demander autre chose, indiqua Intimanco à la princesse.

– Mes maris ne m'ont fait engendrer qu'une seule fille. J'ai besoin d'un homme capable de m'en donner plus.

– Dans ce cas, vous vous trompez sur mon cas, rétorqua Onyx en essuyant sa lèvre fendue. J'ai eu quatre fils avant que les dieux m'accordent le bonheur d'avoir une fille.

– On devrait lui présenter Abnar, murmura Jenifael.

Hadrian réprima un sourire en baissant les yeux sur sa compagne.

– Trouve autre chose, Napalhuaca, la somma son père.

– S'il est aussi fidèle qu'il le prétend, alors qu'il me donne sa parole qu'à la mort de sa femme, il quittera son royaume pour passer le reste de sa vie à Mixilzin, où il sera mon mari.

Jenifael leva un regard suppliant vers Hadrian.

– Fais quelque chose, le pressa-t-elle.

– C'est à Onyx de répondre.

Et je t'en prie, réfléchis avant d'ouvrir la bouche, l'avertit son ami. Puisque ce dernier n'avait aucune intention de se rendre un jour jusqu'aux grandes plaines de lumière, il savait bien qu'il aurait d'autres épouses après Swan. Il lui avait offert de lui apprendre à transporter son âme dans un autre corps, à sa mort, mais elle avait refusé. Swan jugeait qu'elle méritait de trouver un jour le repos éternel et, surtout, elle ne voulait pas voir mourir tous ceux qu'elle aimait.

– J'accepte, grommela Onyx en cachant ses souffrances de son mieux.

Napalhuaca retira son arme du sol et quitta les lieux sans même accorder un autre regard à son futur mari. Ses guerrières la suivirent, la tête haute.

– Les dieux te tiendront responsable de cette promesse, rappela Intimanco au Roi d'Émeraude.

Il emboîta le pas aux femmes, avec son armée de jeunes serviteurs. Hadrian s'empressa d'évaluer les dommages que la princesse avait infligés à Onyx.

– J'ai mal au dos... geignit le combattant en faisant disparaître son épée.

– Ce qui n'est pas étonnant, puisque tu t'es déplacé des vertèbres. Ne bouge pas.

Hadrian les aligna par une légère pression du bout des doigts et poursuivit son examen. Il fit disparaître les ecchymoses et referma les petites lacérations, mais ne put rien faire pour cicatriser son amour-propre.

— Partons, décida-t-il.

— Je n'irai pas avec vous, annonça Cherrval.

Les cinq autres membres restants du groupe ne cachèrent pas leur déception, car l'homme-lion connaissait bien les dangers des forêts d'Enlilkisar et il était devenu un précieux guide.

— J'ai une petite enquête à terminer ici, ajouta le fauve.

Il ne leur avoua cependant pas qu'elle concernait une jeune Pardusse qu'il n'avait pas revue depuis la veille.

— Merci pour tout, Cherrval, fit Hadrian en se courbant devant lui.

— Nous allons retourner dans la forêt où nous avons vu les Tepecoalts, annonça Onyx, et nous nous dirigerons ensuite vers l'est.

— Si Cherrval me permet de regarder encore une fois dans ses pensées, je peux aussi nous transporter à l'endroit le plus éloigné où il s'est rendu.

— Je suis allé jusqu'aux montagnes occidentales d'Hidatsa, affirma l'homme-lion. Leurs anciens sont pacifiques, mais leurs guerriers feront n'importe quoi pour montrer leur valeur.

– Tiens donc, fit Hadrian en jetant un regard narquois sur Onyx. Ça me rappelle quelqu'un.

L'homme-lion s'approcha de la sorcière et la laissa placer ses mains de chaque côté de sa large tête.

21

LE RÊVE

La sorcière se transporta magiquement avec Onyx, Hadrian, Jenifael, Dinath et Dylan jusqu'au sommet de la plus grosse des montagnes qui séparaient les terres des Tepecoalts et celles des Hidatsas. Elle était si haute qu'elle était coiffée de neige. Les aventuriers ressentirent aussitôt la morsure du froid à travers leurs vêtements qui convenaient davantage à un climat plus tempéré. Hadrian leur indiqua de le suivre en faisant bien attention de ne pas causer une avalanche. Ils marchèrent immédiatement l'un derrière l'autre en silence, jusqu'à ce qu'ils atteignent la partie rocheuse de ce volcan éteint. La forêt commençait un kilomètre plus bas.

— On ne voit pas encore la mer, d'ici, fit remarquer Dylan.

En fait, à l'horizon, ils ne pouvaient apercevoir que d'autres montagnes, encore plus imposantes que celle sur laquelle Cherrval s'était jadis arrêté. Sur leur gauche, un cours d'eau trois fois plus large que la rivière Mardall se divisait en deux. L'un de ses affluents coulait d'est en ouest, tandis que l'autre descendait vers le sud.

— Il est certain que nous devrons le traverser pour nous rendre à Pélécar, se découragea Jenifael.

— Une chose à la fois, recommanda Hadrian. Nous n'y serons pas avant plusieurs jours. Ce qui m'inquiète davantage, ce sont tous ces villages au sud.

— Évitons-les en demeurant près des arbres.

— Cela nous ralentira considérablement, mais s'il y a des guetteurs, ils seront sur la plaine.

— Vous nous avez dit que ce peuple adorait les dieux-félins, fit Onyx en se tournant vers Anyaguara, alors si nous devions être repérés, ils ne nous embêteront pas longtemps.

— Commençons par descendre vers cette forêt, les pressa Hadrian. Nous sommes trop à découvert, ici.

Ils le suivirent en silence jusqu'à la tombée de la nuit et décidèrent de s'installer dans une petite clairière. Onyx alluma immédiatement un feu magique pour se réchauffer.

— Est-ce vraiment prudent ? lui demanda son vieil ami.

— Cesse de t'en faire. Ils aiment les chats.

Onyx ne pouvait rien emprunter aux royaumes d'Enkidiev, car sa magie ne traversait pas les volcans érigés par Lycaon, alors, il dirigea son esprit sur le seul pays d'Enlilkisar qui lui avait semblé accueillant jusqu'à présent, soit Itzaman. Il subtilisa des couvertures et des bols de bois contenant des galettes de manioc, des haricots, du maïs et du poisson poché, ainsi que des cruches de chocolat chaud.

– Pas de vin ? s'étonna Hadrian.

– Je n'en boirai pas tant que je n'aurai pas ramené ma fille à la maison, rétorqua Onyx, très sérieux.

De toute façon, les aventuriers n'avaient pas encore vu de vignobles où que ce soit sur ce continent.

– C'était sérieux, cette promesse d'épouser la combative Mixilzin ? voulut savoir Dylan.

– On ne sait pas ce que nous réserve la vie, répondit Onyx en haussant les épaules. Étant donné que j'ai l'intention de vivre jusqu'à la fin des temps, il faudra bien que je me remarie un jour ou l'autre.

– Même avec une fille qui a failli te tuer ?

– Le tempérament des femmes n'est plus ce qu'il était, je l'avoue.

– Mais la domination n'a pas sa place dans une vie de couple.

– Je suis bien d'accord, acquiesça Hadrian en pensant au tempérament parfois tyrannique de Jenifael. Autrefois, les époux prenaient le temps de se parler et ils arrivaient à faire des compromis.

– Qu'est-ce que tu insinues ? se hérissa sa belle.

– Je fais référence aux choix qu'ils doivent faire ensemble et non de façon individuelle.

– C'est toi qui as décidé de vivre dans une tour avant même de me demander ce que j'en pensais ! Si nous avions pris le temps d'en discuter, comme tu le dis, nous aurions déjà une belle grande maison non loin du château d'Onyx.

– Mais ça, c'est ton choix. Où est le compromis, là-dedans ?

Onyx avait souvent ce genre de discussion avec Swan et, en général, il faisait semblant de la laisser gagner, puis il continuait de n'en faire qu'à sa tête. Apparemment, Hadrian n'avait pas encore compris comment éviter ce genre de conflit. Puisqu'il avait terminé son repas, le Roi d'Émeraude s'éloigna du groupe et s'enroula dans sa couverture pour profiter d'une bonne nuit de sommeil. Fourbu à la suite de son combat du matin, il sombra rapidement dans le sommeil et fit un rêve étrange.

Il se réveilla en sursaut et vit ses compagnons qui dormaient à poings fermés autour de lui. Il faisait encore nuit et la lune éclairait la forêt d'une lumière argentée.

– Papa ! fit la voix de sa fille.

En moins de deux, Onyx se leva et utilisa ses sens magiques pour la localiser. Cornéliane l'appela encore deux fois, mais pourtant, il était incapable de déterminer de quel côté se diriger.

– Il va me faire du mal, papa !

Onyx dut donc s'en remettre à son ouïe. Il courut entre les grands sapins et s'arrêta net au bord d'un escarpement. Devant lui s'étendait un océan qui lui était inconnu et, au large, une île immense dont il voyait à peine les contours. Le père jeta un coup d'œil sous lui dans l'espoir de trouver un sentier qui le mènerait jusqu'à la grève, mais la surface de la falaise était lisse. «Il faudra des jours pour contourner cet obstacle», se découragea-t-il. Il repensa à leur arrivée dans cette contrée et s'étonna de ne pas avoir remarqué cette étendue d'eau à ce moment-là.

Affligé par son incapacité de répondre aux cris de détresse de sa fille, Onyx allait rebrousser chemin lorsqu'un vent violent descendit du sommet de la montagne et le fit tomber de la falaise. À sa grande surprise, il se retrouva suspendu dans le vide.

– Mais quelle est cette curieuse magie ?

Il se redressa et fit quelques pas à des centaines de mètres au-dessus de la mer. Puisqu'il semblait marcher sur un plancher invisible, il poursuivit son chemin et rejoignit bientôt l'île. «C'est trop facile», se méfia-t-il. Il marcha entre les milliers d'oiseaux endormis sur le sol et vit un arbre gigantesque, isolé sur une colline rocheuse. Sur l'une de ses branches pendait un curieux nid en forme de poire.

– Cornéliane !

– Papa ! Au secours !

Onyx n'avait pas fait d'escalade depuis son enfance, mais l'écorce crevassée lui parut offrir de bons appuis. Il se mit donc à grimper l'arbre et atteignit le nid en quelques secondes à peine. Il s'élança et s'agrippa solidement aux branchages entrelacés dont il était composé et se hissa jusqu'à l'entrée.

— Où es-tu, ma chérie ?

— Ici, papa.

Le père alluma ses deux paumes pour éclairer ce sombre endroit. Cornéliane était recroquevillée contre la paroi. Son corps et même son visage étaient recouverts d'une fourrure beige tachetée et des plumes brunes s'alignaient le long de ses bras. Autour de son cou brillait un large anneau d'or.

— Mais que t'est-il arrivé, mon trésor ?

— Au lieu de te tuer, je vais faire périr ton cœur à petit feu, retentit une voix rauque qu'Onyx reconnut aussitôt.

Le roi fit volte-face et se retrouva nez à nez avec Azcatchi.

— Vous allez payer pour ce que vous avez fait à ma fille ! hurla le père.

Il voulut bondir à la gorge du dieu-crave, mais ses pieds étaient cloués au sol.

— Elle n'est plus ta fille, mais ma femme, désormais.

— Vous n'êtes qu'un lâche qui s'en prend à des enfants au lieu de régler ses comptes avec ceux de force égale !

— C'est ce que nous verrons lorsque vous tomberez sur moi avant d'arriver à l'endroit où je garde cette délicieuse enfant prisonnière.

Onyx se réveilla en sursaut. « C'était un cauchemar... » comprit-il. Cette constatation ne lui apporta cependant aucun réconfort. Il serra davantage la couverture autour de lui pour se protéger du froid et tenta de se rendormir, mais la vision de sa fille en train de se transformer à la fois en félin et en oiseau n'arrêta pas de le hanter. Il vit l'obscurité faire graduellement place à la lumière dans la forêt sans pouvoir fermer l'œil. Anyaguara s'approcha alors de lui.

— Je vais partir en éclaireur sous ma véritable forme, lui dit-elle, et je vous laisserai des indices pour que vous puissiez me suivre.

« Suis-je encore en train de rêver ? » se demanda Onyx en voyant la sorcière se changer en panthère noire sous ses yeux. Il demeura immobile jusqu'à ce que ses compagnons se réveillent.

— Comment te sens-tu, ce matin ? lui demanda Hadrian en allumant un feu magique.

— J'ai fait un horrible cauchemar.

Onyx le leur raconta, puis il « emprunta » encore une fois de la nourriture à Itzaman pour leur repas du matin. Ils se remirent en route assez rapidement, compte tenu de toute la distance qu'ils avaient à parcourir. Particulièrement sensible aux pistes d'énergie, Dylan ouvrit la marche. Pour ne pas qu'on l'importune, Onyx choisit de surveiller leurs arrières. Il était sombre et silencieux.

— Chasse ces images de ton esprit, lui recommanda Hadrian, qui allait devant lui.

— C'est plus facile à dire qu'à faire, grommela son ami.

— Tu sais aussi bien que moi que les rêves sont des exutoires à nos émotions refoulées.

— Alors, selon toi, j'aimerais me retrouver paralysé devant mon pire ennemi ?

— Va au-delà de ce que tu as vu. Comment s'est terminé ton cauchemar ?

— Azcatchi m'a provoqué en duel.

— Essaie maintenant de me faire croire que ce n'est pas ce que tu veux depuis le début.

— Peut-être bien.

— Tu t'en prends à lui parce qu'il t'a menacé chez toi et tu veux lui faire payer l'enlèvement de Cornéliane.

— Selon toi, suis-je capable de le tuer ?

— Azcatchi est un dieu, Onyx. De par sa nature, il n'est même pas vivant.

— J'aurais dû conserver la griffe de toute puissance...

— C'est elle qui ne voulait plus de toi.

Un sourire amusé finit par apparaître sur les lèvres du roi frustré. Malgré la faim et la fatigue, les aventuriers ne s'arrêtèrent qu'à la tombée de la nuit. Ils arrivaient à peine au pied de la montagne. Le bras de la rivière qui se prolongeait vers l'ouest se divisait lui-même en deux cours d'eau plus petits. C'est non loin de l'un d'eux, entre la montagne d'où ils venaient de descendre et une autre de moindre importance, que le groupe choisit de s'installer pour la nuit. Hadrian allait allumer un feu lorsque ses sens invisibles l'avertirent d'un danger imminent.

— Écoutez, ordonna-t-il aux autres.

Onyx utilisa plutôt sa magie pour scruter les environs. Une dizaine d'étrangers s'approchaient à pas de loup dans le vallon, sous le couvert végétal.

— On les attend ou on leur fait une surprise? demanda-t-il à son ancien commandant.

— Sont-ils armés? demanda Dylan.

— Ils portent des arcs, répondit Hadrian.

— Je m'en occupe, les informa Onyx.

Il grimpa à un arbre et les observa jusqu'à ce qu'ils soient à sa portée. C'étaient de jeunes hommes, à peine plus vêtus que les Itzamans. Leurs longs cheveux noirs flottaient dans le vent. Ils tenaient leur arc devant la poitrine, une flèche prête à être décochée. «Un jeu d'enfant», pensa Onyx en tendant la main. Tandis que les armes volaient dans les airs sous les regards effarouchés des chasseurs, le Roi d'Émeraude se laissa tomber sur le sol devant eux. Ils furent d'abord saisis par cette apparition, puis le plus téméraire d'entre eux fonça sur l'intrus, son couteau à la main. Onyx fit apparaître sa redoutable épée double sur la surface de laquelle coururent de petits éclairs bleuâtres. L'agresseur stoppa son geste et recula parmi les siens, les yeux écarquillés.

– Es-tu un dieu ?

«Comment se fait-il que je le comprenne ?» se demanda Onyx. Anyaguara avait oublié de leur préciser la durée du sort d'interprétation instantanée qu'elle leur avait jeté. Tant qu'ils circuleraient à Enlilkisar, ils pourraient communiquer avec toutes les communautés qui y vivaient.

– Je suis surtout un puissant sorcier, choisit-il de répondre, car il n'avait pas encore la preuve absolue que Corindon lui avait dit la vérité.

– Tu es Ressakan, n'est-ce pas ?

– Non. Je suis Émérien.

Ce nom ne voulait évidemment rien dire à ces jeunes Hidatsas.

– Attaquez-vous tous ceux qui traversent vos terres ? demanda Onyx.

– Nous voulions vous capturer pour ajouter des rubans à notre mât.

Onyx haussa un sourcil de surprise.

– Si vous étiez Hidatsa, vous sauriez que c'est ainsi qu'un garçon devient un homme.

– Chez nous, c'est plus compliqué, laissa tomber le Roi d'Émeraude, mais je comprends que d'autres civilisations puissent avoir des coutumes différentes.

– Qu'allez-vous faire de nous ?

– Je vais prendre toutes vos armes et vous conduire à mon campement pour vous poser des questions.

D'une rotation de son petit doigt, Onyx leur confisqua tous les couteaux et les planta dans le tronc de l'arbre à côté de lui.

– Je vous conseille de ne pas jouer au plus malin, ajouta-t-il.

Les dix chasseurs passèrent devant lui, abattus. Si leur village venait à apprendre qu'ils s'étaient fait humilier ainsi par un sorcier, ils n'obtiendraient jamais le statut de guerrier. Hadrian les examina tandis qu'ils entraient dans la clairière. «Tous des adolescents», constata-t-il. Pourquoi Onyx les avait-il ramenés au lieu de les terroriser pour qu'ils fuient ces bois à jamais ?

– Je vous en prie, mangez avec nous, les invita le Roi d'Émeraude.

Il les fit asseoir et matérialisa devant eux des écuelles de nourriture qu'il avait subtilisées aux Mixilzins, cette fois. Au lieu de se régaler, les Hidatsas fixaient ces apparitions avec stupéfaction.

— Lequel d'entre vous pourrait parler au nom de tous les autres ? demanda Onyx.

— Je suis Nizhotza, fit celui qui semblait être le plus âgé.

— Nous aimerions obtenir un aperçu de cette région.

— Vous êtes sur les terres des Hidatsas, répondit docilement Nizhotza. Elles s'étendent entre ces montagnes, jusqu'aux falaises d'Ellada, là-bas.

Il pointait le doigt vers le sud.

— De l'autre côté, vivent les Ressakans qui vous ressemblent.

— Et par-là ? fit Onyx en lui montrant l'est.

— C'est le territoire des Anasazis.

— Et ensuite ?

— On dit que les puissants Agénors vivent au-delà du pays des Anasazis, mais nous n'y sommes jamais allés.

— Pourquoi sont-ils puissants ? les questionna Jenifael.

— On dit qu'ils possèdent de longs bateaux et que leurs lacs sont si immenses qu'on n'en voit pas la fin.

— L'océan, donc, conclut Dylan.

— Il ne nous resterait que deux pays à traverser, se réjouit Hadrian. Dommage qu'Anyaguara soit partie, car elle pourrait explorer l'esprit de ces jeunes gens et nous épargner bien des jours de marche.

— Les anciens pourraient vous renseigner mieux que nous, avança Nizhotza. Nos villages sont à quatre jours de marche d'ici, dans la même direction qu'Ellada.

— Si nous nous éloignons des pistes laissées par Anyaguara, nous risquons de ne plus les retrouver dans quatre jours, les avertit Dylan.

— Votre offre est fort intéressante, mais nous sommes plutôt pressés d'atteindre notre destination, expliqua Hadrian. Merci pour votre aide. Vous pouvez rentrer chez vous, maintenant.

Sans avoir touché à leur nourriture, les dix adolescents s'empressèrent de quitter les lieux.

— Tu les laisses partir comme ça, sans même effacer leur mémoire ? s'étonna Jenifael.

— Leur village est à quatre jours d'ici, fit Hadrian, ce qui signifie qu'ils ne seraient pas de retour avant huit jours avec leurs guerriers. À mon avis, nous serons déjà sur le territoire de leurs voisins, à ce moment-là.

Ils avalèrent les aliments laissés par les Hidatsas et se couchèrent en groupe plus serré pour éviter d'être surpris durant la nuit. Par mesure de sécurité, Onyx fit courir du feu magique autour d'eux, formant un cercle que personne ne pourrait franchir...

22

UN CŒUR ALLÉGÉ

C'est avec beaucoup de regret que Kira avait quitté ses amis, mais puisque son fils n'avait pas été emmené à Enlilkisar, c'était son devoir de rentrer chez elle et d'entreprendre de nouvelles recherches sur son propre continent. Étant donné qu'elle n'avait jamais réussi à maîtriser parfaitement l'utilisation de son vortex, la Sholienne fut soulagée de constater, en se matérialisant, qu'elle n'était qu'à quelques pas de la plage où elle désirait se rendre et non au large, sur la mer. Kira prit de profondes inspirations pour calmer son estomac et visualisa le couloir de l'étage royal du palais d'Émeraude. Elle se volatilisa et réapparut dans le grand escalier. Ce furent ses réflexes qui l'empêchèrent de le débouler. En perdant l'équilibre, elle planta ses griffes dans la balustrade en bois. « Heureusement que personne ne s'y trouvait », songea-t-elle.

Une fois remise de ses émotions, Kira monta dans ses appartements. C'était le matin et, pourtant, il n'y avait aucun bruit. Elle explora toutes les chambres et remarqua tout de suite les barreaux de métal plantés devant toutes les fenêtres. « C'est une excellente idée », se dit-elle. Mais les dieux se laisseraient-ils arrêter par des grilles ? Ne trouvant personne, Kira utilisa ses facultés pour repérer les membres de sa famille. Lassa était dans le hall des Chevaliers, mais où étaient Kaliska et Marek ?

Effrayée, elle approfondit ses recherches et les localisa dans la tour d'Armène. Éprouvant un besoin irrésistible de les serrer dans ses bras, Kira s'y rendit sans délai. Elle grimpa lentement dans la tour, ressentant soudain une grande fatigue. « Et j'en ai encore pour plusieurs mois », se découragea-t-elle.

Armène était en train de plier des tuniques sur la grande table du premier étage lorsque Kira atteignit la dernière marche. La gouvernante cessa son travail et plissa le front en regardant la Sholienne.

— Tu devines toujours tout, se souvint Kira.

— Il était temps que tu en aies un autre, la taquina Armène.

Malgré les années et tous les enfants qu'elle avait élevés, la servante n'avait pas une ride. Elle respirait toujours la joie de vivre et le bonheur.

— Depuis quand es-tu enceinte ?

— Quelques semaines, tout au plus, répondit Kira en s'assoyant dans la chaise à bascule.

— Êtes-vous tous revenus à Émeraude ?

— Non, seulement moi, à cause de mes nausées.

— Je vais te préparer des tisanes qui t'aideront à mieux te sentir, ma petite chérie. J'ai aussi une surprise pour toi en haut. Attends-moi ici.

– Ne t'en fais pas, je n'ai pas envie de gravir un autre étage.

Armène revint quelques secondes plus tard en tenant un garçon par la main.

– Lazuli !

Kira oublia toute sa fatigue d'un seul coup et bondit pour l'étreindre.

– Mais quand es-tu revenu ? Comment ? Que s'est-il passé ?

– C'est papa qui m'a sauvé.

– Papa ? Il va falloir que tu me racontes ça. Pourquoi n'est-il pas avec toi ?

– Cette tour est toujours protégée par la magie d'Abnar, lui rappela Armène. Il est venu le conduire tout à l'heure, en même temps que Kaliska, Marek, Cyndelle et Aurélys. Ils sont en train de jouer là-haut.

Lazuli continuait de serrer sa mère très fort, conscient qu'il aurait pu ne jamais la revoir. Kira l'emmena s'asseoir à la table et l'écouta lui relater le peu qu'il se rappelait de son rapt et de son sauvetage.

– Ton père est un véritable héros, dis donc.

– Nartrach nous a dit qu'il a failli se noyer en traversant la rivière pour venir nous chercher. C'est son dragon qui l'a sorti de l'eau.

Armène fit signe à Kira que l'enfant disait la vérité.

– As-tu eu peur ?

– Un peu, avoua Lazuli. C'était agréable de voler, mais je n'ai pas aimé manger de la viande crue. Je préférerais ne plus jamais revoir mon vrai père.

– Moi, par contre, j'aimerais bien lui dire ma façon de penser. Autrefois, c'était un homme en qui j'avais une confiance absolue, mais je vois bien que c'est désormais chose du passé.

– Papa a fait mettre des barreaux à nos fenêtres, parce que je ne voulais pas que Sparwari puisse revenir.

– Je les ai vus et j'approuve cette initiative.

– Lassa est dans le hall des Chevaliers avec les parents des autres petits qui ont subi la même épreuve que Lazuli, lui confirma Armène.

– J'imagine que je devrais moi aussi participer à cette réunion.

Kira embrassa son cadet sur le front.

– Je reviendrai te chercher pour le repas, d'accord ?

Très pâle et manquant d'entrain, Lazuli acquiesça d'un lent mouvement de la tête. La gouvernante lui reprit la main et l'entraîna vers l'escalier.

– Je ne laisserai personne nous les reprendre, promit-elle à Kira. Tu peux partir la tête tranquille. À ton retour, ta tisane sera prête.

– Merci, Armène. Je ne te remercierai jamais assez pour tout ce que tu fais pour moi.

– C'est tout naturel, voyons.

Kira rassembla son courage et se rendit au hall des Chevaliers où Lassa, Falcon, Wanda, Nartrach, Morrison, Jahonne, Swan, Bridgess, Santo, Mali, Liam et Wellan discutaient en buvant du thé. Ils arrêtèrent tous de parler en apercevant la Sholienne.

– Avez-vous retrouvé Cornéliane ? demanda Swan en se levant.

– Pas encore, mais nous savons où, à Enlilkisar, elle est retenue prisonnière. Les autres sont déjà sur sa trace.

– Es-tu revenue pour m'en informer ?

– Oui et non. Je suis enceinte et je ne me sens pas très bien.

– Si tu le désires, je peux t'examiner, offrit Santo.

– C'est une excellente idée, mais pas maintenant.

Kira embrassa tendrement Lassa et s'assit près de lui.

– Étiez-vous en train de parler des dieux-oiseaux ? voulut-elle savoir.

– Nous étions surtout en train d'évaluer nos moyens de défense contre les créatures divines, peu importe leur provenance, répondit Falcon.

– Nous adorons notre fille, mais nous ne pouvons plus la garder à la ferme, ajouta Wanda. Notre isolement nous rend trop vulnérables.

– En étudiant les récits de nos enfants, nous avons découvert que celui qu'ils appellent Lycaon peut jeter des sorts d'immobilité, expliqua Jahonne.

– Apparemment, la nuit de l'enlèvement, même si nous nous étions réveillés, nous n'aurions pas pu empêcher ces rapaces de nous voler nos enfants, grommela Morrison.

– Donc, vous cherchez à savoir s'il existe un enchantement qui neutraliserait celui de Lycaon ? devina Kira.

– Si Abnar est parvenu à ensorceler sa tour il y a de ça des années, ajouta Bridgess, un autre Immortel pourrait sans doute protéger toute la forteresse de la même façon.

– Nous venions de décider de faire appel aux dieux, mais maintenant que vous êtes là, c'est vers vous que nous nous tournons, déesse, lui dit Mali.

– Je m'adresserai à ma mère et j'implorerai sa protection, promit Kira.

– Ce serait une grave erreur, fit une voix masculine en provenance de l'entrée.

Ils se tournèrent tous vers le nouvel arrivant. Ne reconnaissant ni ses vêtements, ni sa force vitale, les Chevaliers Falcon, Wanda, Swan, Bridgess, Santo, Liam, Lassa et Kira, ainsi que le jeune Wellan, bondirent de leur siège et chargèrent leurs mains. Leur geste ne sembla toutefois pas impressionner l'étranger. Vêtu complètement de noir, il portait une tunique longue munie d'un capuchon étroit qui ne laissait paraître que sa bouche, des bottes hautes et une large ceinture d'où pendaient plusieurs poignards et une longue épée. Sur ses bracelets de cuir étaient gravés des symboles impossibles à déchiffrer.

– Qui êtes-vous ? demanda Lassa, en position de combat.

– Mon nom ne vous dira rien.

Wellan décela un léger accent jadois dans sa voix. Pendant que les adultes le mettaient en joue, il s'appliqua plutôt à mémoriser les inscriptions sur ses poignets.

– Seuls les brigands refusent de s'identifier ! lâcha Mali.

Liam la ramena aussitôt derrière lui.

– Moi, je veux le connaître, insista le jeune marié.

– Je suis Tayaress.

– Qui vous envoie ?

L'inconnu demeura silencieux, alors Liam fit jaillir un rayon vers sa poitrine. À la vitesse de l'éclair, Tayaress évita la décharge qui éclata sur le mur du hall et lança deux de ses étranges poignards en direction de son agresseur. Les lames transpercèrent les manches de Liam, mais au lieu de les déchirer, elles repoussèrent violemment le jeune homme jusqu'au mur opposé où elles s'enfoncèrent, emprisonnant Mali derrière lui.

– Le prochain qui m'attaquera mourra, les avertit Tayaress.

Santo fut le premier à éteindre ses paumes. Ses compagnons commencèrent par hésiter, puis l'imitèrent.

– Je ne suis pas votre ennemi.

– Si tel est le cas, dites-nous d'où vous venez et ce que vous nous voulez, l'intima Bridgess.

– Vous ne connaissez pas le monde dans lequel je vis. On m'a demandé de m'arrêter ici pour vous mettre en garde. *Vous êtes tombés dans le piège des dieux ailés et ils n'attendent que votre réaction agressive pour mettre la deuxième partie de leur plan à exécution.*

– Ils ont enlevé d'innocents enfants ! explosa Morrison. Nos enfants !

– Leurs enfants, le corrigea Tayaress. Le fait que vous ayez accepté de les élever à leur place n'y changera rien. Ils les ont conçus dans le seul but de les utiliser pour s'emparer de la création de Parandar.

– Êtes-vous un Immortel ? l'interrogea Wellan.

Un sourire furtif apparut sur les lèvres de l'étranger.

382

— Quel dieu servez-vous ?

— Je ne peux pas répondre à cette question.

Kira appela silencieusement sa mère à la rescousse. Si ce Tayaress était un nouveau demi-dieu de son panthéon, elle confirmerait son identité. Son apparition auprès de la Sholienne ne bouleversa pas non plus l'intrus.

— Qu'y a-t-il, Kira ? voulut savoir la déesse des bienfaits.

— Nous voulons savoir si cet homme qui cache son visage est un serviteur de Parandar.

— Quel homme ?

Ils tournèrent tous la tête vers la femme lumineuse, se demandant si elle se payait leur tête.

— Celui qui se tient droit devant nous, évidemment, précisa Kira.

— Il n'y a personne devant vous.

— Ne perdez pas votre temps, les avertit Tayaress, seuls les humains peuvent me voir.

— C'est impossible, protesta Swan.

— Mettez-vous ma parole en doute, Reine d'Émeraude ? s'étonna Fan.

– Ce n'est pas à vous que je parlais, mais à cet étranger qui dit s'appeler Tayaress.

Fan promena son regard sur les humains et les hybrides en se demandant quelle mouche les avait piqués.

– Faites venir Danalieth, suggéra Kira.

– Je vous dis qu'il n'y a personne devant vous.

Devant le regard insistant de sa fille, Fan fit apparaître l'Immortel près d'elle.

– Déesse, la salua-t-il en se courbant.

– Voyez-vous dans cette pièce un homme dont vous ignorez l'identité ?

Danalieth tourna aussitôt la tête vers le curieux personnage entièrement vêtu de noir.

– Je vois en effet une créature immortelle.

– Vous en êtes certain ?

– Évidemment…

Fan disparut sous une pluie de petites étincelles argentées afin d'aller signaler cette étrangeté à son panthéon.

– Pourquoi percevez-vous sa présence alors que ma mère en est incapable ? s'étonna Kira.

– C'est parce que lui et moi possédons la même énergie, répondit Tayaress.

– Mais vous ne servez pas Parandar, sinon je le saurais, répliqua Danalieth. Est-ce Lycaon qui vous envoie ? Étanna ?

– Je n'appartiens à aucun de ces panthéons. Si vous ne voulez pas que votre monde soit rayé de l'univers, souvenez-vous de mes paroles.

Tayaress tourna sur ses talons et fonça vers la sortie à une si grande vitesse qu'il parut n'être qu'une ombre. Wellan s'élança à sa poursuite avec l'intention de percer le mystère de ses origines. Kira n'eut pas le temps de le rappeler ni de lui dire d'éviter de mettre sa vie en danger. L'adolescent arriva dans la cour au moment où l'Immortel sautait par-dessus la muraille du côté de l'est. « Pourquoi n'est-il pas sorti par le pont-levis ? » se demanda-t-il, intrigué. Il revint à l'intérieur où Falcon et Santo venaient de délivrer Liam et Mali.

– Puis-je voir ces dagues ? s'enquit Wellan.

Leurs manches étaient sculptés dans une matière qui ressemblait à du bois, mais qui brillait comme du marbre. Les symboles qu'il avait observés sur les bracelets y étaient reproduits.

– Connais-tu cette langue ? lui demanda Kira.

– Je sais seulement que c'est du venefica.

– Quoi ? s'exclama Danalieth.

Il s'approcha de l'adolescent, mais lorsqu'il prit les armes dans ses mains, elles se désintégrèrent.

– Pourquoi êtes-vous surpris ? voulut savoir Wellan.

– C'est une langue morte que plus personne ne sait lire.

Wellan décida de ne pas lui révéler le secret d'Onyx et recula pour le laisser parler aux adultes. Il s'esquiva et se rendit à la bibliothèque afin de reproduire les symboles sur une feuille de papier. À son retour, le Roi d'Émeraude pourrait sans doute l'éclairer sur leur signification.

23

LE LOUP

Le troisième jour de leur périple, Onyx, Hadrian, Jenifael, Dylan et Dinath atteignirent le très large cours d'eau qu'ils avaient aperçu lorsqu'ils étaient sur la montagne. Aucune des rivières d'Enkidiev ne se comparait à ce fleuve majestueux. Toutefois, il représentait un obstacle de taille à leur expédition.

– La trace de la sorcière s'arrête ici, constata Dylan.

– Comment s'est-elle rendue de l'autre côté ?

– Contrairement aux grands chats de Rubis, les panthères ne craignent pas l'eau, les informa Dinath.

– Si c'est bien à la nage qu'elle a traversé ce fleuve, cela n'indique-t-il pas que le courant est très faible ? demanda Jenifael.

– Savez-vous tous nager ? demanda Onyx.

– Je me débrouille en eau peu profonde, répondit l'ex-Immortel.

– Dans ce cas, quelles autres solutions s'offrent à nous ?

– Je suis un puissant nageur, fit Hadrian. Je pourrais traverser le cours d'eau et revenir vous chercher avec mon vortex.

– Ou nous pourrions construire un radeau, proposa Jenifael.

– Ce qui prendrait des jours, objecta son amoureux. Je peux atteindre l'autre rive en quelques heures à peine.

– Moi, j'aime bien la solution qui comporte le moins d'eau possible, annonça Dylan.

– J'imagine que la lévitation est hors de question ? fit Dinath.

Hadrian déposa sa besace et retira ses bottes.

– Nous sommes censés prendre une décision en groupe, lui reprocha Jenifael.

– Onyx est d'accord avec moi, répliqua-t-il. C'est écrit dans ses yeux.

– Certains d'entre nous ne possèdent pas la faculté de déchiffrer les expressions de Sa Majesté.

– Moi, oui. Alors, fais-moi un peu confiance.

Onyx ne les écoutait même pas. Il ne regardait nulle part.

– Qu'est-ce que tu ressens, mon ami ? le questionna Hadrian en enlevant sa chemise.

– Ce n'est qu'une vague impression…

– Tu ne connais même pas la signification du mot « vague », le taquina-t-il.

Hadrian trempa le gros orteil dans l'eau.

– Elle est beaucoup moins froide que chez nous, les informa-t-il avant de plonger la tête la première dans les flots.

Tandis que les autres encourageaient l'ancien Roi d'Argent par voie télépathique pour ne pas être repéré par d'éventuels chasseurs Hidatsas, Onyx cherchait à identifier ce curieux sentiment qui l'envahissait. Il scruta la région à l'aide de ses sens invisibles, puis les cieux. Il alla s'asseoir sur le tronc d'un arbre fauché par la foudre et attendit patiemment le retour de son ami. *Cornéliane ?* appela-t-il encore une fois. Peu importe l'heure du jour ou de la nuit, sa fille ne lui répondait pas.

Tel qu'il l'avait promis, Hadrian apparut au milieu du groupe. Il essora ses cheveux en les enroulant en torsades et s'essuya le visage avec sa tunique avant de l'enfiler de nouveau. Quant à ses bottes de cuir, il préféra les porter sous le bras, car l'eau de son pantalon trempé continuait de dégouliner le long de ses jambes.

– Si vous n'y voyez pas d'inconvénient, j'aimerais qu'on s'installe le plus rapidement possible pour la nuit afin de faire sécher mes vêtements.

Il emmena sur-le-champ ses quatre compagnons dans son vortex. Ils réapparurent de l'autre côté du fleuve en l'espace d'une seconde.

– Je propose que nous utilisions toujours cette méthode chaque fois que nous arriverons devant un cours d'eau, fit Dylan en passant la main au-dessus du sol. Ça y est, j'ai retrouvé la trace d'Anyaguara. Elle semble s'être dirigée vers le vallon entre ces deux montagnes.

Il n'y avait aucun boisé entre la rivière et la montagne, aucun endroit où se mettre à couvert pour la nuit. Alors, pour exaucer le vœu de son ami, Onyx sécha magiquement ses vêtements, puis exigea un effort supplémentaire de la troupe afin qu'elle se rende jusqu'à l'entrée de l'étroit passage. Personne ne s'y opposa. Tous comprenaient l'urgence de s'abriter des regards. Lorsqu'ils atteignirent enfin leur destination, la nuit avait enveloppé Enlilkisar. Ils allumèrent un feu magique et resserrèrent les couvertures autour de leurs épaules.

– Allons voir ce que mangent les Hidatsas, annonça Onyx.

Ses yeux s'immobilisèrent un instant, puis un gros morceau de venaison se retrouva au-dessus des flammes, encore piquée sur sa broche.

– Mais je ne mange pas de viande, se plaignit Jenifael.

– Elle aime toutefois le poisson, précisa Hadrian.

Onyx parvint à leur trouver un poisson entier qu'on faisait griller dans un autre village ainsi qu'un grand bol de petits fruits. Ils mangèrent sans se presser.

– On dirait que tout est particulièrement démesuré, par ici, fit remarquer Dylan.

– C'est que nous n'avons que deux grandes montagnes à Enkidiev, soit la Montagne de Cristal et la montagne de Béryl, alors qu'à Enlilkisar, on n'arrive plus à les compter, expliqua Hadrian. Mais tout comme chez nous, le nord semble moins peuplé que le sud. Nous devrions revenir plus tard pour établir des relations commerciales avec les nations que nous venons de connaître.

– Moi, je préférerais les conquérir, laissa tomber Onyx.

– Je pensais que ces idées de domination étaient loin derrière toi.

– Je croyais t'avoir dit qu'un jour, je serai l'empereur du monde.

L'éclat de rire de Dylan détendit aussitôt l'atmosphère, mais Hadrian n'était pas aussi sûr que lui qu'il s'agissait d'une plaisanterie.

Ils passèrent toute la journée suivante à parcourir la petite vallée entre les deux montagnes pour finalement aboutir à une forêt beaucoup plus dense que toutes celles qu'ils avaient traversées jusqu'à présent. Ils devaient donc être deux fois plus prudents, car s'ils se fiaient aux jeunes chasseurs Hidatsas qu'ils avaient rencontrés, ils étaient probablement sur la terre des Anasazis. Ils ne savaient rien de ce peuple et ils ne voulaient surtout pas le provoquer avant d'avoir rempli leur mission.

À travers les larges troncs de cette forêt ancestrale, ils aperçurent un immense lac autour duquel étaient construits de petits villages. Pour une raison qui échappait aux voyageurs, ce peuple n'avait pas défriché les bois pour s'y installer. Il avait plutôt choisi des endroits découverts pour bâtir leurs longues maisons de bois. Hadrian regretta de ne pas avoir le temps d'échanger avec toutes ces cultures différentes, mais se promit de revenir.

Après deux jours entiers de marche, à contourner les troncs, les racines, les arbustes et les pierres recouvertes de mousse verte, les craintes d'Onyx prirent une forme plus tangible. Le craquement qu'ils entendirent tous aurait très bien pu être causé par un animal sauvage, mais les sens magiques des cinq voyageurs leur révélèrent qu'il s'agissait d'un être humain. *Prends la gauche avec Jenifael,* ordonna Onyx. *Je pars à droite avec Dylan et Dinath.* Hadrian hocha la tête pour dire qu'il avait compris son plan. Les deux équipes formèrent autour de leur proie un grand cercle qu'ils rapetissèrent graduellement. Lorsqu'ils fondirent enfin sur elle, ils la trouvèrent dissimulée dans un massif de fougères.

– Sortez de là ! ordonna Onyx.

Tremblant de tous ses membres, une jeune femme émergea de la végétation. Jamais les soldats n'avaient rencontré quelqu'un d'aussi peu vêtu. Le morceau de tissu qui soutenait sa poitrine était plutôt étroit. Couvert de petites pierres noires et argentées, il était attaché dans le dos et autour du cou par des cordons. Elle portait une culotte noire décorée de façon semblable qui laissait son ventre et ses longues jambes à découvert. Un voile noir transparent partait de sa taille et descendait jusqu'à ses chevilles à la manière d'une longue jupe et le bas de son visage était couvert de la même façon. On ne voyait que ses yeux bleus. Ses cheveux blonds comme le miel étaient attachés sur le dessus de la tête et retombaient dans son dos en une interminable queue de cheval.

— Si tous les Anasazis sont comme elles, alors je veux bien étudier leur culture, laissa tomber Dylan qui reçut aussitôt un coup de coude dans les côtes de la part de Dinath.

— Je vous en prie, ne me faites pas de mal…

— Qui êtes-vous et pourquoi nous suivez-vous ? demanda Hadrian.

— Je m'appelle Aydine et j'ai si faim que je mange vos miettes chaque fois que vous quittez un campement pour vous remettre en route.

— Pourquoi êtes-vous réduite à vous nourrir ainsi ?

— Je me suis enfuie de chez moi.

— D'un village là-bas, près du lac ? s'enquit Dylan.

— Non… J'arrive de très loin.

— Pourquoi êtes-vous partie ? voulut savoir Jenifael.

— C'est une longue histoire.

Puisqu'elle semblait inoffensive et qu'un examen magique sommaire confirmait qu'elle mourait de faim, Jenifael décida de lui faire confiance. Elle déposa sa couverture sur les épaules d'Aydine et lui proposa de marcher avec elle. Onyx se contenta de consulter Hadrian du regard. *On ne peut pas la laisser au milieu de la forêt avant d'avoir entendu son récit*, répondit celui-ci. « Et si c'était une ruse d'Azcatchi ? » se demanda le Roi d'Émeraude. Il signala à Hadrian de prendre les devants avec Dylan et ferma la marche, afin de tenir la jeune fille à l'œil.

Les clairières étant de plus en plus rares, lorsqu'ils en trouvèrent une suffisamment grande pour accueillir tout le monde, Hadrian décida de s'y arrêter, même si la nuit n'était pas encore tombée. Ils s'installèrent autour d'un feu magique et Onyx leur procura une fois de plus un repas satisfaisant. Aydine détacha le voile qui cachait son visage afin de pouvoir manger.

– Racontez-nous ce qui vous est arrivé, Aydine, l'invita Hadrian.

– J'étais une servante dans le palais du raïs Kaïpo.

– Qu'est-ce qu'un raïs ?

– C'est le plus important chef de toutes les tribus Madidjins.

– Madidjins ? répétèrent en chœur Jenifael, Dinath et Dylan.

– Vous les connaissez ? sembla s'inquiéter la jeune femme.

– De nom, uniquement, affirma Hadrian. On ne cesse de nous en parler depuis que nous avons entamé ce périple.

– C'est le peuple le plus puissant d'Enlilkisar.

– Pourquoi vous êtes-vous enfuie ? voulut savoir Dinath.

– Le raïs est un homme bon et juste, mais il ne sait pas tout ce qui se passe dans son palais. Je suis partie, parce que j'ai été victime d'une grande injustice.

– Il a voulu vous faire travailler ? la piqua Onyx.

Aydine lui décocha un regard noir, mais le Roi d'Émeraude n'était pas un homme facilement impressionnable. Il avait beaucoup de mal à croire que cette femme aux manières précieuses et à la peau parfaite puisse être une servante.

– À quoi cela me sert-il de poursuivre mon récit si vous avez déjà décidé de ne pas me croire ?

– Moi, je veux l'entendre, insista Jenifael.

– Chez les Madidjins, les mariages sont arrangés entre les familles.

– Même chez les domestiques ? s'étonna Onyx.

– C'est la coutume.

– Vous êtes partie parce que vous ne vouliez pas épouser le cuisinier ?

Aydine éclata en sanglots et cacha son beau visage dans ses mains.

— Laisse-la parler, Onyx, intervint Hadrian.

— Ne savez-vous pas ce qu'est l'amour ? pleurnicha la Madidjin.

— Vaguement… marmonna le Roi d'Émeraude entre ses dents.

Onyx… l'avertit plus sérieusement son ami.

— Évidemment que nous le savons, déclara Dinath en couvant Dylan des yeux.

— Je ne voulais pas me marier avec l'homme qu'on avait choisi pour moi, continua Aydine. Je veux vivre avec celui qui fait battre mon cœur.

Le jardinier ? se moqua Onyx en utilisant la télépathie pour ne pas donner une autre occasion à la Madidjin de se délester d'un torrent de larmes.

— Alors, je suis partie, malgré les grands dangers qui guettent tous ceux qui tentent de se soustraire à leur destin. Au début, il était facile de trouver de la nourriture dans les arbres, mais les autres pays ne sont pas aussi généreux pour les voyageurs.

— Je suis surpris que les Scorpenas ne vous aient pas dévorés, fit remarquer Hadrian.

— Son parfum est sans doute trop prononcé pour leurs narines, fit innocemment remarquer Dylan.

– Tiens donc, une servante parfumée, ne put s'empêcher de lancer Onyx.

– Peut-être ont-ils peur de toutes les clochettes cousues à ses vêtements, tenta de se reprendre Dylan.

– Chaque peuple a ses propres coutumes, se défendit Aydine.

– Elle a raison, l'appuya Jenifael. Nous sommes d'Enkidiev, de l'autre côté des volcans.

La Madidjin ouvrit de grands yeux effrayés.

– Mais il n'y a que des démons là-bas !

– En fait, ils vivaient encore plus loin, sur un autre continent qui porte le nom d'Irianeth. Nous les avons vaincus après des années de combats.

Jenifael lui décrivit les différents royaumes d'Enkidiev ainsi que leurs coutumes, pendant que ses compagnons terminaient leur repas.

– Que comptez-vous faire, maintenant ? voulut savoir la déesse.

– Je veux me rendre dans un pays où je demanderai asile.

– Si vous êtes descendue du nord, vous êtes forcément passée tout près des villages sur le bord du lac, conclut Hadrian. Pourquoi ne pas l'avoir fait là-bas ?

– Ce sont des gens primitifs qui vivent de chasse et de pêche. Ils n'ont même pas de roi.

– Il y en a un chez les Mixilzins, à l'ouest, indiqua Dinath.

– Je pensais plutôt me rendre jusqu'à Ellada où s'épanouit une civilisation raffinée.

– Nous marchons vers l'est, pas vers le sud, lui apprit Onyx. D'ailleurs, nous ne sommes pas des escortes et nous ne sommes pas à votre service.

– Je ne vous ai rien demandé de tel. J'avais seulement besoin de manger à ma faim avant de poursuivre mon chemin. Mais si vous allez vers l'est, je pourrais aussi m'adresser au Roi d'Agénor.

– Vous pouvez nous suivre, si vous le voulez, mais nous ne ferons aucun détour pour vous faire plaisir.

Hadrian comprenait que son ami désirait se rendre le plus rapidement à Pélécar, mais son manque de manière ne cessait jamais de le décourager.

Au matin, ils se remirent en route. Puisqu'elle était pieds nus, au bout d'une heure, Aydine commença à se plaindre des sentiers qu'ils empruntaient. Avant qu'Onyx l'expédie dans le lac, Hadrian se mit à chercher une solution pour mettre fin à ses incessants gémissements. Ce fut toutefois Dinath qui réagit la première. Elle se dématérialisa et réapparut cinq minutes plus tard avec des bottes en peau de serpent, qu'elle venait de subtiliser aux guerrières Mixilzins. Aydine les chaussa en remerciant à profusion la demi-Fée. Elle garda le silence pendant une bonne partie de la journée, puis recommença à manifester son mécontentement lorsqu'ils parvinrent à une seconde rivière, beaucoup plus petite que la première qu'ils avaient franchie.

— Il fait vraiment très froid, ici, dit-elle en grelottant.

Hadrian, qui était en sueur, lança un regard incrédule vers la Madidjin. En grand seigneur, il offrit sa cape à la jeune dame qui la jeta tout de suite sur ses épaules.

— On procède comme la dernière fois ? demanda Dylan.

— Avec plaisir ! s'exclama l'Argentais qui avait envie de se rafraîchir.

Il se dévêtit et plongea dans le paresseux cours d'eau, puis revint chercher ses amis. Ils s'enfoncèrent alors dans la forêt et ne s'arrêtèrent que le soir venu. Onyx trouva de la nourriture dans un village d'Anasazis, au sud. Tous lui témoignèrent leur reconnaissance, sauf la servante qui se comportait comme une princesse.

— Mais nous avons mangé exactement la même chose, hier, s'étonna-t-elle.

— Depuis quand les domestiques se plaignent-ils de ce qu'on leur offre à manger ? se fâcha Onyx.

— Il n'est pas nécessaire d'être membre de la royauté pour apprécier la bonne nourriture.

– J'en ai assez. Je vais la transporter à Itzaman avec mon vortex.

Il n'eut pas le temps de mettre sa menace à exécution que les arbres qui les entouraient se mirent à tomber bruyamment, comme si une énorme main invisible les écrasait sur le sol. Les aventuriers abandonnèrent leurs écuelles sur place et sondèrent les alentours, au milieu des cris de terreur d'Aydine.

– Ce n'est pas un phénomène naturel, indiqua Hadrian.

– Ça, on l'avait déjà deviné, répliqua Dylan.

– L'énergie provient du ciel, découvrit Dinath.

Un sourire de vengeance se dessina sur le visage d'Onyx.

– Resserrez-vous, ordonna Hadrian.

Ils se mirent dos à dos, en plaçant Aydine au milieu.

– Nous allons mourir ! geignit-elle. Ils vont tous nous tuer !

– Qui ça ? demanda Jenifael tout en scrutant la clairière qui venait de se créer autour d'eux.

– Faites-la taire, gronda Onyx qui avait du mal à se concentrer tant la jeune femme criait.

Dylan s'en chargea. Il se retourna, plaça une main lumineuse sur le front de la Madidjin et lui fit perdre connaissance. Aydine s'écroula sur les genoux, assommée.

— Manifestez-vous, espèce de sale lâche ! hurla Onyx.

Ils entendirent des battements d'ailes, semblables à ceux du dragon de Nartrach. Un crave, plus grand qu'un homme, se posa sans se presser.

— Comme on se retrouve, Roi d'Émeraude, le provoqua Azcatchi avec insolence.

— Rendez-moi les enfants que vous avez enlevés !

— Je n'ai pris qu'une seule fillette afin d'en faire un jour mon épouse.

Onyx sentit la colère monter en lui.

— En ce moment, elle se montre intraitable, mais dans quelques années, elle comprendra que c'était la meilleure chose qui pouvait lui arriver.

— Vous n'avez pas le droit de violer le traité ratifié par les chefs des panthéons célestes, lui rappela Jenifael.

— Les dieux peuvent faire tout ce qu'il leur plaît. C'est ce qui les différencie des humains primitifs.

— Que pourrions-nous vous offrir en échange de l'enfant ? demanda Hadrian, plus axé sur la négociation que sur la violence.

— Laissez-moi réfléchir...

Azcatchi sautilla sur les troncs des arbres déracinés en ouvrant ses longues ailes noires.

— J'aime bien le sang chaud.

Onyx baissa les yeux pendant une fraction de seconde sur la soi-disant servante évanouie à leurs pieds.

— Nous ne sommes pas des meurtriers, rétorqua Hadrian.

— Ce n'est pas ce que je lis en vous.

Le crave adopta sa forme humaine. Sa ressemblance avec Onyx était vraiment déroutante. Il avait la même forme de visage, les mêmes longs cheveux noirs, et à peu près la même carrure. Il portait lui aussi des vêtements sombres.

— Hadrian, emmène tout le monde loin d'ici, ordonna Onyx.

— Il n'est pas question que je te laisse faire une bêtise.

— Je vais nous débarrasser de ce monstre une bonne fois pour toutes et je suis persuadé que sa famille m'en félicitera.

— Onyx, c'est un dieu.

— Il ne me fait pas peur.

— C'est justement ce qui m'inquiète le plus.

— Partez, sinon vous risquez d'être tués, vous aussi.

— Tu n'es pas en train de songer au suicide…

Onyx se mit à avancer vers son adversaire en le regardant dans les yeux. C'est alors qu'il remarqua qu'ils n'étaient plus bleus comme les siens, mais plutôt rouges comme le sang.

— Qu'est-ce qu'on fait ? s'alarma Dylan.

— On ne peut pas le laisser seul avec un dieu fourbe, protesta Jenifael. Nous possédons tous des pouvoirs surnaturels. Je suggère que nous les utilisions pour l'aider à détruire Azcatchi.

— Si seul un dieu peut en anéantir un autre, alors tu devrais y arriver, Jeni, fit observer Hadrian.

— Je ne suis qu'en partie déesse, puisque mon père était humain, et je ne saurais pas quoi faire de toute façon.

— Si mon père m'avait laissé mes bracelets de foudre, cet oiseau de malheur n'aurait même pas pu s'approcher de nous, déplora Dinath.

— Où est Anyaguara lorsque nous avons besoin d'elle ? soupira Dylan qui craignait que leurs forces conjuguées ne soient pas suffisantes.

Malheureusement, Onyx s'était planté dans leur champ de tir.

— Écartez-vous lentement les uns des autres de façon à avoir une vue dégagée sur le dieu ailé, commanda Hadrian. S'il fait le moindre mouvement en direction d'Onyx, frappez.

— Et la Madidjin ?

— Tant qu'elle reste inconsciente, il ne lui arrivera rien.

Onyx s'arrêta à quelques pas du crave.

— Si vous ne me remettez pas volontairement ma fille, je vous terrasserai et j'irai chercher dans votre tête les renseignements dont j'ai besoin pour la retrouver.

— Non seulement vous insultez impunément des créatures qui vous sont supérieures, mais vous osez aussi leur faire des menaces ?

— J'ai également la réputation de les mettre à exécution.

Tu n'as qu'à nous en donner l'ordre et nous l'attaquerons tous ensemble, lui fit savoir Hadrian.

— N'allez pas croire que je ne vous entends pas, fantôme du passé. Ces pouvoirs de pacotille sont pathétiques.

— Je vous ai demandé de partir, Hadrian.

— Désolé, mais nous avons décidé de te seconder.

— Vous ne méritez pas d'avoir des enfants, Roi d'Émeraude, lui dit Azcatchi sans se préoccuper des demi-dieux qui se positionnaient autour de lui. Vous êtes comme les soleils qui finissent par exploser en détruisant la vie sur les planètes qui les entourent.

Onyx faisait de gros efforts pour ne pas écouter ses paroles empoisonnées. Il devait se concentrer sur ses points faibles afin de les exploiter. Il captait l'énergie qui entourait son corps et qui le protégerait sans doute contre toute charge de sa part, mais rien n'était parfait dans l'univers. Onyx l'avait appris à ses dépens pendant ses deux vies. Il y avait certainement une faille dans cette image qu'il avait choisi de se donner.

– Vous avez fait fuir vos fils, car tout comme moi, vous n'acceptez pas qu'on vous désobéisse. J'ai rendu un fier service à Cornéliane en l'éloignant de vous.

– Vous ne savez rien de moi ! hurla le père, piqué au vif.

C'est alors qu'il ressentit une curieuse chaleur au milieu de la poitrine. Azcatchi était-il en train de le tuer tandis qu'il endormait sa vigilance avec ses propos ? Il tenta de se débarrasser de la gênante sensation, mais au lieu de disparaître, elle gagna ses jambes, puis ses bras.

– Réjouissez-vous, Roi d'Émeraude, puisque cette enfant régnera sur tout l'univers à mes côtés.

– Jamais ! hurla Onyx.

À la grande stupéfaction de ses amis, il se métamorphosa soudainement en un énorme loup au pelage noir ! Pour la première fois de sa vie, Azcatchi éprouva de la peur. Il se transforma en oiseau et voulut prendre son envol. Une douleur atroce lui traversa aussitôt le corps. Il baissa la tête et vit que le loup avait refermé ses crocs sur l'une de ses pattes. Seul un dieu pouvait infliger de telles souffrances à un autre dieu. Qui était cet homme qui gouvernait un royaume terrestre et qui ne semblait appartenir à aucun des trois panthéons ?

Azcatchi secoua les pattes pour se libérer du carnassier, mais les puissantes mâchoires de la bête ne voulaient pas lâcher sa proie. Battant furieusement des ailes, le crave fonça vers la forêt entraînant le loup avec lui.

— Onyx ! hurla Hadrian en s'élançant vers les combattants.

Le dieu ailé se mit à zigzaguer entre les arbres en frappant durement son assaillant contre les troncs. Au bout de quelques chocs violents, l'animal poussa une plainte sourde et retomba sur le sol, le museau en sang. Tenace, il se redressa aussitôt et donna la chasse à l'oiseau, allant même jusqu'à essayer de grimper dans les branches pour l'atteindre. Débarrassé de son agresseur, Azcatchi fila tout droit vers le ciel. Le loup, exténué, s'écroula dans les fougères.

Lorsque ses amis le retrouvèrent enfin, Onyx était couché face contre terre. Ses vêtements étaient déchirés en lambeaux et imbibés de sang.

— Par tous les dieux, s'étrangla Hadrian en le retournant sur le dos.

Il fut soulagé, en l'examinant, de découvrir qu'il était encore vivant après tous les mauvais traitements qu'il venait de subir.

— Tu es vraiment l'homme le plus coriace que je connaisse.

— Je vais aller chercher de l'eau pour le laver, offrit Dinath.

— Je connais une méthode plus rapide qui aura, en plus, l'avantage de le ranimer.

Hadrian prit son ami dans ses bras et marcha jusqu'à la rivière. Il enleva ses bottes et entra dans l'eau avec lui. Dès que celle-ci lui toucha le visage, Onyx se débattit.

— Doucement, mon frère…

— Es-tu en train d'essayer de me noyer ? se fâcha le Roi d'Émeraude.

— Je ne fais que te rincer du sang dont tu es couvert.

— Pourquoi est-ce que je saigne ?

Hadrian le ramena sur la berge et lui retira ce qu'il restait de sa chemise et de son pantalon. Seules ses bottes étaient intactes.

— Il va falloir te trouver des vêtements quelque part, soupira-t-il avec découragement.

— Je m'en occupe, annonça Dylan en disparaissant.

— Depuis combien de temps es-tu capable de faire ça, Onyx ?

— De faire quoi ?

— De te métamorphoser en loup.

Le regard ahuri du pauvre homme fit comprendre à Hadrian qu'il n'avait aucun souvenir de ce qui s'était passé. Il lui expliqua donc que son échange verbal avec le dieu-oiseau s'était terminé par sa soudaine transformation en loup et qu'un duel aérien avait suivi.

— Mais les loups ne sont pas des félins, répliqua Onyx, étonné. Corindon m'a dit que j'étais un descendant de Solis.

— Alors, il t'a menti.

— Mais Cornéliane a les mêmes taches que moi sur l'épaule.

— Azcatchi va avoir toute une surprise.

— Il pourrait aussi être tenté de la tuer avant qu'elle atteigne l'âge adulte…

Onyx voulut s'asseoir et grimaça.

— Où as-tu mal ?

— Partout.

Hadrian entreprit donc de sonder ses membres, un à un, pour refermer les lacérations, faire disparaître des hémorragies internes et même souder quelques os.

— Mais pourquoi un loup ? demanda-il tandis que son ami replaçait une fois de plus les vertèbres de son dos.

— J'aimerais bien le savoir moi-même. Dans tous les livres que j'ai lus sur les métamorphoses, il est bien mentionné que seules les créatures divines peuvent les réussir.

— Mais je t'ai dit que j'étais un dieu !

— Il n'y a que trois panthéons et aucun d'eux ne compte des loups.

— Es-tu certain que je ne me suis pas transformé en gros chat de race inconnue ?

— Je sais faire la différence entre un loup et une panthère, tout de même.

Dylan réapparut avec des vêtements qu'il avait dégotés chez les Mixilzins. Il aida Hadrian à habiller Onyx. Le pantalon de cuir n'était pas aussi souple que ceux auxquels ce dernier était habitué, mais il ne s'en plaignit pas, car il s'était mis à grelotter depuis quelques secondes. Ils lui firent enfiler une chemise à manches courtes cousue dans la même peau, puis, par-dessus, une armure semblable à celle que portait Napalhuaca, sauf qu'elle était toute noire.

— Là, vous allez trop loin, grommela Onyx.

— Aussi bien t'y habituer tout de suite, le taquina Hadrian.

— Je plaisantais quand j'ai dit que j'épouserais cette femme dangereuse !

— Tu lui as donné ta parole !

— Nous avons des visiteurs, les avertit Jenifael.

— J'imagine que tout ce qui vient de se passer ici a attiré les curieux.

Utilisant son vortex, Hadrian ramena le groupe à l'endroit où ils avaient laissé Aydine. Il la souleva dans ses bras et laissa à Jenifael et à Dinath le soin d'aider Onyx à marcher, tandis que Dylan prenait les devants pour flairer les traces de la sorcière.

— Je suis capable de marcher, grommela le roi.

Lorsque les deux femmes le laissèrent faire quelques pas seul, ses jambes se dérobèrent sous son poids. Elles le saisirent donc par les bras et le remirent debout.

— Dépêchons, les poussa Hadrian qui préférait rencontrer les Anasazis dans d'autres circonstances.

24

LES SHOLIENS

près la visite de l'étrange Tayaress, les Chevaliers ne savaient plus quoi penser. Ils voulaient protéger les trois enfants d'origine aviaire, mais comment empêcheraient-ils les divinités rapaces de les reprendre s'ils ne pouvaient pas utiliser leur magie pour le repousser? Kira et Bridgess se creusaient les méninges à tenter d'interpréter les paroles énigmatiques de l'Immortel. Vous êtes tombés dans le piège des dieux ailés et ils n'attendent que votre réaction agressive pour mettre la deuxième partie de leur plan à exécution. Quel plan? Danalieth était reparti dans son monde pour essayer, lui aussi, d'élucider ce mystère.

De son côté, le jeune Wellan, qui n'avait pas remis le cadenas sur les grilles de la section des livres défendus après qu'Onyx l'eut démasqué, s'était mis à la recherche d'autres ouvrages en venefica afin d'interpréter les symboles qui figuraient tant sur les bracelets de Tayaress que sur le manche de ses couteaux. C'est à la bibliothèque que Kira trouva son fils aîné, au milieu de la nuit.

– Je sais que tu ne m'écouteras pas, mais j'aimerais que tu cesses de ruiner ainsi ta santé, fit la mère en s'approchant de la table où il s'était installé.

– Ce que je suis en train de faire est important pour le bien-être de tous les habitants de ce château.

– Toi, quand tu es obsédé par quelque chose, tu n'en démords pas.

– C'est dans ma nature, je n'y peux rien.

Kira prit la feuille sur laquelle il avait reproduit les étranges dessins.

– Si tu veux m'aider, surtout, ne te gêne pas, la convia Wellan.

– Je suis désolée, mais ça ne me dit rien du tout.

– Si ta mère, la déesse des bienfaits, n'avait pas été aussi pressée de partir, nous aurions pu la questionner à ce sujet.

– Je pense que c'est l'existence d'un Immortel qu'elle ne connaissait pas qui l'a complètement désorientée. Elle a dû se précipiter chez Parandar pour lui rapporter la nouvelle. Danalieth nous reviendra sûrement avec plus d'information. Tu en profiteras pour lui demander la signification de ces symboles.

Kira replaça le papier devant son fils.

– Je n'arrête pas de me demander pourquoi Onyx sait plus de choses que tout le monde, laissa tomber l'adolescent.

– Pour l'avoir fréquenté plus longtemps que toi, je suis d'avis que nous ne le connaissons pas vraiment. Ce qu'il nous laisse voir de lui n'est qu'une façade. Il ne faut pas oublier qu'il a étudié auprès d'un dieu, qu'il a passé du temps à Irianeth et que nous ignorons ce qu'il faisait quand il vivait à Espérita. Peut-être que pour le faire tenir tranquille, Nomar lui prêtait des livres interdits.

Wellan vit qu'elle regardait l'ouvrage ouvert devant lui.

— Je ne vois pas où est le danger, puisque je ne peux même pas lire ce texte, se défendit-il. Il n'y a qu'un seul homme qui en soit capable, et il n'est pas ici.

— Non, tu ne peux pas partir à sa recherche.

— Même si la traduction de ces symboles est cruciale ?

— Même si ma vie était en danger. Ouvre bien tes oreilles, Wellan d'Émeraude. Il n'est pas question que tu quittes ce château avant que nous soyons sûrs que ton frère est en parfaite sécurité. Tu devras attendre le retour d'Onyx. Notre famille passe en premier.

— Mais je suis le fils de son ancêtre…

— Ne joue pas au plus fin avec moi. C'est non.

Kira se leva et lui fit signe de la précéder.

— Tu peux emporter le livre dans ta chambre, mais tu ne passes pas la nuit ici.

Wellan obtempéra et l'accompagna jusqu'à leurs appartements. Il alluma toutes les bougies autour de son lit et s'assit en tailleur pour continuer d'explorer le manuscrit. Kira se rendit jusqu'à sa propre chambre. Lorsqu'elle avait quitté son lit, Lassa dormait, mais quand elle y revint, elle le trouva réveillé.

– C'est Marek qui a de nouveau fait un cauchemar ? demanda-t-il.

– Non. C'est notre grand garçon qui traînait à la bibliothèque. Je l'ai ramené à la maison.

La Sholienne se blottit dans les bras de son mari.

– Kira, est-ce que tu m'aimes ? chuchota-t-il.

– Tu me fais un bébé et tu me poses cette question après ? s'amusa-t-elle.

– Je te le demande très sérieusement.

– Si c'est le retour de Sage dans nos vies qui te tracasse, alors tu te fais du mauvais sang pour rien. Il est vrai que j'ai aimé mon premier mari, mais il n'est plus celui que j'ai connu. Il est devenu Sparwari, l'homme épervier. En ce moment, j'ai juste envie de le tuer, parce que je l'avais prévenu de ne pas nous prendre notre fils. Je ne lui pardonnerai jamais cette duplicité. Toi, par contre, je suis certaine, jusqu'au fond de mon cœur, que tu ne me trahiras jamais.

– Tu me jures que tu ne retourneras jamais vers lui ?

– Ce sont les femmes enceintes qui sont censées souffrir d'insécurité.

– Ne te moque pas de moi.

– Je te taquine, mon amour. Tu es l'homme de ma vie.

Lassa chercha ses lèvres et embrassa sa femme avec douceur.

– Pour toujours ?

– Oui, pour toujours.

Au matin, ils se levèrent en même temps et préparèrent le premier repas de la journée pour les deux plus jeunes. Ils les reconduisirent au hall du roi où les attendaient Bridgess et Mali, puis se rendirent ensuite à la tour d'Armène pour s'assurer que Lazuli se nourrissait bien, lui aussi. Les trois enfants-oiseaux étaient assis à table et chipotaient dans leur bol de gruau. Depuis leur retour au bercail, ils avaient perdu l'appétit.

– Il ne faut pas s'en inquiéter, affirma Armène. Lorsqu'il est revenu de l'antre du dieu déchu, Atlance n'a mangé qu'une pomme par jour pendant des mois. Ils s'en remettront.

Lassa alla s'asseoir à côté de Lazuli et lui chuchota à l'oreille. Kira sentit un élan de tendresse dans son cœur, et ça n'avait rien à voir avec sa grossesse. Elle admirait de plus en plus cet homme qu'elle avait connu alors qu'il n'était qu'un poupon. Il avait toujours traité ses deux aînés comme s'il était leur véritable père. Elle respecta ce moment d'intimité et alla plutôt prendre place dans la chaise à bascule.

– Je continue de faire des rêves étranges, avoua Lazuli à Lassa.

– Mais ce ne sont que des songes, le rassura son père. Ce doit être fantastique de voler au-dessus d'Enkidiev toute la nuit.

– Est-ce que je serai obligé de rester dans cette tour toute ma vie ?

– Non, et ce n'est pas aussi pénible que tu sembles le croire. J'ai grandi dans cette pièce et je n'ai pas si mal tourné.

Lazuli força un sourire.

– Si tu n'as plus faim, tu peux aller embrasser maman. Elle a besoin de beaucoup d'affection en ce moment.

– Est-ce que j'aurai un petit frère ou une petite sœur ?

– Nous n'en savons encore rien, mais ça viendra.

Lazuli se réfugia dans les bras de sa mère, malgré ses douze ans. Kira le serra contre elle et le berça pendant de longues minutes. Lassa en profita pour bavarder avec Cyndelle et Aurélys, dont le moral était encore plus ébranlé que celui de son fils.

– J'ai quelque chose à te donner, maman, murmura Lazuli. Je voulais attendre d'en avoir plus, mais s'il m'arrivait quelque chose, tu ne les trouverais peut-être jamais.

– Mais de quoi parles-tu, mon chéri ?

– Est-ce que je pourrais retourner à la maison, juste quelques instants. C'est là que je les ai cachés.

– Oui, bien sûr.

Le garçon aida sa mère à se lever et descendit l'escalier de la tour entre Lassa et elle. Ils retournèrent à leurs appartements.

Lazuli marcha tout droit vers sa chambre. Ses parents le suivirent, intrigués. Ils le regardèrent dégager une pierre du mur, derrière laquelle il avait caché un coffret. Il voulut le déposer dans les mains de sa mère, mais Lassa le prit à sa place. Heureusement, car il était plutôt lourd.

– Qu'est-ce que c'est ?

– Wellan m'a expliqué que nous vivions au crochet du roi et que même nos meubles ne nous appartenaient pas.

Kira plissa les yeux en se promettant d'avoir une conversation à ce sujet avec son aîné, car en réalité, c'est à elle que le Roi Émeraude Ier avait légué cette partie du palais.

– Pour que nous ne soyons jamais dans l'embarras, j'ai décidé de gagner de l'argent.

– De l'argent ? s'étonna Lassa.

Il souleva le couvercle et écarquilla les yeux en découvrant un nombre considérable d'onyx d'or dans le coffret.

– Tu les as gagnés en faisant quoi ? s'inquiéta Kira.

– J'ai vendu des vœux.

417

Voyant que ses parents le fixaient avec la stupéfaction la plus totale, Lazuli comprit qu'ils ne se rappelaient pas l'incident survenu lors de leur dernier séjour chez le Prince Zach.

– Je leur laisse mettre la main sur la pierre de Zénor et faire un vœu en échange de cinq pièces, expliqua-t-il. Je regrette tellement d'avoir demandé quelque chose d'aussi stupide à cet étranger quand j'étais petit, parce qu'en ce moment, je m'en servirais pour redevenir humain…

Au lieu de le gronder d'avoir retrouvé ce dangereux objet caché dans ses affaires, Kira serra Lazuli contre sa poitrine en pleurant.

– Ton geste est émouvant, mon chéri, mais nous sommes déjà riches, hoqueta-t-elle. Nous avons les plus beaux enfants du monde.

Lazuli se raidit subitement dans ses bras.

– Il approche… s'effraya-t-il.

– Qui ? s'inquiéta Lassa.

– Lycaon.

Lassa et Kira s'empressèrent de ramener leur fils à la tour protégée et de sonner l'alarme.

✳ ✳ ✳

Jasson était en train d'aider Atlance à charger dans sa carriole tous les articles que Sanya leur donnait et les meubles qu'il avait fabriqués pour le jeune couple. Après de longues discussions, Katil et Atlance avaient décidé d'aller vivre à Zénor, le plus loin possible d'Onyx. Ils habiteraient dans la cité reconstruite et, après la naissance du bébé, Katil irait offrir ses services de magicienne au Prince Zach. En fait, elle aurait pu pratiquer son art n'importe où à Enkidiev, car tous les royaumes cherchaient des mages. Plusieurs des Chevaliers d'Émeraude avaient fait la même chose. Quant à Atlance, il avait décidé de gagner sa vie à la sueur de son front, comme n'importe quel père de famille. Il ne savait malheureusement pas faire grand-chose de ses mains, mais il savait lire, écrire, compter et, dernièrement, il avait appris à ensemencer les champs avec son beau-père. Jasson était inquiet de les voir partir sans la moindre expérience de la vie, mais il comprenait leur besoin de devenir indépendants.

Le ventre de Katil commençait à peine à grossir et elle était rayonnante, malgré la précarité de leur situation. Ses parents lui avaient appris à se contenter de peu. De toute façon, elle ne s'attendait pas à vivre la vie d'une princesse en se mariant avec Atlance. Elle voulait juste passer sa vie auprès de l'homme qu'elle aimait.

— Je vous ai tracé la meilleure route à suivre, fit le Chevalier en remettant une carte géographique à son beau-fils. Si vous la suivez fidèlement, vous ne pourrez pas manquer les ponts qui ont été construits sur les rivières.

— Merci mille fois, Jasson. Je vous suis très reconnaissant de tout ce que vous avez fait pour nous.

– Comme vous le savez, j'aurais préféré que vous restiez jusqu'à la naissance de l'enfant, mais je respecte votre choix.

– C'est très différent de chez nous.

Une ombre passa au-dessus de la propriété du Chevalier. Les deux homme levèrent la tête, persuadés qu'il s'agissait du dragon de Nartrach, mais aperçurent les ailes noires frangées de blanc d'un immense condor.

– Ce n'est pas un rapace du coin, indiqua Jasson.

– C'est un dieu ailé, leur apprit Katil en reculant vers la maison.

– Il se dirige vers le château, s'effraya Atlance, et mon père n'y est pas.

– Tu veux te porter au secours de la reine avec moi ? fit Jasson en se dirigeant vers l'enclos.

– Oui, si c'est la dernière chose que je dois faire pour ma famille.

Atlance se tourna vers Katil et sa mère.

– Enfermez-vous dans la maison, recommanda-t-il.

– Sois prudent.

Ils s'embrassèrent jusqu'à ce que Sanya saisisse sa fille par le bras et la tire vers la maison avec ses petits frères. Atlance courut jusqu'au cheval que son beau-père retenait pour lui. Pour gagner du temps, ce dernier n'avait passé que la bride à leur monture. Le jeune prince se hissa sur la sienne et suivit Jasson au galop sur l'allée de peupliers.

Au même moment, dans la forteresse, Mali avait réuni tous les enfants dans la tour d'Armène, pendant que les Chevaliers s'étaient précipités vers la passerelle. Ils observaient le ciel à travers les créneaux. Kira fut la dernière à rejoindre Lassa, Swan, Bridgess, Santo, Falcon, Wanda, Liam et Wellan. Juste avant que les sentinelles referment le pont-levis, Daiklan et Ellie arrivèrent au galop pour leur prêter main-forte. La silhouette de l'énorme rapace devenait de plus en plus grande dans le ciel.

— Comment peut-on contenir la colère d'un dieu ? demanda Swan.

— Laissez-moi d'abord négocier avec lui, exigea Santo.

— Et que crois-tu qu'il accepte en échange de ses trois enfants ? laissa tomber Lassa, pessimiste.

— Je pense qu'il est revenu pour mettre la deuxième partie de son plan à exécution, lança Wellan.

Tous les adultes se tournèrent vers lui.

— Ça fait des jours que nous cherchons en vain à comprendre les paroles de l'Immortel ! s'exclama Bridgess. Et toi, tu le sais depuis le début ?

– Pas avec certitude, mais si nous prenons en compte que tout ce qui intéresse les trois panthéons, c'est de s'entredéchirer, je crains que le chef des oiseaux n'utilise notre refus de lui rendre ses trois oisillons pour semer la destruction dans le monde créé par Parandar.

– Nous ne pouvons tout de même pas lui donner nos enfants ! s'horrifia Falcon.

– Non, répondit Santo à la place de Wellan, mais nous pourrions par contre gagner du temps en faisant semblant de pencher pour cette solution.

– Et en profiter pour prévenir les ghariyals ? demanda Lassa.

– Non, fit Wellan, car ce que les rapaces cherchent, c'est justement une confrontation avec les dieux-reptiliens.

– Je ne vois toujours pas à quoi vous voulez en venir, intervint Swan, désemparée.

– Si Onyx était ici, que ferait-il ? demanda Daiklan.

– Il attirerait le monstre loin de sa forteresse et il mettrait sa vie en danger ! s'exclama la reine.

– Je pourrais… commença Wellan.

– Non ! lâcha Kira sur un ton autoritaire.

– Il faut que quelqu'un fasse quelque chose qui ne déclenchera pas une guerre.

– J'ai dit non !

– Préparez-vous à défendre le château, au cas où les efforts de négociation de Santo n'aboutiraient pas, trancha finalement Liam.

Ils virent alors approcher deux chevaux qui galopaient à fond de train sur la route.

– Le rapace les poursuit-il ? demanda Wanda.

L'un des cavaliers continua sur la route, tandis que l'autre arrêta sa monture et mit pied à terre. Jasson ne s'aperçut pas tout de suite que son beau-fils ne le suivait pas. Atlance avait pris le temps de réfléchir à la façon de stopper la menace avant qu'elle atteigne le palais. La seule façon, c'était de la diriger ailleurs, là où il y avait le moins d'humains possible. La partie la plus difficile de son plan, c'était d'attirer l'attention du condor. La magie du jeune prince n'était certes pas aussi puissante que celle de son père, mais il avait raffiné son pouvoir de lévitation avec l'aide de son beau-père.

Atlance planta fermement ses pieds dans le sable de la route et leva les deux bras vers le rapace. « S'il y a quelqu'un qui m'aime dans les royaumes des dieux, c'est le moment de me donner la force dont j'ai besoin maintenant. » Le lasso invisible qu'il projeta au-dessus de lui s'enroula autour de la patte de Lycaon, qui, freiné dans son vol, piqua brusquement vers le sol. L'impact fit trembler la terre jusqu'à la Montagne de Cristal. Le condor mit un moment à se remettre du choc. Atlance savait qu'il ne pouvait pas tuer un dieu. Il espérait seulement créer une diversion.

L'énorme oiseau finit par se relever et chercha le responsable de son plongeon inattendu. Ses yeux rouges s'arrêtèrent sur l'humain qui se tenait au milieu de la route.

– Je ne vous laisserai pas détruire ce château, lui dit-il d'une voix pourtant tremblante.

– Sais-tu à qui tu t'attaques ?

– À une divinité qui n'a aucune parole.

– Qui es-tu pour oser juger Lycaon, dieu suprême des falconiformes ?

– Je suis Atlance, fils d'Onyx d'Émeraude et de Swan d'Opale. Vous avez conclu un traité avec les autres dieux suprêmes et je vous somme de le respecter.

Le condor se mit alors à grossir, doublant puis triplant de taille.

– Aucune clause de ce traité ne peut empêcher un père de réclamer ses enfants, fit-il d'une voix de plus en plus forte.

– Vous ne pouvez pas les arracher à ceux qui se sont donné la peine de les élever. Il est trop tard maintenant pour les déraciner.

Le condor, devenu aussi imposant que le palais lui-même, poussa un cri si perçant qu'Atlance fut forcé de se mettre les mains sur les oreilles.

– Lorsqu'ils répondront à mon appel et qu'ils voleront à ma rencontre, tu comprendras qui est leur véritable père !

Le rapace voulut alors se tourner vers la forteresse. Même en sachant que les rayons de ses mains n'étaient pas très puissants, Atlance bombarda la poitrine du condor. Irrité, Lycaon ouvrit les ailes et tenta de le happer avec son bec crochu et tranchant. Sa proie s'esquiva. Au moment où il allait attaquer une seconde fois, le condor fut atteint dans le dos par d'autres faisceaux ardents. S'il était impossible pour un humain de détruire un dieu sous sa forme céleste, il s'avérait toutefois possible de mettre le feu à ses plumes.

– Mais qu'est-ce que je vois là ? fit la voix enjouée de Jasson. Un gros dindon ?

Lycaon fit volte-face. Atlance se jeta à plat ventre juste à temps pour ne pas être fauché par sa queue.

– Vous n'avez donc aucun respect pour les créatures supérieures !

– Supérieures à qui, exactement ?

– Votre insolence causera la perte de votre peuple.

Sur la passerelle de la muraille, les Chevaliers voyaient grossir l'oiseau avec appréhension.

– S'il continue ainsi, il va nous écraser d'un seul coup de patte, les avertit Liam.

— Jusqu'à présent, Jasson semble capable de le maintenir à distance, répliqua Santo. Je vous implore d'être patients.

Sur la route devant eux, le condor de plus en plus gigantesque voulut prendre son envol. Jasson le cloua aussitôt au sol en utilisant toute la puissance de son pouvoir de rétention. Voyant ce qu'il faisait, Atlance contourna les serres colossales du rapace et vint se poster devant lui pour en faire autant. Ils savaient bien tous les deux qu'ils ne pourraient pas retenir un dieu éternellement, mais ils espéraient qu'il finisse par entendre raison.

— Libérez-moi immédiatement !

La voix de Lycaon éclata comme un coup de tonnerre.

— Tout ce que nous voulons, c'est que vous écoutiez nos arguments, riposta Jasson.

Si ses pattes étaient immobilisées, le reste du corps du condor pouvait par contre se mouvoir. Il tenta encore une fois de se débarrasser des humains avec son bec. Jasson poussa violemment Atlance plus loin et roula sur le côté de la route, avant de lancer un jet de flammes vers l'œil du monstre. Le rapace en eut assez de ces jeux ridicules. D'une aile, il balaya le sol et fit faire à Jasson un vol plané jusque dans les douves du château. Il saisit Atlance par une jambe et le lança dans les airs pour le rattraper avec son bec. Convaincu que sa dernière heure était venue, le jeune homme ferma les paupières. Tandis qu'il retombait dans le vide, il fut saisi au milieu du corps, mais ne fut pas coupé en deux comme il s'y attendait. Il ouvrit les yeux et vit qu'il se trouvait dans les serres d'un autre rapace qui venait de le dérober au dieu suprême.

Puisqu'il n'y avait plus d'obstacles entre le condor et la forteresse, les Chevaliers chargèrent leurs mains. Santo se mit debout sur l'un des créneaux et utilisa sa magie pour amplifier sa voix.

– Cette violence est inutile !

– Si vous ne me rendez pas mes enfants, je détruirai le continent entier.

– Il sait pertinemment que les humains sont incapables de sacrifier leurs petits, indiqua Wellan. C'est pour cette raison qu'il insiste. Il cherche un prétexte pour provoquer Parandar.

– Leurs parents y sont trop attachés, répondit Santo. N'y a-t-il pas autre chose que nous puissions vous offrir ?

– Non.

Le condor se mit à battre des ailes, produisant un vent si violent que les Chevaliers durent s'accrocher aux balustrades de la passerelle pour ne pas être précipités dans la cour.

– Je vous aurai prévenu ! résonna sa voix dans tout le royaume.

C'est alors qu'apparut, telle une vision, une cinquantaine de personnages entièrement vêtus de blanc sur les merlons de la façade de la forteresse. Parfaitement immobiles, ils ressemblaient à des statues. D'ailleurs, la tourmente semblait n'avoir aucun effet sur eux.

– Cessez cette attaque ou vous goûterez à la puissance d'Abussos ! s'écria celui qui tenait à la main un long bâton de marche au bout duquel était fixé un gros morceau de cristal.

– Ce sont des Sholiens ! indiqua Wellan qui luttait contre le vent.

– Comment le sais-tu ? demanda Falcon.

Wellan ne pouvait pas lui dire qu'il avait vécu pendant dix ans avec ces créatures timides dans l'antre de Nomar sans dévoiler son identité à tout le monde.

Lycaon continua de s'élever dans les airs, menaçant.

– Je ne le répéterai pas ! l'avertit le chef des prêtres.

Une intense lumière blanche jaillit du cristal pendant quelques secondes, obligeant tous les humains à fermer les yeux. Lorsqu'elle s'éteignit, le vent avait tombé et, sur la route devant le pont-levis, le condor avait repris sa taille normale, soit deux fois celle d'un homme.

– Ces gens ne vous ont fait aucun mal, poursuivit le Sholien. Dites-nous de quelle façon nous pourrions apaiser votre colère.

La négociation ne faisait certainement pas partie des plans de Lycaon. D'ailleurs, comment les humains auraient-ils pu lui offrir la tête de Parandar en échange des enfants-oiseaux ? Profondément contrarié, il disparut dans un éclair fulgurant.

Les Sholiens ne bougèrent pas, comme s'ils s'attendaient à une sournoiserie de la part du dieu ailé. Ne captant plus sa présence dans le monde des mortels, ils se retournèrent tous en même temps vers l'intérieur de la forteresse.

– Hawke ? s'étonna Kira en reconnaissant le magicien d'Émeraude.

Il sauta souplement sur la passerelle et alla l'aider à se relever.

– Mais qui sont ces hommes ?

– Et d'où te vient cette puissance qui a fait fuir un dieu ? s'étonna Lassa.

– Es-tu devenu un Immortel ? ajouta Swan.

– Pas tout à fait.

Hawke tourna la tête vers la cinquantaine de Sholiens qui l'accompagnaient, et ils disparurent sur-le-champ.

– Était-ce une illusion ? demanda Bridgess.

– Non, ils sont bel et bien réels.

– Tu es arrivé juste à temps, en tout cas, reconnut Liam.

– Nous avons senti une grande perturbation à Émeraude et, puisque la mission que nous nous sommes donnée est de conserver l'équilibre du monde afin d'éviter une autre guerre comme celle qui nous a opposés à Amecareth, nous sommes venus voir ce qui se passait.

– Nous vous en remercierons infiniment, fit Santo en se courbant devant lui.

– Ce qui importe maintenant, poursuivit Hawke, c'est que vous appreniez à vous soustraire à la colère des dieux.

– Avec plaisir, acquiesça Wellan.

– Accepteras-tu notre hospitalité tandis que tu nous instruis ? demanda Swan.

– Il ne m'est pas permis de vous divulguer les secrets les mieux gardés des Sholiens. Toutefois, sans vous expliquer tous ses pouvoirs, je vais vous laisser le cristal d'Abussos. Tant qu'il restera ici, aucun dieu ne pourra vous importuner.

Hawke avait vécu suffisamment longtemps à Émeraude pour savoir exactement où il voulait placer le quartz. Il se rendit jusqu'au balcon royal en compagnie de Swan et de Santo et, d'un geste de la main, imbriqua le morceau de matière transparente dans la partie extérieure de la balustrade.

– Seul un Immortel ou un maître magicien pourrait la déloger maintenant, alors faites bien attention aux alliances que vous formerez avec les serviteurs célestes dorénavant.

– Que pourrais-je t'offrir pour te remercier ? voulut savoir la reine.

– Je n'ai besoin d'aucun bien de ce monde, mais promettez-moi de faire savoir aux gens d'Émeraude que si d'autres Sholiens se cachent parmi eux, nous serons heureux de les accueillir dans le nouveau temple.

– Où se situe-t-il ? s'enquit Santo.

– À Shola, évidemment.

– Partageras-tu notre repas, ce soir ?

– L'invitation est tentante, mais je dois rentrer au spéos.

– Avant que tu partes, une dernière question, insista Swan qui se doutait bien que Morrison voudrait en connaître la réponse. Où sont Élizabelle et vos garçons ?

– Ils vivent avec moi, bien sûr, et je vous assure qu'ils ne pourraient pas être plus heureux.

Hawke inclina doucement la tête pour les saluer et s'évapora à la manière des dieux. Swan et Santo échangèrent un regard interrogateur. La soudaine intervention de ces prêtres d'un autre temps venait de faire naître dans leur esprit des milliers de questions.

À l'extérieur de la muraille, Jasson venait de se hisser hors des douves. Le condor s'était volatilisé, mais où était Atlance ? Le Chevalier retourna sur la route et chercha le jeune homme, d'abord de ses yeux, puis avec ses sens invisibles. Il n'était pas dans les alentours. Le dieu ailé l'avait-il emporté ? Cette pensée fit frissonner Jasson d'horreur. Refusant de se décourager, il poussa plus loin son examen magique et le repéra enfin ! Lycaon avait sans doute projeté Atlance comme il l'avait fait pour lui, mais à une distance bien plus considérable. Sans perdre une seconde, le Chevalier se dirigea vers l'endroit où il captait la présence de son beau-fils.

Lorsque le rapace, qui avait empêché le condor de l'avaler tout rond le déposa enfin sur le sol, Atlance vit qu'il s'agissait d'un milan royal. L'oiseau, qui faisait une fois et demie sa taille, pencha la tête de côté pour l'observer.

— Fabian, est-ce que c'est toi ?

Les plumes disparurent une à une et le rapace redevint le frère avec qui il avait grandi. Atlance sauta dans les bras de Fabian et le serra contre lui avec force.

— Et moi qui pensais qu'il n'y avait pas un soupçon de courage en toi ! s'exclama Fabian. Quelle audace !

— J'ai beaucoup changé depuis mon retour du nouveau monde.

Fabian desserra l'étreinte pour tenir son frère au bout de ses bras.

— Sais-tu au moins à qui tu as tenu tête ? Lycaon est le dieu suprême du panthéon aviaire ! Il aurait pu te tuer, Atlance.

— Je ne pensais jamais dire ça de ma vie, mais j'étais prêt à mourir pour défendre ma famille.

— Papa serait fier de toi.

— Je crains ne jamais en faire assez pour que ce soit le cas un jour, mais ce n'est plus important, maintenant. Je vais aller m'établir à l'autre bout du continent et élever mes enfants en paix.

Grâce à son ouïe désormais plus fine, Fabian entendit les pas de Jasson le premier.

— Je dois repartir, mon frère. Mène la vie dont tu as envie.

Le prince se transforma en oiseau de proie et prit son envol vers le ciel. Atlance suivit sa course jusqu'à ce que le Chevalier débouche dans la trouée où Fabian l'avait déposé.

— Es-tu blessé ? s'empressa de demander Jasson.

— J'ai de petites lacérations ici et là et je serai sans doute couvert d'ecchymoses demain, mais je n'ai aucune fracture.

— C'est incroyable, compte tenu de la distance que tu as parcourue dans les airs lorsque Lycaon nous a balayés de l'aile !

— Quelqu'un m'a attrapé au vol.

— Qui ça ?

— Mon frère.

– Tiens donc !

Atlance passa le bras autour des épaules de son beau-père et l'entraîna vers la forêt.

– Allons voir comment vont les autres, décida-t-il.

Jasson ne put que se réjouir de la nouvelle force qui se dégageait du Prince d'Émeraude.

25

DÉPLAISIR

ycaon était fou de rage lorsqu'il entra dans son palais, au sommet de l'un des grands arbres de son monde aviaire. Les ailes déployées, il arpentait la salle principale en poussant des cris aigus. Tous ses serviteurs avaient pris la fuite dans les nombreux tunnels forés dans les murs de paille et de boue. Quand il se calma enfin, il s'assit sur son trône, haletant, et réclama de l'eau. Orlare fut la seule qui eut le courage de lui en apporter. Contrairement aux autres, elle ne craignait pas les accès de colère du condor. Elle poussa le bac d'or jusqu'à la portée de Lycaon et recula en se courbant.

Son père se désaltéra jusqu'à ce que son corps arrête de trembler, puis il examina froidement la situation. Puisqu'il pouvait encore dominer les oisillons à distance, il s'assurerait qu'ils continuent de se transformer régulièrement et il verrait à ce qu'ils causent suffisamment de dommage à Enkidiev pour que les humains soient contraints d'implorer l'aide des dieux-reptiliens. De cette façon, ce serait Parandar qui ouvrirait les hostilités. Il n'aurait plus qu'à en profiter pour y mêler Étanna et ses félins avant de tous les éliminer.

– Azcatchi est finalement rentré, vénérable Lycaon, lui apprit sa fille.

– Il est le dernier de mes soucis, en ce moment.

– Il est blessé.

– Quoi ?

Seul un dieu pouvait en blesser ou en tuer un autre. La guerre était-elle commencée ? Lycaon sortit du palais et s'envola jusqu'à l'arbre où logeait son intraitable fils. Il sauta dans son nid et vit Azcatchi couché sur le côté, haletant. Il saignait abondamment.

– Qui t'a fait ça ? demanda Lycaon en s'approchant pour examiner ses blessures.

– Un dieu dont j'ignorais l'existence... hoqueta le crave. C'est un loup...

– C'est impossible. Je n'ai eu que deux frères et deux sœurs et aucun n'est né louveteau.

– Je l'ai vu se métamorphoser de mes propres yeux.

– Pourquoi s'est-il attaqué à toi ?

De son bec, Lycaon souleva doucement les pattes du crave et découvrit les marques de crocs dans l'une d'elles. Il la déposa sur le bout de son aile. Une douce lumière verte jaillit de ses plumes, refermant les entailles.

– Il prétend que j'ai enlevé sa fille, mais cette enfant ne peut pas être de lui, puisque son sang est félin.

— Tu as enlevé quelqu'un ?

— Je me suis vengé à ma façon de l'homme qui a usurpé mon identité à Tepecoalt.

— Je t'avais demandé d'attendre.

— Vous m'avez aussi mis au défi, il y a plusieurs années, de trouver une femme.

— Certainement pas parmi les humains ! tonna Lycaon.

— Elle ne l'est qu'en apparence, car son essence est divine. Ce qui m'attire en elle, c'est qu'elle pense comme moi et qu'elle n'a peur de rien.

— Je ne suis pas sûr de vouloir en surveiller deux comme toi dans ma famille…

— Nous avons besoin de sang neuf si nous voulons exterminer les autres panthéons.

— C'est ton opinion, Azcatchi, pas la mienne.

Lycaon laissa retomber la patte maintenant guérie de son fils rebelle.

— À mon avis, ce dieu-loup est sûrement issu d'un croisement entre un dieu-félin et un dieu-reptilien ou entre un dieu-félin et un dieu-rapace. Sa férocité et son audace m'ont beaucoup impressionné. Une armée de telles créatures nous assurerait la maîtrise du monde.

437

– Si tu es aussi intelligent que tu le prétends, tu dois sûrement savoir que cet enlèvement pourrait te valoir le même sort que mon frère Akuretari a subi.

– Je ne suis pas aussi bête que ce gavial.

– Lorsque les autres panthéons apprendront ce que tu as fait, je devrai leur expliquer pourquoi tu as dérogé à notre traité.

Azcatchi préféra tenir sa langue plutôt que de lui dire ce qu'il en pensait.

– Pourquoi es-tu incapable de te conformer à mes lois, mon fils ?

– Parce qu'elles sont dépassées.

Avant d'être tenté, une fois de plus, de lui arracher toutes ses plumes noires, Lycaon quitta le nid du crave et retourna dans son palais. Séléna avait eu vent de son vif mécontentement et s'était empressée de venir le calmer.

– Nous aurions dû arrêter d'avoir des enfants après Orlare, grommela le condor en se collant contre elle.

– Combien de fois devrai-je te dire qu'ils ne peuvent pas tous nous ressembler, Lycaon ? Ils ont leur propre personnalité et nous devons les accepter tels qu'ils sont. Il ne sert à rien de vouloir qu'ils soient à notre image.

– Inculquer un peu de respect et de discipline à Azcatchi ne lui ferait pas de tort.

– C'est encore lui qui t'a irrité…

– Lui et tous les humains qui m'empêchent de reprendre mes nouveaux petits. Je suis frustré, car je voulais te les ramener aujourd'hui pour que tu prennes soin d'eux. Ils sont tellement adorables, surtout ma petite Cyndelle, qui ressemble beaucoup à Orlare.

Lycaon se rappela alors qu'un milan royal lui avait ravi Atlance au moment où il allait le dévorer.

– Shvara ! appela-t-il. Je veux voir Shvara !

Sa requête fit le tour de la colonie jusqu'à ce qu'elle arrive aux oreilles du busard cendré. Décidément plus obéissant qu'Azcatchi, Shvara s'empressa de filer vers le palais, où il se courba devant le dieu suprême en étendant une aile devant lui.

– Que puis-je faire pour toi, grand-papy ?

Le condor soupira avec découragement, mais ne le reprit pas.

– Albalys a commis une faute très grave envers moi, déclara Lycaon. Il m'a empêché de régler son compte à une créature inférieure qui m'a insulté. Je veux que tu le retrouves et que tu le mettes à mort.

– Ce sera fait dans les meilleurs délais.

Séléna allait reprocher à son mari de se servir de Shvara pour procéder à cette exécution, alors que celui de leurs descendants qui était tout indiqué pour accomplir cette mission était Azcatchi, lorsqu'ils entendirent dans leur esprit la convocation qu'ils auraient préféré ne jamais entendre.

À tous les dieux, il se tiendra un grand conseil au prochain crépuscule du monde des hommes, à l'agora que nous ont légué Aiapaec et Aufaniae.

— Que feras-tu s'ils te demandent de rendre les oisillons à leurs mères ? se découragea Séléna.

— Je leur ferai comprendre qu'il est bien trop tard pour ça, maintenant.

— Est-ce que tu emmèneras tous nos enfants avec toi ?

— Seulement Orlare et Angaro, car elles savent tenir leur langue.

Le condor convoqua donc les déesses harfang et chevêche et leur expliqua ce qu'il attendait d'elles. Il confia ensuite la bonne marche de son royaume à sa femme et, l'heure venue, fila vers la région du ciel qui avait été décrétée zone neutre par les parents des chefs des trois panthéons.

Il s'agissait d'une vaste place au plancher de marbre blanc, bordée sur trois côtés de hautes colonnes et, au fond de laquelle s'élevait un temple qui n'était plus fréquenté. De part et d'autres des marches qui y donnaient accès, des statues en albâtre géantes d'Aiapaec et d'Aufaniae, les dieux-dragons, montaient la garde : le premier relevé sur ses pattes arrière et

440

le second en posture ramassée, prêt à bondir. Sur le fronton, on pouvait voir, en bas-relief, la création du monde.

Lorsque Lycaon se présenta avec les deux chouettes, il constata que Parandar aussi était accompagné de seulement deux membres de son panthéon, soit Theandras et Fan. Étanna n'était pas encore arrivée.

— Merci d'avoir répondu à mon appel, frère oiseau, le salua le chef des ghariyals.

Le condor ne manifesta son respect pour l'aîné qu'en baissant la tête. Il alla prendre place devant les pilastres dans lesquels des oiseaux étaient sculptés. Parandar et ses déesses se tenaient devant le péristyle reptilien. Ils n'eurent pas à attendre Étanna très longtemps. Elle arriva, la tête haute, flanquée d'Ahuratar, le dieu-lion, et de Solis, le dieu-jaguar.

— J'aimerais savoir pourquoi nous nous réunissons ainsi, exigea-t-elle, agacée.

— Le traité a été violé, laissa tomber Parandar.

— Nous avions convenu de ne pas empiéter sur nos territoires respectifs, poursuivit Theandras. C'est pour cette raison que nos Immortels ne peuvent se manifester que dans les royaumes où notre culte est pratiqué.

— Nous n'avons jamais franchi la frontière établie par Lycaon, qui a divisé le continent d'Enki'Enlil en deux, ajouta Parandar, mais il semblerait que certains de rapaces se soient permis de faire des incursions à Enkidiev.

— Il est donc vrai que Lycaon a conçu des enfants avec les sujets de Parandar dans le seul but de le défier, fit mine de se désoler la déesse féline.

— Moi, j'ai entendu dire que le fils d'Étanna avait plus sournoisement envahi le même peuple, en y établissant une longue lignée de demi-dieux-félins, se défendit le condor.

— J'aimerais aussi faire savoir à Parandar que le fils de Lycaon vient d'enlever une princesse issue de l'un de ses royaumes, poursuivit Étanna, sur un ton plus agressif.

— Mieux encore, renchérit le chef des dieux ailés, le père de cette princesse est l'un des descendants de Solis dont je viens tout juste de parler. Ce pays est donc sous la domination d'un dieu-félin, alors qu'il appartient, en vertu du traité, à Parandar.

— Si je comprends bien, les coupa le chef du panthéon reptilien, Étanna contrevient à nos règles depuis des centaines d'années, tandis que Lycaon a fermé les yeux sur les agissements récents de l'un de ses enfants ?

— Apparemment, le grand condor a aussi attaqué une forteresse d'Enkidiev il y a à peine un crépuscule, ajouta Étanna.

— Pour quelle raison ? demanda Parandar.

Puisque Lycaon gardait le silence, Étanna se fit un devoir de lui apprendre que les humains refusaient de lui rendre les petits qu'il avait engendrés avec trois de leurs femmes.

– Nous avons juré devant nos parents de respecter toute entente que nous prendrions entre nous, leur rappela Parandar.

– Alors, il semblerait que nous ne soyons pas aussi vertueux que les puissants ghariyals, cracha Étanna.

– Ils sont également moins hypocrites que les félidés, la piqua son frère condor.

– Si tu reconnais tes torts, Lycaon, j'éliminerai cette fameuse lignée féline que tu m'accuses d'avoir créée.

– Mes oisillons ne seront jamais tout à fait humains. Il serait inconvenant de ma part de leur refuser l'accès à mon panthéon.

– Tu n'aurais pas dû les concevoir pour commencer.

– C'est toi qui me fais la morale ?

– Essayons plutôt de trouver un terrain d'entente, fit Parandar pour les calmer.

– Nous supportons la présence de tes dieux sanguinaires depuis bien trop longtemps à Enlilkisar, gronda Étanna en s'adressant à Lycaon. Les humains en ont assez de sacrifier leurs semblables pour leur faire plaisir.

– Mais les sujets de Solis font exactement la même chose ! s'écria le rapace.

– Que tous les dieux m'en soient témoins, répliqua la déesse jaguar, à partir de ce jour, vous serez chassés des territoires qui nous appartenaient au départ.

– C'est la guerre que tu me déclares ?

– Il faut bien avoir une cervelle d'oiseau pour ne pas l'avoir compris dès ma première intervention.

– Je ne supporterai pas tes insultes.

– Je vous en prie, arrêtez, intervint Parandar.

Étanna se dématérialisa la première. Furieux, Lycaon déploya ses longues ailes et poussa un grand cri, avant de l'imiter.

26

L'ÉVASION

Dès que son ravisseur quitta le nid, Cornéliane s'approcha de nouveau de la sortie. Elle avait reçu une éducation princière, mais lorsque ses parents étaient occupés ailleurs, la fillette s'adonnait à des activités généralement réservées aux garçons, dont l'escalade des arbres. Elle évalua encore une fois la hauteur de sa prison. Elle ne pouvait pas se laisser tomber sur le sol sans risquer de se casser tous les os. La seule autre façon de fuir, c'était en descendant de l'arbre. Elle s'accrocha donc à la paroi rugueuse du gros nid et entreprit de grimper jusqu'à la branche à laquelle il était suspendu. Habituellement, elle portait un pantalon et une tunique courte lorsqu'elle jouait avec ses amis. Sa longue robe de nuit risquait de la ralentir considérablement. Une fois qu'elle fut assise sur la partie supérieure du nid, Cornéliane déchira le tissu de chaque côté de ses jambes.

Elle jeta un coup d'œil aux alentours. Il n'y avait aucun village à des lieues à la ronde. Que des rochers et d'autres arbres. Peu importe où elle regardait, elle voyait la mer. « Je suis sur une île. » Toutefois, en direction du couchant, elle pouvait distinguer une autre terre. Refusant de se décourager, elle se mit à ramper sur la branche, jusqu'à ce qu'elle atteigne enfin le tronc. Elle sauta ensuite d'une branchette à l'autre, jusqu'à ce qu'il n'y en ait plus. «Comme mon père le dit souvent : dans la vie, il faut s'attendre à subir des blessures lorsqu'on essaie de nouvelles choses», songea-t-elle. Elle se cramponna à l'écorce rugueuse avec les pieds et les orteils et entreprit la lente descente, malgré le sang qui commençait à couler le long de ses bras.

Cornéliane était parfaitement consciente de sa vulnérabilité. Si l'oiseau noir décidait de rentrer chez lui à ce moment, il était certain qu'il la surprendrait. Cette pensée lui redonna du courage et, au bout d'une longue heure de labeur, elle arriva enfin sur le sol. «Le vrai problème, c'est que je ne sais pas où je suis par rapport à Émeraude», soupira-t-elle intérieurement. Sa mère lui avait souvent répété que si elle devait se perdre, un jour, la première chose à faire, c'était de trouver des gens pour l'aider. Elle devait donc quitter l'île avant le retour d'Azcatchi.

Elle s'aventura donc entre les arbustes, jusqu'à ce qu'elle entende le fracas des vagues qui se brisaient sur la falaise. Heureusement, elle avait appris à nager. «Mais serai-je capable de traverser cette immense rivière?» La princesse ignorait évidemment qu'il s'agissait d'un détroit qui séparait Pélécar d'Agénor. Pour éviter de se noyer, il lui fallait trouver un large morceau de bois qui flotterait et lui permettrait de se reposer de temps à autre.

Prudemment, elle étira le cou et regarda sous elle. La paroi rocheuse était lézardée, ce qui pourrait sans doute lui permettre de se rapprocher de l'eau, mais les crevasses étaient toutes occupées par de gros nids d'oiseaux. Certains contenaient des œufs, d'autres des petits au duvet blanc. Elle étudia la surface de la falaise à sa droite, puis à sa gauche. Peu importe l'endroit qu'elle choisirait, les difficultés seraient les mêmes. Elle se laissa glisser sur la roche humide et atteignit la première corniche. L'unique oisillon qui s'y reposait examina la fillette de ses gros yeux noirs et se mit à piailler bruyamment.

— Je ne te veux aucun mal, fit Cornéliane. Je ne fais que passer.

Elle poursuivit sa route et trouva d'autres bébés plus bas. Malheureusement, leurs parents avaient entendu leurs cris de détresse. C'étaient des oiseaux géants, recouverts de plumes immaculées, mais leur visage était humain ! Ils attaquèrent aussitôt la jeune princesse avec leurs serres.

— Aïe ! Arrêtez ! Je ne leur ai rien fait !

Apparemment, ils ne comprenaient pas ce qu'elle leur disait. Cornéliane protégea son visage et sentit leurs griffes lui labourer les bras. À bout de force, elle perdit l'équilibre et tomba sur la corniche suivante en poussant un cri aigu. La douleur dans ses genoux lui fit craindre de se les être déboîtés. D'autres hommes-oiseaux fondirent sur elle. Leurs efforts conjugués la firent finalement basculer dans le vide. Sa tête heurta un autre pan de roche, ce qui lui fit instantanément perdre connaissance. Elle ne sentit pas son corps plonger dans la mer et encore moins les mains des pêcheurs qui la retirèrent aussitôt de l'eau.

Les habitants d'Agénor vivaient sur une plaine bordée par une chaîne de montagnes et l'océan. Ils avaient donc bâti leur empire en fonction du commerce maritime. Ils construisaient de solides embarcations et prenaient le soin de replanter des arbres, là où ils avaient abattu ceux dont ils avaient besoin pour fabriquer des planches. Leurs contacts avec les Ressakans et les Madidjins leur avaient permis de raffiner leur civilisation. Ils avaient fondé de grandes cités dans le sud, dont Byblos, la capitale, en bordure d'un grand lac intérieur. Les architectes avaient creusé un long canal entre la mer et le lac, dont l'entrée était surveillée jour et nuit par des soldats qui n'hésitaient pas à lancer des flèches enflammées sur les bateaux qu'ils ne reconnaissaient pas. Pour cette raison, tous les pêcheurs arboraient le pavillon rouge et blanc de Byblos.

Lorsqu'ils la hissèrent à bord, les marins crurent que la fillette était Madidjin, puisqu'elle avait de longs cheveux blonds. Ils avaient donc cherché dans le détroit le voilier de ses parents, en vain. Comme Cornéliane ne revenait pas à elle, ils décidèrent de la ramener au port avant la tombée de la nuit.

Tout de suite après sa dernière empoignade avec Azcatchi, Onyx avait exigé qu'Hadrian, Jenifael, Dinath, Dylan et Aydine hâtent le pas et les fit même marcher jusqu'au coucher du soleil tous les jours. Lorsqu'ils arrivèrent finalement au détroit d'Agénor, Aydine avait cessé de se plaindre, car le souverain faisait la sourde oreille à toutes ses récriminations. Elle mangeait même la nourriture qu'il dénichait, sans passer de commentaires.

En sortant de la forêt, ils humèrent enfin l'air salin. Dylan mentionna à Onyx que la sorcière n'était plus très loin. Une heure plus tard, ils la trouvèrent debout sur la plage. Au loin, une grande île se dessinait au-dessus des flots dans la lumière orangée du coucher de soleil.

— Vous étiez censés me suivre de près, reprocha-t-elle.

— Nous avons été retardés par de petits incidents, grommela Onyx.

— Nous attendez-vous depuis longtemps ? voulut savoir Hadrian.

— Je suis arrivée tôt, ce matin. Voyez-vous l'arbre au sommet du plus haut pic, là-bas ?

Ils eurent beau plisser les yeux, ils ne distinguaient que les contours plutôt flous des montagnes.

— Il semble que notre vision ne soit pas aussi perçante que la vôtre, déplora Dylan.

— Si ma fille est retenue sur cette île, nous devons trouver une façon de nous y rendre, fit Onyx en regardant autour de lui.

— Il n'y a aucune embarcation sur le rivage, les informa Dinath.

— C'est une traversée difficile, même pour un bon nageur, fit remarquer Hadrian.

— Pourquoi se mouiller quand nous pouvons effectuer ce passage au sec ? répliqua Anyaguara avec un sourire.

Elle s'avança vers les flots, mais au lieu de s'y enfoncer, elle sembla monter sur une passerelle invisible. «Comme dans mon cauchemar…», s'étonna Onyx.

— Qu'attendez-vous pour me suivre? fit la sorcière sans même se retourner.

Par curiosité, Jenifael fit les premiers pas. Elle posa prudemment un pied après l'autre, et s'éleva au-dessus de la mer.

— C'est incroyable! s'exclama-t-elle, impressionnée.

— Est-ce que je suis en train de rêver? lança Aydine. Personne ne peut marcher sur l'eau.

Sceptique aussi, Hadrian lui emboîta le pas. Voyant que le pont transparent supportait même son poids, Dinath et Dylan se précipitèrent derrière lui. Onyx ferma la marche en sondant discrètement cette magie à l'aide de ses paumes. L'énergie qu'utilisait Anyaguara ressemblait à celle dont il se servait pour former ses boucliers de protection.

Ils atteignirent l'île en pleine nuit. Puisqu'ils étaient tout près du but, les magiciens allumèrent leurs mains pour éclairer les alentours. Ils arrivèrent finalement au pied de l'arbre. Anyaguara se transforma en panthère afin de grimper dans l'arbre, mais le Roi d'Émeraude utilisa son pouvoir de lévitation pour décrocher le nid de la branche et le faire flotter jusqu'au sol. En retenant son souffle, il illumina l'intérieur de l'abri. Il était vide.

— Cornéliane était ici il y a quelques heures à peine, affirma la sorcière.

— Je veux savoir où elle se trouve maintenant ! tonna Onyx.

— Après votre bagarre, Azcatchi est probablement venu la chercher, avança Jenifael.

— La devineresse m'a menti…

Onyx se dématérialisa.

— Mais où va-t-il, comme ça ? s'étonna Dylan.

— Il est allé chercher des réponses à ses questions, déduisit Hadrian. Essayons de retrouver la trace de la petite avant son retour.

La panthère flaira le sol autour de l'arbre et fonça entre les arbustes. Quelques minutes plus tard, ils s'arrêtèrent au bord de la falaise. Les oiseaux blancs dormaient paisiblement.

— Pourrait-elle être dans l'un des nids ? tenta Dinath.

— J'en doute, répondit Anyaguara. Ils ne toléreraient pas son essence féline.

— À mon avis, elle est tombée à la mer ou le dieu ailé l'a récupérée, conclut Hadrian.

— Je ne flaire pas la présence d'Azcatchi.

— Votre magie nous permettrait-elle de marcher sur les flots au pied de cette falaise ? demanda Dinath.

— Probablement, mais il nous faudrait une source de lumière plus forte que celle de vos mains pour y voir quoi que ce soit.

— Attendons Onyx avant de prendre une décision, suggéra Dylan.

— Je l'appuie, annonça Aydine, fatiguée.

Pendant qu'ils tentaient d'établir ce qui avait pu arriver à Cornéliane, Onyx venait d'apparaître sur la terrasse principale des Mixilzins. Étant donné qu'il commençait à faire sombre, les veilleurs n'identifièrent pas ses traits et donnèrent l'alarme. En quelques secondes, le Roi d'Émeraude fut entouré de guerriers qui pointaient leurs lances sur lui.

— Napalhuaca ! hurla-t-il, en colère.

La princesse se détacha du groupe et s'avança avec un flambeau à la main. Elle regarda l'intrus de la tête aux pieds, surprise de reconnaître son visage.

— Onyx d'Émeraude, pourquoi portes-tu l'armure de mon clan ?

— Vous m'avez menti ! l'accusa plutôt Onyx. J'ai traversé tout un continent pour rien ! Ma fille n'était pas là où vous me l'avez indiqué !

– C'était à prévoir, considérant le temps qui était nécessaire pour se rendre jusqu'à elle. Je peux m'adresser aux dieux une seconde fois, mais cela n'éliminera pas le problème de la durée du voyage.

– Une fois que j'ai visité un endroit, je peux y retourner instantanément.

– Alors, emmène-moi là-bas et je trouverai sa trace.

– Non, s'opposa sa sœur. Je ne te laisserai pas partir seule avec lui. Je ne lui fais pas confiance.

– Astalcal m'accompagnera, car elle est encore plus douée que moi pour la chasse.

Un homme, qui portait une armure semblable à celle d'Onyx, s'approcha.

– J'y vais aussi, annonça le guerrier aux épaules musclées.

– Qui est cet homme ? s'étonna le Roi d'Émeraude.

– C'est Cuzpanqui, mon favori et le propriétaire des vêtements que tu portes.

– Tu m'as promis que tu me prendrais avec toi la prochaine fois que tu irais à la chasse ! s'exclama une fillette de l'âge de Cornéliane.

– Ce n'est pas un pique-nique ! lâcha Onyx, exaspéré.

Piquée au vif, Napalhuaca bondit sur lui, l'écrasa sur le sol et appuya la lame sous son menton.

– Personne n'insulte une princesse !

– Vous ne savez pas ce qu'est un pique-nique, n'est-ce pas ?

– Je suis sûre que c'est insultant !

– C'est un repas en forêt avec toute la famille.

– Oh…

Napalhuaca se releva pour retrouver sa dignité. Onyx se redressa sur ses coudes en observant son visage volontaire. Elle possédait la même fougue que Swan au moment où il s'était emparé du corps de Farrell.

– Partons, décida-t-elle.

Onyx fut tenté de disparaître en les laissant tous en plan, mais il mourait d'envie de voir si la guerrière serait aussi féroce en terrain inconnu.

– Juste la sœur ? tenta-t-il.

– Astalcal, Cuzpanqui et Ayarcoutec, exigea Napalhuaca.

La fillette poussa un cri de victoire.

– Mettez vos mains sur la mienne, ordonna Onyx en tendant le poing devant lui.

Les quatre Mixilzins s'exécutèrent sur-le-champ et s'évaporèrent en sidérant les veilleurs. Ils réapparurent au pied de l'arbre, sur Pélécar.

– Ta magie est bien plus puissante que la mienne... suffoqua la guerrière.

– Ça dépend des jours, grommela Onyx.

Napalhuaca jeta un coup d'œil dans le nid. C'était bien l'endroit de sa vision. Sans l'attendre, Onyx suivit la piste de ses amis et les trouva sur la falaise. Hadrian ne cacha pas sa surprise de voir apparaître les guerriers derrière son ami.

– Je croyais que tu étais retourné là-bas pour la tuer, se moqua-t-il.

– Moi aussi.

– Quelle est cette odeur? demanda Astalcal en humant l'air.

– C'est l'océan, répondit Dylan. J'imagine que vous ne l'avez jamais vu si vous avez passé toute votre vie sur le volcan,

– À quelle conclusion en êtes-vous venus? voulut savoir Onyx.

– Nous pensons que la petite est tombée à la mer.

Le Roi d'Émeraude fit un pas en avant et fut aussitôt saisi par les bras.

– Retournons à Agénor, suggéra Hadrian qui le retenait. Le soleil va bientôt se lever et je crois savoir où nous pourrons trouver une embarcation.

– J'ai vraiment regardé partout, affirma Anyaguara.

– Sauf sous l'eau.

L'ancien monarque exigea que tout le monde se touche et il les transporta sur la grève où il alluma un feu. Les Mixilzins allèrent goûter l'eau, étonnés qu'elle soit aussi salée que l'air. Ils prirent ensuite place autour des flammes et écoutèrent Hadrian leur raconter leur périple depuis leur départ du volcan.

Dès que le ciel s'éclaircit, l'ancien souverain détacha l'hippocampe en argent qui lui pendait au cou et le posa sur la paume allumée de sa main. Puis, il marcha vers la mer et le trempa dans l'eau.

– Mais qu'est-ce que tu fais ? s'étonna Onyx.

– J'appelle une voiture.

Ses compagnons se levèrent lorsqu'un tourbillon d'écume se forma devant lui. Dès que les têtes des Ipocans et des hippocampes géants qu'ils chevauchaient émergèrent de l'eau, les Mixilzins se placèrent en position de combat. Ces derniers n'avaient vu que Kira avec des cheveux de couleur anormale. De plus, les bras et la poitrine de ces hommes étaient recouverts de petites écailles brillantes.

– Je suis enchanté de vous revoir, Riga, le salua Hadrian.

– Je savais que vous étiez de la tribu perdue. Un étranger n'aurait pas su comment utiliser l'hippocampe.

Tout le monde a ses petits secrets, on dirait, lui dit Onyx, par télépathie. *On s'en reparlera plus tard,* répondit Hadrian.

– Que puis-je faire pour vous, Hadrian d'Argent?

– Nous cherchons une fillette blonde qui est peut-être tombée à l'eau hier.

– Nous avons vu des pêcheurs repêcher le corps d'une enfant juste avant le coucher du soleil.

– Le corps? s'étrangla Onyx.

– La vie l'avait-elle quittée? s'enquit Hadrian.

– Elle était inanimée.

– Où l'ont-ils emmenée? fit Onyx, sur le point d'éclater de colère.

– Ils sont partis vers leur grande cité au sud.

– Où pourrions-nous trouver un bateau qui nous y conduirait?

Riga promena son regard de la couleur des aigues-marines sur les amis d'Hadrian, comme s'il les comptait.

– Attendez-nous ici.

Les hippocampes plongèrent tous en même temps.

– J'ai tout juste le temps de vous raccompagner chez vous, offrit Onyx aux guerriers Mixilzins.

– Nous n'avons pas encore trouvé l'enfant, répliqua Napalhuaca. Je t'ai donné ma parole tout comme tu m'as donné la tienne. C'est une question d'honneur.

Les Ipocans revinrent une heure plus tard avec un tridacne géant duquel ils chassèrent l'eau pour le faire flotter. Riga le poussa jusqu'en eau peu profonde et invita les aventuriers à y monter. Pour rassurer ses amis, Hadrian marcha dans l'eau et grimpa dans le gigantesque mollusque. Les Mixilzins le suivirent comme de bons soldats, puis Anyaguara, Jenifael, Dinath et Dylan. Seule Aydine demeura immobile, paralysée par la perspective de voyager dans ce vaisseau.

– Ne me laissez pas seule, implora-t-elle.

Voyant qu'elle ne bougeait toujours pas, Onyx la chargea sur son épaule et rejoignit les autres. Ils s'entassèrent dans le tridacne. Les Ipocans le poussèrent vers le large pour y atteler de fiers hippocampes, puis escortèrent les humains dans le détroit.

– Votre vœu va bientôt être exaucé, chuchota Dylan à Aydine. Nous sommes chez les Agénors.

Hadrian laissa le vent de la mer jouer dans ses mèches noires pendant un long moment, puis il se tourna vers son vieil ami pour découvrir que son visage était infiniment triste…

27

LESSIEN IDRIL

Même si on leur avait juré qu'ils étaient en sécurité dans l'ancienne tour d'Abnar, les trois jeunes rescapés avaient du mal à se détendre. Ils restaient toujours près l'un de l'autre, surtout la nuit, car ils craignaient que leur corps ne se couvre encore une fois de plumes et que les dieux-rapaces les enlèvent pour de bon. Falcon et Wanda avaient confié leur fille Aurélys à Armène, et ils se relayaient pour passer du temps avec elle, tout en s'occupant de leur ferme. Le dragon de leur fils était devenu leur principal moyen de transport, car Nartrach n'arrivait toujours pas à lui faire traverser les volcans pour se joindre à la troupe d'Onyx.

Jahonne venait aider Armène à préparer les repas des enfants pendant que son petit garçon continuait de recevoir l'enseignement de Bridgess et de Mali. Pour elle, il était important que la vie reprenne son cours normal le plus rapidement possible. Morrison venait les rejoindre le soir avec Elrick pour un souper en famille. Kira en faisait tout autant. Armène ne se plaignait pas d'avoir tout ce monde à sa table, car elle aimait la compagnie.

Quand venait le temps de mettre les jeunes dieux au lit, Armène les faisait monter et laissait leurs proches leur dire bonne nuit avant de mettre tout le monde dehors. Chaque soir, Kaliska allait serrer Lazuli dans ses bras en lui chuchotant à l'oreille que peu importe ce qui se passerait, il serait toujours son frère. Puis, elle poussait Marek et Anoki dans l'escalier pour les ramener au palais.

– Moi, je pense qu'il faudrait apprendre à se battre, déclara Marek, accroché à sa main.

– Nos parents sont là pour nous défendre.

– Je veux que maman m'enseigne à manier l'épée double.

– Comment pourrais-tu faire tourner une arme qui fait deux fois ta taille ?

– Elle pourrait m'en faire apparaître une plus petite.

Elle tira son frère dans le grand escalier, tandis qu'Anoki trottinait à sa gauche. Ils se séparèrent dans le couloir des chambres.

Depuis que Cornéliane avait disparu, le petit Ressakan suivait les enfants de Kira partout. Il étudiait dans le hall du roi le jour, puis mangeait dans la tour magique, pour ne revenir dans les appartements royaux qu'à la tombée de la nuit.

Ce soir-là, en se rendant à sa chambre, Anoki entendit des pleurs dans celle de la reine. Il passa la tête dans l'embrasure de la porte et vit Swan assise sur son lit, le visage caché dans les mains. Il marcha jusqu'à elle en cherchant les mots qui apaiseraient son chagrin, mais il en connaissait encore si peu.

– Onyx revenir avec Cornéliane, murmura-t-il en s'arrêtant devant la femme éplorée.

Swan s'empressa d'essuyer son visage.

– Je suis désolée, Anoki. Il y a des soirs où mon découragement me submerge.

Il plissa le front, car il ne saisissait pas très bien ce concept.

– J'ai de la peine non seulement parce qu'un dieu a enlevé ma fille, mais parce que tous mes fils sont partis et qu'ils ne me donnent plus de nouvelles. C'est comme s'ils étaient morts…

Elle se remit à pleurer, alors Anoki grimpa sur ses genoux et passa les bras autour de son cou.

– Moi avec toi pour toujours, chuchota-t-il.

Elle l'étreignit sur sa poitrine en se disant qu'elle empêcherait Onyx de le rendre à sa famille à Ressakan. Lorsqu'elle reprit finalement la maîtrise de ses émotions, la reine alla conduire l'enfant dans sa chambre. Elle le borda et lui raconta une histoire choisie dans le répertoire de légendes de Santo.

Swan s'endormit en posant la tête sur l'oreiller, mais fut réveillée au milieu de la nuit par un curieux spectacle de lumière multicolore en provenance du balcon. Elle se leva et ouvrit les portes, intriguée. Quelle ne fut pas sa surprise de constater que le ciel au-dessus du Royaume d'Émeraude changeait de couleur en faisant tourner les étoiles comme dans une spirale.

– Onyx, est-ce que tu essaies encore de m'impressionner ?

Chez Kira, de l'autre côté du couloir, Marek venait de sauter dans le lit de ses parents pour se plaindre que les flambeaux l'empêchaient de dormir.

– Quels flambeaux ? s'étonna Lassa.

– Ceux qu'on vient d'allumer dehors !

Le père et la mère échangèrent un regard inquiet. Ils se rendirent à la chambre de l'enfant et s'immobilisèrent à la porte. Des faisceaux de couleurs variées balayaient le plafond.

– Ce n'est pas normal, murmura Lassa.

– Allons réveiller Swan.

Ils coururent jusqu'aux quartiers de la reine et frappèrent à la porte. Puisque personne ne leur répondit, Kira entra et poursuivit son chemin jusqu'à sa chambre. Elle vit la femme d'Onyx debout sur le balcon, auréolée de lumière.

– Qu'est-ce que c'est ? demanda la Sholienne en s'arrêtant près d'elle.

– Je n'en sais rien, avoua Swan.

– Est-ce la fin du monde ? voulut savoir Marek.

– Non, répondit Lassa.

De plus en plus d'habitants du château sortaient dehors et grimpaient sur les remparts pour observer le curieux phénomène.

– Je me demande si les Sholiens sont responsables de ce spectacle, fit Kira.

– Ce n'est pas impossible, commenta Lassa.

Soudain, un rayon blanc se détacha des autres couleurs et prit la forme d'un immense oiseau.

– Azcatchi? firent en chœur les adultes.

Tout de suite après, un autre rayon, rouge celui-là, adopta celle d'un fauve. Les deux bêtes s'attaquèrent en échangeant des coups de bec et de pattes. Un orage éclata en même temps. Des éclairs sillonnèrent le ciel et le tonnerre retentit, ébranlant les fondations du palais. Telle une malédiction, de la grêle se mit à tomber, forçant les spectateurs à se réfugier à l'intérieur. Lassa prit Marek dans ses bras et recula jusqu'à la porte en demandant à Kira et Swan d'en faire autant.

Dans sa chambre, Wellan avait ouvert les battants de sa fenêtre et observait lui aussi à travers les barreaux le combat céleste. Il n'était pas question qu'il se couche avant d'en connaître l'issue. C'est alors qu'il vit au loin, dans la tourmente, une étoile qui grossissait de plus en plus, jusqu'à ce qu'elle sépare les protagonistes.

Assez ! retentit une voix de femme.

Ce n'était pas celle de Fan, ni celle de Theandras, que Wellan ne connaissait que trop bien. Si les panthéons félins et aviaires s'affrontaient depuis un moment, il y avait tout à parier que celle qui venait de s'élever en arbitre provenait du monde reptilien.

L'étoile prit graduellement la forme du visage d'une femme d'une infinie sagesse. Ses yeux sombres étaient chargés d'amour et de bonté.

Je n'ai pas créé tous ces mondes pour que mes petits-enfants les détruisent à coups de querelles !

— Petits-enfants ? répéta Wellan en fouillant sa mémoire.

Aiapaec et Aufaniae étaient les parents des dieux suprêmes. Danalieth apparut alors près de l'ancien commandant des Chevaliers d'Émeraude réincarné.

— C'est Lessien Idril, la déesse de lumière, expliqua-t-il. C'est la mère d'Aiapaec et d'Aufaniae.

— Pourquoi règle-t-elle ce conflit à leur place ?

— Le rôle de ses enfants est de créer des mondes, pas de les administrer.

— Et son rôle à elle ?

— C'est de maintenir l'harmonie dans l'univers. Je me demande qui l'a informée de ce qui se passe ici.

– Élund, notre défunt magicien d'Émeraude, disait que la vérité finit toujours par se savoir.

Je vous convoque tous à l'agora où vous m'expliquerez pourquoi vous vous jalousez et tentez d'abuser de la bonne volonté des gens au lieu de vous entendre et de vous soutenir.

Avant qu'elle disparaisse, l'image devint très claire et Wellan distingua le médaillon que la déesse portait au cou. Il affichait exactement les mêmes symboles que sur les poignards de Tayaress !

– C'est le signe du loup, chuchota Danalieth à l'oreille de l'adolescent. À toi d'élucider ce mystère.

L'Immortel disparut en même temps que la grêle, la foudre, le tonnerre et l'étrange aurore boréale.

– Le loup... répéta Wellan, inspiré.

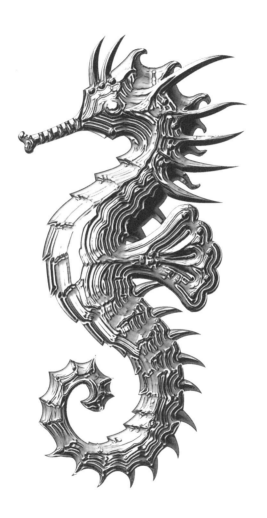